母亲挖掘了我的潜能,

父亲督促我坚持那些不可动摇的原则,

弗兰克、舜三郎和斯塔兹则指导我如何进步。

我将这本书献给他们。

权威推荐

丁香园

  1967 年，斯塔兹医生完成第一例肝移植手术。在随后的 50 年，肝移植在全球拯救了成千上万的患者。仅在中国，每年就有超过 5000 例肝移植手术。而这本书描述的，就是这样的肝移植医生的生活。他们每天面对的，是手术室和监护室内的生死。

李·古特基德（Lee Gutkind）
文学杂志《非虚构文学》创始人，非虚构文学教父

  一部描写外科医生和外科手术的佳作。这本书的字里行间贯穿着温暖、真诚，直接且悲情，有趣且扣人心弦。

温迪·摩尔（Wendy Moore）
英国记者、作家和历史学家，《刀男》（*The Knife Man*）作者

  这是一部迷人且真实的回忆录，用幽默、智慧和热情描绘了一个器官移植外科医生起起伏伏的一生。

保尔·A. 拉吉瑞（Paul A. Ruggieri）
医学博士，《一个外科医生的自白》（*Confessions of a Surgeon*）作者

  肖博士的回忆录讲述一个有着超人业绩的男人的独特人生之旅。他的坦然让我哭泣、欢笑、畏惧和欢欣，让我思考生活的真实意义。我一读起来就废寝忘食，手不释卷。技术和内心深处的关怀给患者生的希望和未来。

马克·冯内古特（Mark Vonnegut）
美国儿科医生和回忆录作者
美国著名作家库尔特·冯内古特（代表作《五号屠宰场》）之子

  肖博士的写作就像一把锋利的手术刀，能够深入骨髓，直指人性，直击心灵。我向你们强烈推荐这本书。

珍妮特·布罗威（Janet Burroway）
美国著名作家，获1970年普利策文学奖提名

  肖博士以启发性的视角观察人类现状，对于什么是关怀以及为什么要关怀提供了有力的论证。

《科克斯书评》

  透过医学专业人士的洞察，肖博士的精美文章描写了他对人类脆弱性的清醒认识，以及科学为了弥补这种脆弱性而实现的进步。这是一本令人振奋的杰作，能够深深吸引有抱负的医生以及那些担心高风险手术的病人。

《传记迷》杂志（*Biographile*）

　　肖博士不仅在手术室，还在至关重要的文学领域展现了他的精准之美……一段感情丰富的故事。

医生的告别
THE LAST NIGHT IN THE OR.

推荐序

一位杰出外科医生的回忆录
——《柯克斯书评》

器官移植医生巴德·肖现已退休。早在肝移植手术还被人们认为是九死一生的事情时,巴德·肖就已经拜在"肝移植之父"托马斯·斯塔兹门下了。虽然作者年轻时,也对肝移植抱有怀疑,但他还是决定投身这项事业,因为"相比在后边明哲保身,只有在器官移植的真正前线战斗,才是值得追求的光荣事业"。

对斯塔兹的严厉教导的描写(如他的口头禅"帮我,别妨碍我"),赋予了本书中那些简洁、有趣的章节以生动活泼的氛围,带我们近距离地了解了一位精英外科医生的成长过程和心态。就像作者在描述自己的团队深夜坐直升机抵达别的医院时所描写的:"这一路上的一切,都让人无比受用。(不过)我更多的是担心我们的狂妄会引起他人的反感。"巴德·肖在斯塔兹位于匹兹堡的肝移植中心接受培训后,在内布拉斯加州建立了自己的肝移植中心。巴德·肖指出,由于得到了医疗保险制度的批准,病人们对肝移植手术的需求量不断攀升。在作者的描写中,外科医生高压的生活方式令人精疲力竭,甚至让他产生了超现实的感觉。

作者说，他的头两次婚姻都是灾难，除此之外他也在书中谈及了他的父亲，一位德高望重的普通外科医生。在作者笔下，我们能感觉到当看不见的丧钟渐渐为他父亲敲响时，他本人心中的触动。不过，巴德·肖描述的焦点主要还是放在了手术室这个舞台上。他用简洁、生动的语言回顾了他做过的移植手术，这其中有成功的，也有失败的："我想告诉他，我们断断续续按压她的胸部，持续了一个多小时……直到最后所有人都站在我身后，像看疯子一样看着我。我知道，她已经救不回来了。"他的体会是，如果外科医生刻意与患者或患者家属保持距离，那么当问题出现时，他们会陷入最深的自责中："没错，倒霉事时有发生，但错误还是得自己承担。我们必须要变得更优秀，更聪明，更谨慎。"巴德·肖的叙述简练，涉及专业领域时也写得浅显易懂。本书整体节奏明快，在对工作回忆以外的事件的叙述中尤其如此。他带我们走进了医学疗专业人士的内心，让我们对生命的脆弱和为抵御这脆弱而产生的科技进步保持警醒。

有志于从事医学事业的人以及经常思考高风险手术等"重大问题"的人，都应该读一读这部发人深省、独出心裁的作品。

医生的告别
THE LAST NIGHT IN THE OR

目录 contents

序言 说不完的肝移植故事

第1章 初遇肝移植之父 3

◎ "他会因失血过多而死,这样你就满意了吗?" 4
◎ 我对肝移植非常感兴趣 12
◎ 麦克斯·斯廷森的新肝脏 19
◎ 外科医生的神奇力量 30
◎ 初闻海妖魅音 37

第2章 与手术亲密接触 43

◎ 折戟精神病科 44
◎ 与牛仔的初次合作 52
◎ "我们永远也得不到答案,那位年轻人白死了" 56
◎ 从犹他州的悬崖跳下 64
◎ 解雇风波 71
◎ 捅破巨型脓肿 76
◎ 玩忽职守有时意味着勇敢救治 80

I

第 3 章　天堂与谷底　85

- 我想成为英雄，却进了樊笼　86
- 肝移植生涯起航　91
- HIV 检测：医疗中的防水长靴　99
- 好的手术如同有灵魂的歌剧　104
- 逾越生命的界线　114
- 无头母鸡　122
- 母亲：我的生命之重　128

第 4 章　回到凡间　135

- 焦虑的贵妇 vs 对悲剧麻木的医生　136
- 与战争相比，医生面对的死亡并不沉重　142
- 飞向职业生涯的星辰　150
- 对血凝块的一次误判，也会置病人于死地　152
- 救治鸭子　160
- 手术室的终曲　166

第 5 章　好时光，坏时光　179

◎ 患者的情感不该忽略　180
◎ 自愈肉毒杆菌　186
◎ 我曾如此接近死亡　191
◎ 炸香烟　195
◎ 天有不测风云　199

第 6 章　回忆命运的瞬间　205

◎ 所谓掌控能力，只是生存的幻觉　206
◎ 一个医生、四间手术室、四台手术　211
◎ 你忍心见死不救吗？　215
◎ 一次守夜引发的官司　219
◎ 医生本可以轻易推迟死亡的到来　228
◎ 挽救过的生命，是一笔财富　243
◎ 戒烟的话题太过残忍　245

致谢　253

序　言

说不完的肝移植故事

　　这不是一部虚构作品。书中叙述的事件是真实发生过的。话虽如此，我也必须承认，在对这些事件的写作中，我不得不依赖于回忆。这些回忆不仅有我的，还有很多亲历者或了解事件经过的人的。很多时候，我最难以磨灭的回忆和他人的回忆会有所出入，我经常为此感到讶异。有时候，这也会导致我们激烈的争论。如果没能解决我们的困惑，我总是坚持自己的回忆，因为我觉得，自己的回忆最忠实于自己的体验。

　　书中的许多事件会涉及患者。为了保护他们的隐私，我变更或隐去了相关姓名、日期、地点以及其他人们认为应该受到保护的医疗信息。因此，这些事件只代表我真实的体验，而非患者个人的经历。此外，书中一些患者事件的相关信息，是在一些公开的记录里获得的。这些公开记录包括报纸和电视档案、讣告、庭审笔录以及社交媒体网站。

　　我曾是一位器官移植医生，我大多数的患者是肝移植的受体。他们的故事是神圣的，一方面是对器官捐献者的漫长等待，另一方面是器官捐献所体现的无私。这些是器官移植的故事中最令人动容之处。

和我们的患者一样，我无比感激器官捐献者；更感激器官捐献者活着的家人们，是他们同意了捐献。没有他们善良、充满爱的行为，我遇到的所有患者都无法幸存，而我在努力拯救他们时经历的喜悦或失望也就无从谈起。和许多关爱这些患者的职业人士一样，我临床生涯的每一天都要面对超过一半的患者永远也等不到捐赠的器官这样残酷的现实。我们都期盼着有一天，这种残酷的现实将永远成为过去。

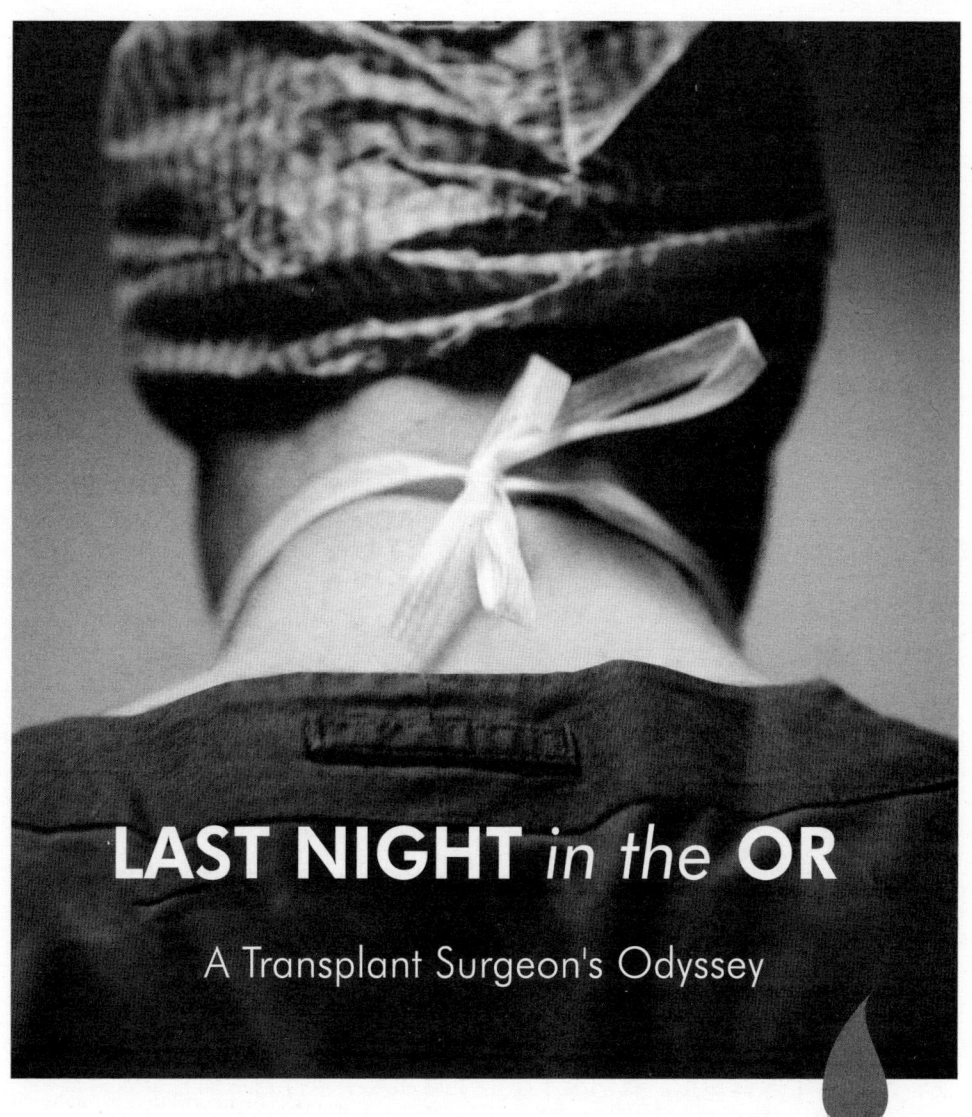

第 1 章

初遇肝移植之父

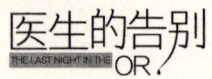

> 斯塔兹是成功完成首例肝移植手术的医生。虽然每次手术前他都害怕不已,但这并不妨碍他被称为"肝移植之父"。从我们合作的第一台手术起,他就把"相信生命"的信条灌输给了我。

"他会因失血过多而死,这样你就满意了吗?"

那天晚上,我迫不及待地想表现自己。当晚的病人是马克斯·斯廷森,他是得克萨斯州的一名肝外科医生。此时,他的先天性肝脏疾病已经恶化成肝功能衰竭。对于一名肝外科医生而言,这是一件十分讽刺的事情。那时我们刚从弗吉尼亚州带回捐献者的肝脏,而他已经躺在手术台上,胸腔被打开。岩月舜三郎已经洗了手消了毒,他周围有五六个人在帮忙。我们洗了手消了毒加入手术行列后那几个人就离开了,只有舜三郎留了下来。

斯塔兹医生心情不好,他就站在舜三郎的对面。他们两人在丹佛时就共事了。日后我渐渐发现,斯塔兹对于我职业生涯的历练有着无人能及的重要性。来自上海的洪医生①站在斯塔兹的右边。他的任务是牵开病人的胸腔,以便斯塔兹能够更好地做手术。洪的双手紧紧拉住切口的上方,身体像滑水运动员一样向后伸张。很快我就听说了他的

---

①音译——译者注(除特别说明外,下文均为译者注)。

绰号："人肉牵钩"。同样来自丹佛的还有卡洛斯·费尔南德斯-布埃诺，他在这里已经接受了两年的培训了，但是到了今年秋天，他会离开这里，前往东海岸一家久负盛名的医疗中心，接受一份待遇丰厚、让人无法拒绝的职位。

斯塔兹很快就开始抱怨起来。舜三郎没有搭他的话，而是像猫一样轻盈地往一边牵开某个东西，然后又朝另一边推开另一个东西，好让洪或卡洛斯知道该做些什么。他们一定是心有灵犀。当然，他们这样卖力地表现，也是为了平息他们的头儿——斯塔兹的怒火。身处这片新的天地，我感到自己一无是处。我甚至开始怀疑自己有没有存在的必要。

舜三郎从病人胸骨底部向下切开一条短短的竖直切口，又沿着竖线底端分别向腹部两侧斜向下切开，形成一个倒"V"字形。这样的切口，仿佛是放平的奔驰车引擎盖上的车标，只是少了外边的那个圆圈。这么大的切口，我之前只在弗吉尼亚的器官捐献者身上看到过。

我瞥了一眼掩藏在横膈膜下面的肝脏。它就是一块萎缩的肉疙瘩，布满结节，绿中泛黄。相对于周围的空间，它的体积已萎缩得太厉害了。每当呼吸机翕张、推动横膈膜时，它就会在四周形成的血窝里左右晃动。

仿佛到处都在流血。切口腹部的皮肤呈半透明、混浊的黄色，表面遍布着的粗大的蓝色静脉从肚脐周围四下散开。可以看到，有些血管的脉路已经被切口截断。当斯塔兹开始移除放置在切口四周的海绵时，这些静脉里的深红色血液就像河水一样汩汩流出。

斯塔兹拼命地为病人止血。他从手术助理护士手里抓起一把又一把持针钳，不断用医用缝合线缝合被切开的静脉。与此同时，卡洛斯、洪、舜三郎抓住线尾稳稳地为缝线打好结。我也不失时机地抓住一根线尾准备打结，结果在绕第二圈时把线弄断了。

"该死！"斯塔兹骂了一句，在我弄断缝线的地方又缝了一针。这一次，我用力过猛，把线从组织里拽了起来，血一下子涌了出来。卡洛斯抓起一块海绵，按在出血的地方，侧身让斯塔兹又缝了一针并打好结。斯塔兹在同一个地方缝了两针，然后卡洛斯和舜三郎各打了一个结，这才把血止住。舜三郎对我皱了皱眉，轻轻地摇了摇头。

在他们打好结之后，我觉得我能剪断线头。一般而言，这种活儿都是由医学生来做的。再怎么说，我也是受过培训的外科医生。一个月前，我刚在犹他州结束培训，那时我各方面的表现都很优秀。于是，我二话不说，抓起剪刀，剪断缝合线。

"太短了，该死的！"斯塔兹说，"缝线会松掉，他会因失血过多而死。这样你就满意了吗？"

斯塔兹又缝了一针。舜三郎打了个结，把线绕了四圈。然后由我把线剪断。

"太长了。"斯塔兹生气地喊道。"够了！舜三郎快点来帮帮忙！他根本不知道自己该干什么。"

1981年6月30日，我在犹他大学做外科住院医生的最后一天。我当时31岁，希望成为一名器官移植外科医生。托马斯·斯塔兹博士是肝移植之父，可能也是当时世界上最有名的器官移植外科医生。他同意我加入他的团队，在他手下接受培训。6个月前，他刚刚将他的器官移植项目研究地点搬到匹兹堡。我在俄亥俄州长大，之前从未去过匹兹堡。我不喜欢那里的橄榄球队——匹兹堡钢人队，因为它总是击败我钟爱的克利夫兰布朗队。

我和妻子卖掉她的汽车，把皮卡送给朋友，然后租了一辆卡车，把我的汽车和其他一切家当塞了进去。7月4日是周六，我们在这一天天亮前就动身前往俄亥俄州。在怀俄明州岩石点以东8英里[①]的地方，我们撞上了一只年幼的羚羊，当时太阳刚刚从满布岩石和鼠尾草

[①] 1英里约等于1.6千米。（下同）

的地面升起。然后在奥马哈市，我们从一片草场燃烧起来的浓烟中穿过，火灾因烟花燃放而起。到了俄亥俄州，我们把卡车停进父亲的车库，然后把东西卸下来。接着，我在星期一把卡车还给租赁公司，又在第二天拨通了斯塔兹办公室的电话，询问在哪里能找到合适的住处。

我本来打算在7月份休整整一个月的假。做了5年的外科住院医生，然后又将面临两年器官移植研究员的艰苦生活，我觉得休假一个月并不过分。在这期间，我们要找个住处，然后搬进去。等忙完这些事，我还剩下将近3周的时间可以纵情挥霍。想到这里，我便像十几岁过暑假时一样幸福。

斯塔兹办公室的秘书让我别挂电话，说会有其他人和我通电话。

一个女人的声音从电话中传来，夹杂着奇怪的鼻音。随后我意识到，这是匹兹堡人的口音。"肖医生吗？你到底在哪儿？"

我说，我在俄亥俄州，我父亲家里。

"你本应该在上周，"她说，"也就是7月1日来报到的，你不知道吗？"

她不了解情况。我告诉这位秘书，我已经在3月份的时候和一个人讲过我会休假到8月。那个人是一位女士，她当时保证，会把这一情况告诉斯塔兹博士。

我抬起头，看了看父亲厨房里挂在电话上方的挂历，挂历上写着：8月1日，星期六。

"我们毫不知情，肖医生。"她说，"斯塔兹医生以为你上周就会过来，你已经错过两次夜班值班了。依我看，你最好今天就过来。最迟不要超过明天。"

我在星期二的早晨给斯塔兹医生的办公室打电话，而到了星期四晚上，我们已经开车来到匹兹堡，花钱找了一处距离医院只有几个街区的房子。我们用父亲的皮卡车运了尽可能多的家当过来，等我们收拾好，在附近找到一家食品杂货店时，已经是晚上10点多了。第二天一早，我就去医院报到了。当天晚上，我的妻子打电话说家里的冰箱坏掉了。星期六值班时，有人打破了我停在足球场附近山坡上的汽车车窗，偷走了工具箱和一只印有爵士队队徽的咖啡杯。桑迪对我说，如果是她，她不会把车停在那里。

桑迪是器官移植团队的一名护士。我来的第一天，她带我熟悉医院的环境。第二天，她告诉我哪里不能停车。我们去成人重症监护室的时候，一位年轻女士让我在一份号召禁止肝移植的请愿书上签字。她穿着短款白大褂，脖子上挂着一个崭新、发亮的听诊器。

"器官移植有悖伦理道德。"她说。

我听了想发笑，但是她一脸认真的样子让我忍住了。我说，我是新来的器官移植研究员。

"噢，"她说，"那你更应该在这上面签字了。"

这位女士告诉我，在头6个月里，新的器官移植团队做了6例肝移植手术，6位病人没有一个活下来。

"有一次，他们用光了宾夕法尼亚州的储存血液，"她说，"这让其他地方的医院好几天都没有办法做外科手术。当时的情况非常糟糕，简直太可怕了！"

桑迪告诉我，那个年轻女士的说辞过于夸张。缺血的事总共只发生过一次，而且是在阿利根尼县①，而且也只持续了半天。

"另外，孩子们恢复得也很好。"她说。

"孩子们？"我问。

"6个病人全都是孩子，"桑迪说，"他们都活得好好的，非常健康。"

"噢，这么说，你们的成功率还蛮高喽？"那个医学生反问道。她站在那儿，翘着下巴，一手叉在屁股上，手里拿着夹纸板。

"亲爱的，这不关你的事。"桑迪抓着我的胳膊，把我拉走了。

---

①阿利根尼县是宾夕法尼亚州西部的一个县。

6个月前,斯塔兹和他的团队刚到这里时,匹兹堡大学还没有地方安置他们,于是拨给他们一处闲置的实验室。这间实验室很宽敞,内部被一条条实验室长凳隔开,清洗槽、气喷嘴一应俱全。我和另一位器官移植研究员共用一张桌子。桌子倚着墙,夹在两条长凳之间。电话线从我们的头顶上方穿过,用塑料口袋系着,弯弯曲曲地绑在天花板的包框上。桑迪说,这只是权宜之计。

"这种情况持续了多久?"我问。

"至少已经7个月了。"她说。

我不禁想起刚才的请愿书。不知道再过7个月,我们会在哪里。

第一次与斯塔兹博士会面时,他向我询问穆迪博士的近况。穆迪是犹他大学医学院外科系的教授,就是他说服我跟着斯塔兹培训。很明显,在推荐信里,穆迪教授为我说了不少好话。

"弗兰克·穆迪告诉我,你是非常优秀的外科医生,"斯塔兹说,"你认为,他说的是事实吗?"

他看着我,眼神让我感到紧张。他的问题于我像是一种考验。

"大概是吧。"我说。在斯塔兹面前,我觉得自己就像是十几岁的孩子。接着,我告诉他,我没打算做肝移植。说这话时,我感觉自己好像在坦白犯下的错误似的。

"为什么?"他问。

我告诉他我的兴趣是肾和胰脏移植。

"明白了。"他说,眉毛紧锁,蹙着额头,表情古怪。他坐到他的椅子上,手放在膝盖上,盯着墙壁坐了一会儿。从我的角度看去,可以看到他微倾的肩膀、完美的鼻梁和侧脸。随后,他站了起来。

"嗯,我考虑考虑吧。"他说。然后好像没话说了,时不时地看向地面,又看一眼我,然后把目光转向别处,似乎怕被别人发现。

我说,我该走了。他笑了笑,伸出胳膊,和我握了握手。

"见到你很高兴。今天先这样吧。"他说。

我点点头,然后离开。

当我说我没有做肝移植的远大抱负时,我觉得我并没有在寻求他的认同,从而获得慰藉。事实上,我自己也不清楚,当时我希望他会有怎样的反应。即便是现在,我还是怀疑,当时他是不是觉得我的观点和社会上的主流观点一样,都认为肝移植是痴人说梦、徒劳无益的。在得知我决定在斯塔兹门下培训时,犹他大学的一些教授和很多朋友都觉得我犯下了一个很大的错误。我认识一位在私立医院工作的资深外科医生,他是一名摩门教徒,曾经在纽约做过器官移植外科医生。他告诉我,肝移植"不过是毫无希望的病人在临死前的一场昂贵而痛苦的折磨"。

我想嘲笑他们,批评他们的怀疑是多么无知。但是,我无法驱散一个一直困扰着我的疑虑。此前,我对斯塔兹和肝移植的全部了解,都是来自多年来的一些传言,这些传言说斯塔兹在科罗拉多州的肝脏移植项目频频出现灾难性的失败。不过等到我决定接受器官移植外科培训的时候,情况已经有了变化。

斯塔兹的团队在做肝移植时,已经开始使用一种叫作环孢菌素A的新药。这种药能够更有效地阻止接受了器官移植之人的免疫系统攻击移植过来的器官,因此有望在肝移植领域带来一场变革。在美国,斯塔兹是唯一有途径获得该药,并将其使用在肾脏或肝脏移植病人身上的外科医生。

弗兰克·穆迪教授也一直劝说我到斯塔兹的团队来接受器官移植的培训。他告诉我应该志存高远,与最优秀的人一起工作,在斯塔兹的门下接受培训。穆迪博士的劝勉让我感觉,去其他地方培训是一种损失。毕竟比起躲在后方明哲保身,在器官移植的真正前线上战斗才是更值得追求的光荣事业。

"快点儿,握着这个!"斯塔兹医生把一个牵开器放在病人的腹部。

舜三郎打了一下我的手,提醒我注意。我接过牵开器,保持着斯塔兹交给我时的角度。

"不是那样。"斯塔兹说。他把牵开器从我手中夺过去,重新摆好角度。"是这样。"

我重新接过牵开器,集中注意力,尽量保持一动不动。我打量了一下房间四周,发现我对这里的一切还是毫无头绪。根据之前的经验,大多数手术只需要一位外科医生和若干助手。这样,负责人是谁,由谁来确定手术的走向,由谁来做最终的决定,每个人对此都会一清二楚。但是那天晚上,斯塔兹让我们5名外科医生和他一起参与手术。如此多的外科医生参与同一台手术的情况,我此前只见过一次,那是一例分离连体婴儿的分体手术。

那时我还在犹他大学,是整形外科医生团队的一员。不知道什么原因,我也加入到神经外科医生和小儿外科医生的中间,参与这台分体手术。在我看来,那简直是一场闹剧。对于手术中的每一件事,每一个资深外科医生都要发表自己的看法,而我就像是目击证人,旁观着这一切。

在我看来,两台手术的区别在于,在这里,每个人都知道只有斯塔兹一人是掌控者。在斯塔兹的手术室,我唯一的任务就是不要妨碍大家,尤其是斯塔兹。结果,就连这点小事儿我也没做好。

洪医生站在一个踏板上,这样可以使他保持在合适的高度。他和斯塔兹医生之间相距大约18英寸,这就是我全部的活动空间。有时候,为了帮上点儿忙,我会往里探一下身子。结果,我不是撞上斯塔兹的胳膊,就是撞上他的肩膀。而斯塔兹则会一屁股把我挡开,或者照我胸口给上一肘子。我想他也不是有意的,这只是他保护自我空间的本能反应而已。

那是我参加斯塔兹手术的第一个夜晚，我还完全不清楚他们手术时的工作方法。斯塔兹常常就近抓起某个人的手，把它放到他希望的位置，完全不关心这是谁的手，也不关心这只手当时在干什么。他只是随心所欲。"可恶的混蛋，该死"这句话他张口即来。"我看不到了""别拖后腿，帮帮我"，每当有人帮倒忙时，他就会这样说。

这就是我初次进入斯塔兹医生的手术室时的情景。当时我还不知道，他的口头禅远不止这些，并且很快我就会烦透它们。后来我会模仿这些口头禅来取笑他。再后来，当我们时空远隔时，我甚至开始怀念并渴望能够再次听到他说的这些口头禅。

我对肝移植非常感兴趣

一天早上，我在手术室见到斯廷森医生之前正和舜三郎一起在十楼巡房。忽然，舜三郎不作声了。

"呃，"他咕哝道，"老板过来了。"

我转过身，看到斯塔兹医生正沿着长长的走廊朝我们走来，看起来神采奕奕。他走得很快，脚步轻盈，这表明他没有什么急事，心情很好。斯塔兹的身材像运动员一样瘦长匀称，看起来比实际年龄小，完全不像55岁的人。他身后跟着一队人，其中两三位是亚洲人。他们穿着白大褂，袖子卷到手腕，衣服下摆随着步伐在小腿上晃来晃去。

还有一位高个子的男人，头发灰白，穿着定做的西装。他走在几位亚洲人的前面，紧跟在斯塔兹的身后。他是位重要人物，可惜我一直没机会了解他，和斯塔兹医生并排走在一起的，是一位红头发的年轻女士。她脸上一直挂着笑容，胸前抱着马尼拉文件夹①。当他们走近时，我看到斯塔兹的拇指和食指之间夹着一根点燃的香烟。他夹烟

---

①马尼拉文件夹：马尼拉的名字是因为最初制作这种文件夹是用马尼拉麻作为原料。

的姿势很巧妙，恰好可以用手挡住走路时产生的风，以免烟灰被吹落到地上。

舜三郎似乎知道什么情况。斯塔兹微微抬头，和他对视了一眼。舜三郎点点头，深吸了一口气。那时，我也只是刚认识舜三郎，还不了解他在团队中的地位。

"嗯，你看，"斯塔兹说，"我们为斯廷森医生找到了器官。"

我被淹没在一群外科住院医生和护士中间，他们与卡洛斯和舜三郎一起在这里巡房。斯塔兹迅速瞥了我们一眼，立刻把脸转了回去。仿佛他只是想偷看一眼，并不想引起我们的注意。

"今晚吗？"舜三郎说。

斯塔兹低头看着香烟，然后深深地吸了一口烟，又迅速地吐出来。我们看着他，没有说话。

"嗯，我想一想。"他说。

他又看了看舜三郎，就像脑子里还在想着这件事情一样。他看着我，皱着的眉头舒展开来，朝我点了点头，似乎又有些迟疑。我往身后望了望，确认一下我是不是搞错了。

"没错，当然是今晚，"他说。"直升机来接我们是吧……什么时候？"他转过头，询问那位拿着文件袋、头发红艳的女士。

她看看表，"还有45分钟。"

"肝脏很完美，"他说，"我需要一流的团队。嗯，我考虑考虑……"他把我们打量一番。我两眼盯着他，希望能引起他的注意。

"我们能带……多少人？"

"除了你和我吗？"她说，"4个。"

"好。"他说。突然，他猛地跳起来，把烟头丢到地上，看了看自己被烟头烫到的手心。

"可恶的混蛋，该死。"他一边骂，一边甩了甩手，用穿着白色锐步鞋的脚尖，使劲碾油毡地板上的烟头。

"嗯，我考虑考虑……"

他又打量我们一番，然后叫上卡洛斯和另外一位器官移植外科研究员。

"你们。"他说。接着指了指那两个亚洲人，他们一男一女。男的敦实，已经谢顶；女的年纪较轻，头发长及白大褂的领子。"洪医生和吴医生要去吗？"他问，两人点点头。他看看我，手指抬到一半又放下。"嗯，我想带你去，可你对肝移植不感兴趣。"

我立马争辩道："我不是那个意思。我的意思是……"

"如此说来，你是对肝移植感兴趣？"

"是的，"我说，"非常感兴趣。"

"好，那就另当别论了。"他一边说，一边看向舜三郎。"我们降落后，会打电话告诉你。"

他转身要走，却和穿西装的高个子男人撞个满怀。他嘟哝了一句什么，然后走开了。除了抱着文件夹的女士，其他人紧跟他身后走了。

她告诉卡洛斯，20分钟内在急诊室见。接着她看向我，伸出手，说："我是玛丽·安，你一定是新来的同伴吧。"说完，跟在那队人身后走开了。

我们要在夜间飞行，我希望能抢个前排座位。因为直升机飞得又低又快，掠过城市和田野的上空，飞越阿利根尼山脉。

当时，一辆商务车把我们5个人送到足球场后的山丘上，我们到的时候直升机已经等在那里。斯塔兹带着宝蓝色棉睡袋，准备登机，结果睡袋被停在草丛里直升机的梯子绊了一下，他卷起睡袋，挤进机舱。直升机的扇叶已经开始在我们头顶转，涡轮机也发出嗖嗖的声音。他抱着睡袋四仰八叉地躺在后边的长凳上，洪医生和吴医生悄悄坐到他对面的长凳上，悄无声息地盯着他。他把手伸到工装裤口袋，掏出眼罩，注意到洪医生在看他。

"从你们的航空公司顺来的,"他咧开嘴,笑着说,"中国航空。"

卡洛斯想从斯塔兹身边爬过去,挤到板凳的角落里。不过他爬过去之前犹豫了一下,因为他的身材太魁梧了。玛丽·安登上飞机,坐到斯塔兹的另一侧。我左看右看,没有找到位置,于是兴冲冲地转过身,朝前门走去,结果和里面走出来的头戴耳机的男人撞到一起。

"我们只能带5个人。"他高声喊道。

玛丽·安看向斯塔兹。他头上盖着睡袋,似乎靠在卡洛斯身上。她让洪医生先待在后边。

洪医生的目光开始闪烁。

"洪医生,"她笑着,一个字一个字地着重说道,"你、得、下、去、了。"

但是吴医生离门最近,于是她站起来,跳下直升机,头也不回地走开了。我坐到她的位子上,目送她离开。这时,商务车早已开走。副驾驶员检查好我们的安全带后,准备打开斯塔兹的睡袋,检查他的安全带。

玛丽·安抓住他的手,摇了摇头。他犹豫一下,点点头,关上门,把我们锁在里面。飞到训练场上空时,我可以看到吴医生在黑暗中沿着罗宾森路走下山丘,正经过我停车的地方。

我的位置不好,从机舱里看不到太多外边的风景。洪医生的位置靠窗,但他头倚着窗户睡着了。窗外是一片片破碎的云朵,没有月亮,我们的直升机似乎一直在云层上飞行着。最后,飞机降落在一家大型的大都会医院的楼顶上。我们走下一段楼梯,进到电梯里。

直升机专机接送,武装警卫一路护送到更衣室,走进手术室时一副丹佛来的专家派头和众人瞩目下的骄傲姿态——这一路上的一切很容易让人沉醉其中,忘乎所以。不过,我有些心不在焉,完全顾不上享受这种感觉。或者说,我有些不安,担心我们的狂妄会让人反感。

接下来几小时发生的事情,更是让我大开眼界。现在我才意识到,在我之前的人生中——与父亲一起在手术室度过的夏天，作为医学院学生轮流与其他外科医生相处的岁月，作为住院医师在四家私立医院、一家退伍军人医疗中心和一家创新型大学附属医院与外科医生共事的5年时光里，我未曾感到如此混乱，也从未见过两个外科医生之间如此剑拔弩张。

那次在弗吉尼亚州发生的冲突，是斯塔兹及其团队第一次和其他主任医师正面交锋。在那段日子里，在我们发表论文进行反驳之前，肾移植外科医生之间一直流传着一个谣言，说匹茨堡的团队在从捐赠者的体内取肝脏时，会连带损伤他们的肾脏。

更复杂的是，外科医生，尤其是当时的器官移植外科医生，他们往往将手术室看作自己的私人领地，他们在自己的"地盘"上并不习惯与其他人带领的团队协调合作。

斯塔兹当然了解这一切。他明白，如果自己还希望今后从匹茨堡以外的地方外获得捐赠者的肝脏，他就必须维护和这些外科医生的关系。为了确保进展顺利，他尽量与人和平相处。但是，他也清楚摘取肝脏的手术不容犯错，如果新移植的肾脏不能用，还可以让病人回归透析治疗。但如果新移植的肝脏没有用，病人的遭际可能就会很悲惨。

在一开始的时候，让器官捐献者捐献肝脏或心脏（而不是肾脏）是一件值得新闻报道的大事。在我们外出摘取捐献者的肝脏时，很多时候都会受到电视台和报社记者的采访。一年年底，在佐治亚州的奥古斯塔，三辆警车到机场迎接我们，以120英里的时速护送我们到医院，把跟在后边的电视台采访车远远甩开。在密苏里州的开普吉拉多，已经下班的护士担心我们挨饿，还给我们送来水煮虾、炸鸡和奶油曲奇饼。在俄亥俄州的代顿，市长顺道来看望我们，还和我们一起合影。总之，我们享受了很多特别待遇，因为我们毕竟是来自丹佛的器官移植专家。

主任医生在指导住院医师做手术。他们的速度太慢了，斯塔兹很不耐烦。我们马上穿上手术衣，戴上手套，挤到手术台旁。住院医师退到后边，手里还拿着镊子和剪刀。

"你已经做得很棒了，非常优秀。"斯塔兹说，"不介意我在这儿忙一下吧？"

洪医生想挤到手术台的另一侧。但是，主任医生就像巨大的绿色冰山一样，纹丝不动。洪只好站在后边，双手紧握在胸前，两只脚来回交换着重心。卡洛斯也站到主任医生的身边。而我则退到后边，靠近手术台的前面。在这里，我可以看到捐赠者的脖子和脸。他的年龄和我相仿。

看到我站在一边观察，麻醉师皱起了眉毛。我挪到他跟前，站在他的凳子上，弯下腰往下看。

"他是怎么死的？"我悄声问。"他在庆祝自己升为经理的时候，不小心从二楼的窗户掉了下来。"他说。

我双眉锁紧，点点头，退到一边。

斯塔兹医生往下拉开被单，露出捐赠者的胸膛。"该死，"他说，"我们要准备手术了。"

主任医生建议我们再等一会儿。"汤姆，再等二三十分钟，"他说，"我和安东尼就快取出肾脏了。"

主任医生示意住院医师回到手术台。我让开身子，让他进来。

斯塔兹医生向手术助理护士要来碘伏。碘伏是一种含碘的药品，在手术前，我们用它来对皮肤进行消毒。斯塔兹在捐赠者的胸口和腹部上方抹碘伏，因为用力太大，洪医生的口罩、手术衣都被溅上棕色的斑点，甚至睫毛和脖子也未能幸免。

"你们继续做自己的事，"斯塔兹说，"我们只是稍微忙一下，不会妨碍到你们。"

斯塔兹拿起手术刀，顺着主任医师在供体腹部切好的切口，一直往上割到他脖子下边的胸骨切口上。接着，卡洛斯一手拿着大钩刀，一手拿着锤子，把胸骨从上到下分成两半。洪医生和我则尽量不去妨碍其他人。

他们将一把牵开器放进捐献者的胸腔内，把胸骨打得更开了。死者的心脏一下子跳了出来，和着检测器的嘀嘀声上下跳动。紧挨在心脏下边的是捐献者红润的肝脏，我从未看得如此真切，它就赤裸裸地摆在眼前。斯塔兹让洪医生拉着胸腔的一侧，摆出他拿手的滑水姿势。他让我拉着胸腔的另一侧，他和卡洛斯则开始扒开内脏，好接触到肝脏的血管。

主任医生对此不满。斯塔兹需要把内脏向下拨开，而主任医生则需要朝着肝脏的方向把内脏向上拨开。这样，他才能看清肾脏、主动脉下部和腔静脉。

"你不如稍微休息一下，汤姆？"

"你已经做得很棒了……安东尼。"

"安东尼，"住院医师说，"你以后会成为一名优秀的外科医生。"

"真的，汤姆，给我们30分钟，我们不会再妨碍你。"

"让我再看两眼，确保解剖正常。就几分钟，仅此而已。"

我瞅准帮忙的机会，把一块海绵放在捐献者的胃上，然后把它拉向一边。

"该死，放手！你是来帮我的，不是来妨碍我的。卡洛斯，给他示范一下该怎么做。他完全不明白该做什么。"

当然，斯塔兹是在说我。

两小时后，我们带着斯塔兹所说的完美肝脏离开。我脱掉手术服时，主任医生和安东尼还在忙着摘取肾脏。

"很高兴见到你们。"我说。我不确定他们有没有听到。

麦克斯·斯廷森的新肝脏

不知过了多久,似乎是在缝合了几百针后,斯廷森医生失血的情况才得以控制。我突然感到一阵疲惫向我袭来。此时已经是凌晨两三点钟,我迫切希望能帮上点儿忙,可又困得几乎睁不开眼睛。斯塔兹已经开始处理受损的肝脏。

每取得一点进展,都要耗费很长一段时间,似乎永无止境。处处需要缝合,处处需要打结。如果是我,我会用电烙器把大部分组织修复好,这样比较干脆利落。正当我这样遐想时,一处结松掉了,血立刻喷涌而出。我意识到,也许这些血管太粗了,不是电烙器就可以搞定的。

对我来说,这样的外科手术异于寻常,和我之前接受的培训都不一样。他们的规矩好像特别多,甚至是以前我觉得理所当然的事,他们也有特别的规定。例如,在切掉血管之前要先打好结,并且打的结必须是四重结,而不能是三重结;打结用的缝合线要么用线径 4-0 的线(较粗),要么用线径 2-0 的线(较细),而绝不能用线径 3-0 的线(粗细介于 4-0 与 2-0 之间)。

要求使用线径为 3-0 的线,便是违反规定。如果在这里提出使用 3-0 号线的请求,不仅表明你优柔寡断,而且还彰显出你的无知。我当时笨拙迟钝,不知道适合使用的是 4-0 号和 2-0 号线,而不是 3-0 号线。

由于选择不慎,我竟成了外科医生中的蠢材,犯下错误使打好的结又散掉。此外,他们对手术器械也有规定,只有某些手术钳是符合要求的。如果你递给斯塔兹的止血钳和他想要的不一样,哪怕只是形状上的细微差别,也是违反规定的。这样做的下场就是,手术钳被扔在地上,或者哐啷一声被扔到不锈钢桶里。

规定总是一成不变的,所以学起来并不困难,复杂的手术步骤学起来才是最困难的。我特别希望能成为斯塔兹医生最优秀的助手，但是每当我以为掌握了他的手法时，他就开始改变手术中的做法。有时候，他的手法应用灵活多变，令人叹为观止，我为能亲眼见证斯塔兹强大的创造力而深感荣幸。不过，他频繁改变手术中的做法也让我的注意力有些涣散。我开始怀疑，他这么做一部分是为了手法的创新，还有一部分是因为他不喜欢被人猜透。

斯廷森的肝脏严重萎缩，布满结节。我以前从未见过有人对这样的肝脏做手术。曾经教导我的外科医生在手术中总是避开肝上界或肝下缘，仿佛那里是一片禁区，除了无尽的麻烦外没有任何东西。然而斯塔兹打破了这一迷信。这让我回想起曾经在《60分钟》[①]上看过的一段视频。视频里，一位韩国精神外科医生的手穿过病人的衣服和皮肤后，伸进病人的身体里摸索，发出恐怖诡异的声音。突然，他把手拿出来，手里捧着一个丑陋的蠕动着的东西。斯塔兹就有这种纯粹像是魔法的本事——在我还不知道怎么回事，他已经拿出一个极其恶心的肝瘤，做好了将其切除的准备。

舜三郎和卡洛斯交流了几句，然后卡洛斯离开了手术台。我以为他是去休息，不过几分钟后，一阵刺耳的敲击声传来，把我吓了一跳。原来卡洛斯来到手术台后边，正用钢锤在手术巾上敲打东西。他摊开手术巾，里面是敲烂的塑料袋和一堆碎冰。他把冰倒进钢盆，又拿来一包冷冻过的静脉注射液，把它包在蓝色的手术巾里，开始敲打起来。这时，玛丽·安来了。她把一只塑料壶嘴按进盛有液体的袋子的开口里，将液体倒入装冰的盆里。

"叫玛丽·安过来，"斯塔兹说，"我们现在要用肝脏。"

"我在这儿，汤姆。"玛丽·安举起冷藏箱，把它放在架子上，然后打开。她用手术刀刀片割开绳子，打开前两个冰袋。卡洛斯伸进去

[①]《60分钟》或《60分钟时事杂志》(*60 Minutes*)，美国的一个新闻节目。

取出第三个冰袋，把它放到冰盆里打开。

几分钟后，斯塔兹才反应过来。他发出"噢"的一声，然后抬起头看到卡洛斯在检查新取来的肝脏。"很好。"他说。

那晚早些时候，我们从捐赠者的腹部取出肝脏后，我看到他的腹腔内留下一大片空洞。我内心没有动摇，而是充满敬畏。那个人已经死去，变成一具尸体。在实验室或者太平间里，从尸体身上摘除各种器官的场景我已经习以为常。毕竟，这么多年来我们就是这样学习解剖的。

就像抓住小妖精的脖子把它拽出来一样，斯塔兹用之前夹腔静脉的手术钳取出斯廷森体内的肝脏。在他把肝脏放进容器里时，肝脏上面还滴着浓稠的血。我看见舜三郎把它递给护士，护士又把它放到后面的手术台上。我盯着斯廷森医生的腹部，那是原先肝脏所在的地方，现在只剩下一个空空如也的窟窿，让人难以置信。我一下子没了主意，不知我们如何才能填补好这个令人难以想象的窟窿，解决好这个可怕的问题。

斯塔兹叫人取来新肝脏。卡洛斯把新肝脏放进一袋冰水里，斯塔兹把手伸进去，像取金枪鱼的内脏一样把新肝脏拿了出来，然后把它放在手术巾上。肝脏的表面因结了一层薄霜而变得灰白，雾气从上面散发开来。舜三郎把它捧在手里，好让顶端腔静脉的开口暴露出来。斯塔兹做好固定缝合，然后把新肝脏在斯廷森腹腔内放好。与此同时，舜三郎和卡洛斯向上拉着撑条。

"我的天哪，搞快点！"斯塔兹说。他和舜三郎分别为各自这一侧的固定缝合线打上结。

接着，他开始将新的肝脏缝进斯廷森的体内。看着接下来发生的那一切，我感到难以置信。虽然从那时到现在，这种事情我已经做了几千遍，但那天晚上发生的事情依然让我深深震撼。当我看到斯塔兹争分夺秒,将所有血管连接起来的情景时,我便觉得这就是外科手术的最高境界。这台手术之所以需要争分夺秒,是因为肝脏一旦从冰桶中取出就会逐渐恢复温度,而我们必须在 40 分钟之内使其恢复血液流通。我剪断肝门静脉上的最后一针缝线,希望能为他们做一点事情,结果却把事情给搞砸了。线头剪得太短,整个缝合口的线都松掉了。斯塔兹不得不重新缝一遍。

他一边缝,一边念念有词地说道:"该死,鬼知道在犹他大学的 5 年里,弗兰克·穆迪都教了些什么给你!"舜三郎朝我摇了摇头,乜斜着眼,每次我一动,他就颇为不满地警告我住手。我的双腿紧张得抖个不停,完全不听使唤了。但是我没有其他办法,只能深呼吸,希望自己别晕厥过去。终于,缝合手术结束,舜三郎从眼镜上边看向麻醉师。

"准备好了吗?"舜三郎问。

麻醉师赶紧起身,加快静脉注射液的流速,两眼来回扫视监视器上的各种指标。

"是的,"他说,"应该准备好了。"

"认真点!"斯塔兹说,"集中注意。你必须确定才行!"

斯塔兹抬起手伸到肝脏上方,左手把肝脏向下拉,右手捏住上腔静脉上的大血管夹。

"可以了吗?"他问。

他瞥了麻醉师一眼,不等麻醉师回答,就把上腔静脉的血管夹松开了。接着,他拿掉下面的夹子,静脉的血液便开始流入肝脏,流过的地方看起来像是长了紫色的瘀块一样。他等了等,看看有没有哪里出现严重失血。

确认没有后,他拿掉了肝门静脉上的血管夹。肝脏迅速恢复了血色,紫色的瘀块褪去,更鲜亮的颜色向整个肝脏的表面晕染开,直到整个肝脏变为棕红色。

他把肝脏翻转过来，看看肝脏的上下和背后，四处填上一块块的小海绵。然后，他把肝脏复位，从手术台上退了下来。我想松口气，但不确定现在可不可以。

"舜三郎。"他说。

"你准备缝合动脉了吗？"舜三郎问。

"等你把剩下的任务先做好，"斯塔兹说，"我想等肝脏干透后再开始。"

我让开身子，让斯塔兹博士出去。舜三郎从对面走到我身旁的时候，斯塔兹已经走出手术室。我深吸一口气，感觉流进鞋子里的血已经开始凝结成黏糊糊的一片，脚一动便咯吱作响。

"他去抽烟了，"舜三郎以其带有口音的英语说道，"干透？不是已经干透了吗？"

"你要歇会儿吗？"卡洛斯对舜三郎说，"我留下来，继续干一会儿。"

"你先去休息，"舜三郎说，"等老板回来，我再出去抽烟。"他看向我，问道："你要休息吗？"

我摇摇头。

"好，那你到对面去吧。"

无论舜三郎怎么放肝脏，洪始终稳稳地托着它。我们把海绵一块块取出来，四处寻找漏血的地方，发现几处，便把它们缝合好，直到舜三郎抬起头，要我们"再拿点儿海绵过来"，用海绵把肝脏周围的空间全部填满。

"干透了。"我说。

舜三郎哼了一声。"我们等等吧。"他说。他要来一张凳子坐下，眼睛闭着，耷拉着脑袋。

洪也稍微放松一下。他反复把手指攥起又张开，然后再使劲甩甩。

"手酸了吧？"我说。

他看着我，笑了起来。他把手放到床单上，眨了眨眼。

"拉的时间太久了。"我一边说，一边模仿他用双手拉着胸腔的姿势。

他又笑了起来，双脚开始交换着身体的重心。

"你的家乡在哪里？"我问。

他眨了几次眼睛，手伸进床单，掀起腹部垫的一角，看了一眼肝脏，又把它放下，用手指轻轻敲了敲。

"肝脏不错，"他说着笑了起来，"这次的肝脏不错。"

我看着监视器，担心斯廷森的心率过快了。我使劲挤挤眼睛，感到眼皮酸涩。我用力眨着眼睛，又环视四周，看看有没有多余的凳子，不过还是没有找到。我感觉自己疲惫得快要瘫倒下来，我太想睡觉了。

斯塔兹回来的时候时间过去了多久，半小时还是一小时？我不知道。反正他回来了。舜三郎急急忙忙地从板凳上站起来，挺直身子。他的板凳滚到对面，撞上一只金属桶。洪也醒了，大笑起来。我睁开眼时，发现盖在我腰上的帷帘的凹槽里已经积了一汪血。血多得难以想象，我找来一个抽吸接头，把血清理干净。

"嗯，我们来看看。"斯塔兹一边说，一边把手塞进第二只手套里。结果，他用力过猛，把手套的橡胶口打在手上了，发出了清脆的"啪嗒"声。之后他又差点绊倒在桶上。洪伸手抓住他的胳膊。

"你干嘛，洪？"斯塔兹猛地从洪的手中抽出胳膊，踢了一脚桶，走到我和洪中间，与我们站在一起。他从我手中拿走抽吸接头，同时从手术台上扯下被血浸透的手术巾，然后把它甩到一旁，结果洪的脸上和手术服上都溅满了血。

"洪，你身上弄脏了。"他说。

洪走开去换手术服和手套。斯塔兹查看一遍肝脏，把血吸干净。我听到他对舜三郎说了些什么，但是舜三郎没有回答，只是用抽吸接头随意地吸着，目光望向手术台对面，看着斯塔兹低着的头顶。

"抓着这个，"斯塔兹博士说，"快点，该死！"

他说的是我。我伸过手，拉住斯廷森的肠子。

"要像这样！"他使劲按下我的手。可是，从我所站的这个位置，根本没办法朝他说的方向拉。

"见鬼，他做不来。舜三郎，你得帮帮他。"

我看着舜三郎，他像是被什么东西定住了一样，对斯塔兹说的话无动于衷。他应该是太累了。

"该死，见鬼，"斯塔兹说，"不相信生命的人，我不欢迎。"

舜三郎立刻打起十二分的精神。我在之后的几个月里才知道，舜三郎之所以故意做出那样夸张的动作，是为了表明自己严肃认真、尊重生命的态度，他将竭尽所能救治斯廷森医生。这也可以看出，他从斯塔兹的行为中认清了某些事实：跟着斯塔兹，稍有不慎，就会麻烦上身。

我认为，斯塔兹医生心里一直很明白他想要我们做什么，但是没有清楚地说出来，而是呵斥我们。这要么是因为他不能说，要么是因为他不愿意说。他总是骂我们没有热情，不专心，不细心，只会帮倒忙，直到有人让他满意为止。但是洪知道什么时候该服从，从而避免让他生气。不过把事情做得最让他满意的，还是非舜三郎莫属。大多数情况下，舜三郎不仅知道如何让他满意，而且做起来驾轻就熟。

就在这时，卡洛斯也回来了。他能用我做不出的非比寻常的姿势把小肠拉开。斯塔兹用一把小钳夹夹住斯廷森医生的动脉。

"把我的'神奇眼镜'拿来。"他说。

"什么？"器械护士问。

"还有，把吴医生找来，"斯塔兹说，"我需要她的能力。"

卡洛斯让巡视护士去呼叫桑迪。"吴医生没有寻呼机，"他说，"桑迪可能知道吴医生在哪里。"

舜三郎对手术助理护士说，斯塔兹需要他的放大镜。

我们在那里等着，看着斯塔兹反复调试他的放大镜。这是一副老式的放大镜，虽然不是定做的，但是可以自由调节。两只镜片可以独立地通过滑动螺丝上下、内外移动。

"见鬼！舜三郎，你是不是用过我的放大镜？"斯塔兹问。

"我从来不用你的'神奇眼镜'。"舜三郎说。

"肯定有人用过。"斯塔兹说。他手上捏着毛巾，还在调节放大镜。"我本来调得好好的。"他说。

"除了你，没有人用过，"舜三郎低声说，"我们没人知道'神奇眼镜'放在哪里。"

"该死，别顶嘴，舜三郎。"斯塔兹把手术巾扔到地上，直接用戴着手套的手拧动螺丝让镜片滑动，并顺着鼻梁上下推动镜架。

大约在这时，淡定从容、能力超群的吴医生赶了过来。斯塔兹医生停下来，不再摆弄他的放大镜，开始查看斯廷森腹部的动脉。

吴医生站在我对面不远的地方。不过我只能看到她露出手术台的头，而她的脸几乎被口罩完全遮住了。她站在阴影里，一动不动。斯塔兹似乎不用抬头，就知道她站在那儿。

"吴医生，"他说，"请帮下我。"

吴医生点点头，然后走开了。斯塔兹让我扯着什么东西，卡洛斯拿着抽吸接头在腹部里四下抽吸。几分钟后，吴医生再次出现在手术室里。她已经穿好手术服，戴好手套，像明星一样闪亮登场，站到舜三郎和卡洛斯中间。

"我要歇一歇。"舜三郎说。

"不行，舜三郎，现在还不行。"

舜三郎已经从垫板上走下去。他停住脚步，双手交叉。"吴医生会待在这里。"他说。

"什么?"斯塔兹抬起头来说道,"噢,吴医生。好的。"

"那现在我可以歇一歇了吧?"

"什么?噢,对。去吧,舜三郎。"

舜三郎走开了。吴医生站在斯塔兹对面,用她独特的姿势握着缝线的两边。斯塔兹将两根动脉的两端缝合在一起,他的动作比之前更加流畅了。周围重新安静下来,我甚至可以听到他平静的呼吸声。

他松开止血钳后,脉搏便恢复了跳动。他只用一针就缝好一处稍微有些漏血的地方,然后站在那里,检查肝脏的表面。他用手擦擦肝脏,把肝脏抬高了一点,看看肝脏的背后和下部,然后把它放回去,又用手擦了擦。

"完美的肝脏。"他说。

富含氧气的血液流入肝脏后,肝脏表面剩下的一些暗色斑块变得鲜红了。

"瞧,多完美的肝脏。"他说。

说完,他便走开了。吴医生也离开了,剩下的三个人,卡洛斯、洪和我互相看着对方。

"你们为什么不休息一下?"卡洛斯说。

我看向卡洛斯,这时洪医生正靠在我的身上。卡洛斯抬起胳膊,指了指手术台那边,点点头。

"我还可以坚持一会儿,"我说,"你去吧。"

"我去去就回。"卡洛斯说。

洪医生和我有一句没一句地聊了起来。我了解到,他来自上海,吴医生来自南京,这里还有一位来自武汉的明医生。洪说他知道犹他大学。

"约瑟夫·史密斯[①]。"他说。

[①]约瑟夫·斯密斯(Joseph Smith,1805-1844年):摩门教创始人。

"杨伯翰大学②,"我笑着说,"耶稣基督后期圣徒教会。"

洪歪着头想了想。

"摩门教徒。"我说。

"没错!"他说着,拍了拍我的手背。

我向他询问吴医生的情况。

"她来自南京。"他说。

"可是,为什么斯塔兹点名要她过来帮忙?"

洪又歪着头,来回摇晃脑袋。

"是不是他认为吴医生有某种神奇的能力?"我说。

"吴医生,"洪说,"她来自南京。我来自上海。"

舜三郎回来了。他让我去休息一会儿。我来到休息室,从咖啡壶里倒了些温咖啡。咖啡的颜色是泥黄色的,里面应该是已经加了乳脂、植脂末或者牛奶之类的东西。周围空无一人,我越喝越感到疲惫。

我丢掉纸杯,起身在手术室后的走廊里游荡。有人把轮床留在了手术室外边,可能是为斯廷森医生准备的。我坐上轮床,躺了下来。就躺一分钟,我心里想。

一位护士把我摇醒,说她需要用轮床。我以为我睡了20分钟,也可能30分钟。我回到手术室,尽量凑到前面,以便能观察得清楚。

我站在那里,盯着病人被打开的腹部,想要弄清他们现在进行到了哪一步。

"需要帮忙吗?"一位护士问。她走到我身边,想看清楚我是谁。这个护士我没见过。

"我想,我要继续做手术了。"我说,伸出双手,"八号半,棕色手套。"

"抱歉,"她说,"请问您是哪位?"

---

②杨伯翰大学(Brigham Young University):成立于1875年,坐落于美国犹他州普罗沃市,为耶稣基督后期圣徒教会创建。

我告诉她,我是新来的器官移植研究员。我刚刚休息了一会儿,现在要继续做手术。

"噢,"她说,"你来得有点儿晚了。现在是沃森医生的胆囊手术。"

我看了看时钟。已经上午10点多了。我睡了4个多小时。

"欢迎你在旁边观摩。"

一位头发灰白、戴着金属边框眼镜的外科医生看向手术台这一边的我说:"你应该能学到点东西。拉多夫斯基医生在这里,他已经成长为十分优秀的外科医生。"

我去换衣服时,舜三郎正在手术室的医生休息室里抽烟。

"缓过来了吗?"

我给自己倒了一杯咖啡,坐到他身旁的椅子上。

"我睡着了。"

"卡洛斯说你回家睡觉去了。"

"我睡在轮床上,就在走廊后面。"

舜三郎深吸一口烟,吐出六七个烟圈,烟雾在他头上飘散。"斯塔兹说你身体虚弱。"

我感到一阵反胃。舜三郎的食指和中指夹着万宝路,手腕向后翘。咖啡闻起来有股烟灰味。

"他说你并非训练有素。"

我不知道该说什么。舜三郎翘起二郎腿,又开始往头上吐烟圈。

"我有没有错过什么?"我问。

他直勾勾地看着我。"如果他不休息,你也一定不能休息。而且,绝对要比他先回来。病人的肝脏干透前,也不要休息。"

我告诉他,我根本不需要休息。他哼了一声说:"别傻了。"

我走开了,留下舜三郎独自待在休息室。我在重症监护室里找到斯廷森医生。

"你是新来的研究员吗?"斯廷森的护士问我。她穿着粉红色的护士服,上面印有海豚戏水的图案。她递给我一本活页笔记本,书背上写着"斯廷森"几个字。

"我们需要医嘱,"她说,"实习医生让我们呼叫你。"

我从她手里接过病历本,翻到医嘱页,上面一片空白。

"你去哪里了?"她说。她在和我说话。

"我还没配寻呼机。"

"我知道。"她说。我们看着对方,好一会儿都没说话。

"医嘱呢?"她问。

我点点头,从柜台下抽出一张凳子坐下。我伸到口袋里找笔,但是什么也没找到。她从护士服口袋里拿出一支笔,按了一下,递给我。"别丢了,不然你做梦时我都不会放过你。"

我拿着病历本,走进斯廷森医生的房间。他还连着呼吸机,伤口的包扎看起来已经干透,腹部也是平的。我看到一排装满明黄色尿液的袋子,只有最后一袋还没装满。我握住斯廷森的手,弯下腰,让他捏一下我的手。没想到他竟然有反应。亲眼目睹了那一切后,我甚至不觉得他还能活下来,但是当时他的手的确抽搐了一下。我让他再捏一次,这一次更明显了。

"移植手术很成功,"我凑近他的耳朵,轻轻说道,"您会好起来的。"

外科医生的神奇力量

我记得小时候,父亲经常会突然被叫到医院处理急事,比如摩托车手出了车祸,需要把整条腿切掉之类的事情。他总是在午夜后才回家,而我会被父亲的口哨声和踩在木地板上的脚步声吵醒。但我每次都会安心地重新睡着,因为我知道他一定解决好了所有问题。

父亲也救过我许多次。在我还没学会走路的时候,我在前廊上从婴儿车里掉了出来，我的额头撞到地上，破了个大口子。父亲给我把伤口缝合起来，母亲在桥牌俱乐部的朋友说伤口缝合得非常完美。三天之后，我推着小推车穿过纱门，正好把包扎好的伤口扯裂了。直到现在，我的额头上还留着一道斜斜的伤疤。

从那时起，直到我读大学一年级为止，父亲为我缝合伤口的次数不下六七次，其中四次伤口在脸上或头部，其他的则在手脚上。

我9岁那年冬天，在扮演"沼泽之狐①"时撞到了床栏，脸上被划了一道口子。《沼泽之狐》是在那个年月里我们最喜爱的迪士尼电视节目。那天晚上，我和最要好的朋友吉姆一起扮演《沼泽之狐》里面的角色，我是"沼泽之狐"弗朗西斯·马里恩，他则是大坏蛋塔尔顿上校（一名英国军人）。

与往常一样，上校在沼泽地展开对弗朗西斯的追杀，弗朗西斯躲在一根附着在苍柏树上的寄生藤下（吉姆下铺的床底）。然而，就像沼泽地的险恶环境一样，当我钻到床底下时，由于太慌忙，脚下又铺着地毯，我一下子就滑倒在地上。我脸上顿时血流如注。

塔特曼夫人扶我坐到厨房的桌子上，用一块冰过的抹布敷在我脸上。塔特曼先生在她身后探着脑袋看过来。

"啊，伤得很严重。"他说。塔特曼先生在彭宁顿面包公司的生产线上工作，他在家里也穿着红白相间的工作服。

塔特曼夫人说，也许用几片蝶形创可贴往伤口上贴一下就好了。

"埃尔默，"她说，"去叫肖医生过来。"

话音未落，从塔特曼家的前门走进来的不是别人，正是我的父亲。他戴着连着耳罩的防寒帽，帽檐很短。这种帽子在天气特别寒冷的时候可以把耳罩从里边放下来。父亲查看了我的伤口，说需要缝几针。

---

① "沼泽之狐"是美国独立战争时期的英雄弗朗西斯·马里恩，他以现代游击战、机动战打法而闻名。迪斯尼出品了同名电视节目。

我们坐在车上，父亲没有说话。我希望他能说些什么，比如他们让病人完全感觉不到疼痛的新麻醉方法，或是他们已经知道如何消除手术室里 人的化学物的怪味，以及可以关掉那些耀眼的灯光。当你躺在手术台上一动不动看着天花板时，那些灯光十分刺眼，这时脑袋里会有无数个声音对你说，赶紧跳起来往门口逃走。噢，对了，这星期那些灯坏掉了。

父亲把车停下，我们走进医院，我看到亮着"急诊"二字的灯牌。我想，等会儿进去后医院的光线会好些，也许那时父亲再检查我的伤口，就会发现其实只要贴几片蝶形创可贴就可以了。前一阵子，学校里一个小朋友也划破了脸，但他没有缝针。

我躺在手术台上，绿色的手术巾遮着我的半边脸，护士在我耳边讲她家猫咪的故事，走廊里传来父亲的口哨声和水流的声音。我意识到，父亲是在清洗双手。

他对护士说谢谢的时候，我感觉声音更近了。我听着他戴上手套，手套口的皮筋打在手上发出啪嗒声，我还听到装有金属轮子的椅子朝我移动过来的辚辚声。

我想看看是什么情况，可是遮住脸颊的手术巾只留有一道小口。我又听到"哐啷"一声，那是金属撞击物体时发出的刺耳的声音。我知道，他准备使用注射器了，玻璃注射器上面插着长长的针头。

"好了，来吧，"他在我耳边说道，"就是被蜜蜂蛰一下而已。"

但是我不是被针扎疼的，而是被麻醉药灼烧得十分疼痛。在我的记忆中，蜜蜂蛰人并没有那么疼。

这种灼伤感过一会儿便消失了。我感觉他的手按在我的脸上，但是我觉得脸上的皮肤似乎已经不再是我的，不再和我联系到一起。他在缝针，针缝进去，我的脸就被压下去；针拽出来，我的脸就被线拉起来。这让人毛骨悚然。透过那道小口，我能看到他的半张脸，他戴着金属边框眼镜，在灯光下闪闪发亮。他向上拽针的手停在最高的位置上时，我瞥见他戴着棕色手套的手指握着手术钳的手柄，弯曲的缝针夹在银色的手术钳里。

我平躺着，脸上半蒙着一块绿色的手术巾，空气中弥漫着消毒剂的味道。他的声音离我很近，但又十分镇静，让我感到非常安心。

多么神奇的力量，虽然身处令人无比恐惧的境况中，我却感到无比踏实。现在回想起来，不知道当时的我是否已经觉察到父亲的强大力量。

我的父亲是一名外科医生，一名真正优秀的外科医生，他受到包括我在内的众人的认同。当然，那是在我能领会到父亲的优秀之处以后。我们生活在俄亥俄州中南部平原腹地上的一个小镇，小镇上约有1.2万人。在我10岁的时候，我才发现父亲原来是这个小镇上的英雄。

他能剖开病人的身体，切除没用的器官，让病人不再受折磨；他也能为病人接上断指，只要手指没被玉米收割机绞得血肉模糊。如果病人的肢体已经没办法再接回来，他就会帮别人截掉断手坏足。

每次我们去J&J汽车饭店或者安德森餐馆用餐时，父亲都会被小镇上的人围起来，他们完全不顾我们是否正在就餐。有的人会径直走过来，掀开衬衫，给我们看他肚子上的伤疤；某位老太太会直接给父亲一个熊抱，说着"子宫"之类的话；又或者一位戴着牛仔帽的高个子男人上前行屈膝礼，然后伸出胳膊说，"医生，已经完好如初了。"

然而，我小时候的理想并不是当外科医生。过完10岁生日后的几个月，我在佛罗里达州的水晶河里与海牛一起潜水。在那之后，我的理想就从当消防员，变成了当一名海洋生物学家。我希望一辈子都能背着水肺，在水底遨游，尽赏水下之奇。我在11岁时才开始学习水肺式潜泳，可是这时的我已经对减压症[①]产生恐惧，只好拼命背诵减压

[①]减压症泛指人体因周遭环境压力急速降低时造成的疾病。这是潜水危害及气压病的一种。

表来加以克服。我的科学作业大多也与水肺有关，比如水肺的发明以及调节阀的工作原理。

我对雅克·库斯托②的一切了如指掌。1960年，他在面对《时代》的采访时说出了那句名言："人在水下会成为天使。"我还得到了一份潜水装备清单，然后开始了漫长的"零工赚钱"之路：割草坪，扒落叶，扫积雪……我用挣来的钱买了潜水铅带，38立方英寸的水肺氧气罐，双极调节阀和一对新潜水脚蹼。尽管大家认为我应该继承父亲的事业，但我还是对海洋生物学更感兴趣。

有很长一段时间，我觉得父亲并不怎么在乎我将来做什么。不过，有一天晚上我们吃饭时，他劝诫我做海洋生物学家赚不了多少钱。"仅仅是买一条好船，就要花费一大笔钱。"他说。这是在我母亲罹患癌症之前的事。母亲去世后，我很少再想成为海洋生物学家的事，也不再读关于裸潜的书籍。

我到了开始犯愁怎样才能在看电影时自然地搂住帕蒂肩膀的年纪。几年后，我第一次驾照考试失败之时，雅克·库斯托在我心里的地位已经被詹姆斯·邦德取代。我挣来的所有钱也都花在了帕蒂身上，我经常带她去哥伦布的林肯酒店吃星期五的海鲜自助餐。

好不容易，我通过了驾照考试。但是，此时我已经有新的想法，认为医生可能只是社区骗子。当然，我会产生这种念头，跟父亲毫无关系。我只是觉得，人们过于盲目地崇拜医生这一职业。医生救人只不过是做好他们的本职，他们为患者治疗肺炎、糖尿病、拇囊炎、指甲内生等各种疾病，是因为他们要赚钱生活。考取驾照之后，我感觉自己变得成熟老练起来，我认为很多医生似乎很容易就沉溺在别人对他们的尊崇中。但我可不想太把自己当回事。毕竟，我崇拜的英雄都

---

② 雅克·库斯托（Jacques Cousteau, 1910-1997）：法国探险家、电影制片人、摄影家、海洋及海洋生物研究者。他与埃米尔·加尼昂共同发明了水肺。

是很谦逊的。不过我父亲可能觉得我自视清高,尤其是那天在安德森餐馆用餐时,一位病人问我将来是否打算和我父亲一样做一名外科医生。"不可能,"我回答说。听我的口气,好像这是再明显不过的事情。

母亲去世后,我失去了对上帝的信仰,失去了对医生和我父亲的信任。不管怎么说,他们还是没能救活母亲。直到多年之后,我才能理解当时父亲受到的打击。但在当时,我只是觉得自己被抛弃了,因为18个月后,父亲再婚了。父亲说,比利不会取代母亲的地位。虽然我理解他说的话,但是我与他的关系还是越来越疏远。我认为这是成长的代价,是成为一个成熟男人所必经的过程。在整个高中阶段,我感觉父亲对我的前程并不关心。

如果在我青春期的时候我的母亲还活着,也许她会用各种方法给予我鼓励吧!至于父亲,有时候我感觉他试图把我从医生的道路上推开,但是我又怀疑,他是反其道而行之,想要利用我的逆反心理,让我走上从医的道路。

我17岁那年,他终于同意我驾驶他的雷鸟敞篷车。当时正值夏天,能开着敞篷车带帕蒂去汽车电影院是十分风光和有趣的。不过,在此之前,我要先洗车,给车上蜡。于是,周五下午很早的时候,我就开车去医院,准备和父亲换车。

他在急诊室,护士把我带到他工作的手术室。

"你来的正是时候,"他说,"到这边来。"

他穿着淡蓝色手术服,戴着浅绿色手术口罩和黄色的橡胶手套。一位老年妇女趴在手术台上。因为手术台中间凹了下去,所以她的屁股斜向上撅起。她的下半身盖着绿色的手术床单,床单下伸出一根银白色的细软管。我的父亲一只手握着软管,另一只手示意我站到相应的位置。我从自己站的位置正好能看清管子伸进了哪里——它消失在老妇人的屁股深处。她好像并不特别在意。她旁边站着一位护士,不时地在她耳边轻声说着什么。

"你能看到吗?"他问。我点点头,感觉有点反胃。但他说:"过来,再走近点。"

我说:"不用,我能看清楚。""不,再近点,"他说,"不然,你会错过最重要的过程。"说完,他继续将注意力放在软管上。软管的一端有个玻璃盖子,他透过玻璃盖子观察软管内的情况,不时捏两下软管侧面的橡胶球,往她肠子里通气。他似乎把软管推进屁股里,越来越深。只要老妇人轻轻地呻吟,他便停下来,等一会儿,晃晃管子,再往里面推一两英寸。整个过程中他都没有停止说话。

"斯莫利夫人住在静橡村的村头。她今天醒来后腹痛,而且还有呕吐。"父亲一边说,一边拧动软管,左右晃动,往里推进。斯莫利夫人发出轻微的呻吟。

"她得了肠扭转。"他看着我,并且解释说,"肠道扭结,我们要把它们解开。"终于,他停止了拧动软管,往里推进的动作。"你确定你能看清吗?最重要的部分马上就要来了。"

我又凑近一些,胃里的东西已经翻腾到嘴边。但是为了看清床单底下的情况,我必须略微躬着身子往下看,双手扶在膝盖上。那天,我穿一件白色短袖,搭配一条牛仔短裤,脚蹬一双凉鞋。我与软管的端口大约有6英尺的距离。

"现在开始!"他拧开软管端口透镜侧面的螺丝,拨开玻璃盖。

棕色的液体从软管里喷洒出来,我整个腰部被淋个正着。屋子里顿时弥漫着呛鼻的臭味。这是我有生以来第一次闻到这么臭的味道。我后退一步,双手下意识伸开。臭味呛得人喘不过气,我赶紧用手捂起嘴,结果发现手上正滴着棕色的黏状物,里面有黄色的颗粒物,那是未消化的甜玉米。

"还想做医生吗?"他先是笑着问我,然后立刻向护士吩咐着什么。

护士转身离开，很快带回两条白毛巾，一瓶红色液体，以及一条绿色无菌裤。"消毒香皂。"她说。她把我带到巨大的洗手槽前，向我示范用脚踩着下面的踏板放水。她拉上帘子后便离开了，好方便我换裤子。

等我换好后，父亲已经不见了。病人坐在轮车上。护士走过来，把我检查一番。

"你大概要把这个给扔了吧。"她指着地板上的脏牛仔短裤说。接着她沿着走廊推动轮车，准备离开。突然，她回过头来看向我。

"噢，对了，他把钥匙留在了前台。"

到了汽车电影院，我想看彼得·奥图尔主演的《偷龙转凤》（*How to Steal a Million*），但我的女朋友想看《狮子与我》（*Born Free*）。最后我都无所谓了。虽然我没有告诉她在医院里发生的事，但是那一幕在我脑海中挥之不去，简直是太恶心了。更让人生气的是，父亲竟然如此混蛋。然而，除此之外，我还有其他难以言喻的感受。在这种与人类身体的独家亲密接触中，我像是获得了某种神秘的力量，感受到一种莫名的兴奋。

初闻海妖魅音

1972年，我大学毕业。在第二年的夏天，世界上发生了许多重大事件，给人们带去了巨大的冲击：鲍比·费舍尔在雷克雅未克①战胜鲍里斯·斯帕斯基，成为国际象棋世界冠军；简·方达造访越南，美国最后一支地面部队撤出越南；巴勒斯坦恐怖组织"黑色九月"的8名成员在慕尼黑刺杀了11名以色列奥运会代表团的运动员；也是在该届奥运会上，马克·施皮茨独获7枚奥运金牌。除此之外，还有伯恩斯坦和伍德沃德爆料的水门事件；飓风"艾格尼丝"席卷东海岸，

---

①雷克雅未克是冰岛首都，也是冰岛最大的城市。

导致117人遇难；卫生官员披露塔斯基吉梅毒实验的细节，等等。

在世界上的其他人看来，这些都是重大新闻，但对于我而言，它们都是无关紧要的事情。当时，我年仅22岁，我所关心的，是如何摆脱打零工的命运。每年夏天，我要么是在田里干活，收麦子、打谷子、捆干草，要么是帮忙阉割家猪或者用沥青封房顶。后来，因为考虑到医院的工资待遇比较高，环境又好，干净卫生，还有空调，所以在黑山山洪爆发夺走238人性命的4天前，在离我去医学院读书还剩不到3个月的时间里，我前往俄亥俄州的华盛顿科特豪斯，在那里的费耶特郡纪念医院做手术助理护士，在我父亲和他的搭档TJ手下工作。但是，就我个人而言，我依然没有要成为外科医生的打算。

在我成为合格的手术助理护士的路上，我的继母比利让我受益良多。

每次戴手套，我总是疏忽大意，经常出错。每当出现这种情况，她都会叫我回到洗手槽，重新把双手清洗一遍。即使我穿着宽大蓬松的无菌衣，她也能想象出我腰部的位置。只要我垂下的手越过这个位置半寸，她就会提醒我腰部以下的无菌条件已被破坏，要求我重新回到洗手槽。如果父亲的搭档TJ向我要短粗的止血钳，我却弄反了拿给他细长的止血钳，她就会在递给他正确的止血钳的同时，用止血钳敲我手背。

我很想说，后来我渐渐开始感激她的严厉，但我说不出口。如果她给我机会，我只会对我自己更加严厉。刚开始手术助理工作时，我很担心自己无法胜任。手术刀割开伤口、血喷涌而出的场景、麻醉机吸气呼气的声音、消毒剂腥甜恶心的味道……但是，所有这些让我感到恐惧的状况，都不能与比利让我感到的恐惧相提并论。也许，这正是我能一路熬过来的原因。

虽然我没有资格评价父亲和TJ的手术技巧，但我还是很快就发现他们在手术技术上的差距。他们都很优秀，但能让我沉醉其中的只有干净利索的动作。第一年夏天,我慢慢学会了跟上 TJ 的节奏,但仍然跟不上父亲。他的大脑比双手快三拍,而我又比他的双手慢两拍。当他伸出手等人递持针钳时,我还不知道他要的是哪种持针钳,也不知道怎样才能在一堆持针钳里找到它。

到了第二年夏天,我熟练了很多,被他们升为手术助手。那时,我已经在医学院学习一年。虽然我对这一年的学习厌恶至极,而且也没有学到有用的知识,但是我却感觉自己在手术室里更加游刃有余。如此一来,比利也不用再教我了。成为手术助手后,我不用再负责手术器械的事情。

这对那些外科医生来说,无疑也是一种解脱。尤其是我父亲,他的感觉应该比 TJ 更加强烈。现在我只负责拿牵开器、剪缝线的工作。除此之外,我的任务就是不妨碍手术助理护士、外科医生和全科医生的工作。那些全科医生喜欢中途加入手术,对手术指手画脚。他们一致认为,我是个热心却总制造麻烦的家伙。

在医学院读书的前两年,我在社区医院兼职,有时作为带薪雇员,有时作为志愿者,与外科医生一道共事。在这段与外科医生共处的日子里,我认识到不是所有外科医生都很优秀:一些外科医生的水平很普通,还有一些外科医生则是态度十分恶劣。我自认为自己是训练有素、经验丰富的外科助手,一有机会就想帮忙。但是在大多数时候,他们要么让我住手,要么让我闭嘴。一名手术助理护士告诉我,我应该考虑朝牙医方向发展。一位外科医生听到后哈哈大笑。他可能是我见过的最糟糕的外科医生。

"也许可以做个病理学医生,"他说,"这样,就算他手脚太慢,也不会造成什么伤害。"

在医学院第二年结束后,第三年开始前的那个夏天,我前往克利夫兰西部的一家医院做手术助手。那里的外科医生勤奋、高效、自信满满，几乎与我的父亲一样优秀。其中有些人做的手术比父亲做的还要复杂。他们为我打开了一片更广阔的新天地，而这片天地充满无限的可能性，和我一起共事的年轻助手叫阿桑，他在他自己的国家里已经是一名足够成熟的外科医生。但是，他却来到美国参加住院医师的培训。

"这是为了成为最优秀的医生。"他告诉我。阿桑教会我许多东西，比如如何给病人静脉注射而不会引起静脉肿胀，如何将导管插入锁骨下的大静脉、穿过心脏而不刺穿肺部或附近的动脉，以及如何针对不同的外科医生做好相应的手术准备。

有时候，某位外科医生在手术室门口探着头，让阿桑准备，1分钟后开始手术。但是有时候一两分钟会变成20分钟，而等到外科医生终于到来时，我们已经切开病人的腹部，设置好牵开器的位置。这时，医生在检查一番后就会笑着说："干得漂亮，阿桑。"

阿桑会向我解释每一个步骤之所以需要那样做的理由，以及要怎样去完成。有一次，他让我做出一道切口。我记得父亲曾经给我讲解过如何用手术刀快速切破皮肤，直接切入肌肉。但我自己从来没有实践过。结果，我帮阿桑做切口时用力过猛，以致刀刃穿透了皮肤、皮下脂肪和肌肉之间的肌腱连接处，差一点儿就穿透最后一层刺进腹内。阿桑和我吓得倒吸一口凉气，我的心都跳到了嗓子眼儿上。

"啊，天哪！"阿桑大惊失色。他转头看看手术助理护士，手术助理护士低头看着托盘，摇了摇头。

"对不起。"我向他道歉。阿桑抓起海绵放在伤口上，把血给止住。切口正好从腹部中心下面刺进去，刚好没有切到肌肉。这时，我们听到门外洗手槽的水声，主治医生正在清洗。

阿桑递给我一把手术钳，他的手微微颤抖。我明白，在手术的门被主治医生打开前，他想让我打开切口，将牵开器放在正确的位置。

我们顺利完成了这一步。主治医生走向手术台，检查准备情况，口罩下面露出一张笑脸。

"干得漂亮，阿桑。"

那天手术结束后，阿桑邀请我去他家吃午饭。那是我第一次吃咖喱和印度香米。他喝了口茶，靠着椅子坐下，然后看着我，摇了摇头。

"我们今天算走运的了。"他说。

我点点头，咽了下唾液。"我知道，吓死我了。"

接着，他告诉我哪里做错了，以及想达到我预期的效果，需要怎样反复练习，才能拿捏得恰到好处。

"你很可能一刀切到结肠上，把它直接切成两段。"他说。

"或者切到胃，或者肝。"我说。

"我们都得被解雇，"他说，"我可不能自己把自己的饭碗砸了。你明白吗？"我点点头。

"我喜欢有规划。我也很谨慎。我不确定的方法，不了解的东西，我从不尝试。"

"我明白。我……""你看，我有老婆，有孩子。我们绝不能砸掉饭碗，也不能做任何自毁前程的事。所以，我们得确保我们足够谨慎，并且一直保持下去。外科医生必须要一直保持谨慎，而我必须更加谨慎。"

他站起来，把盘子放进洗碗槽。

"你喜欢咖喱吗？"他问。

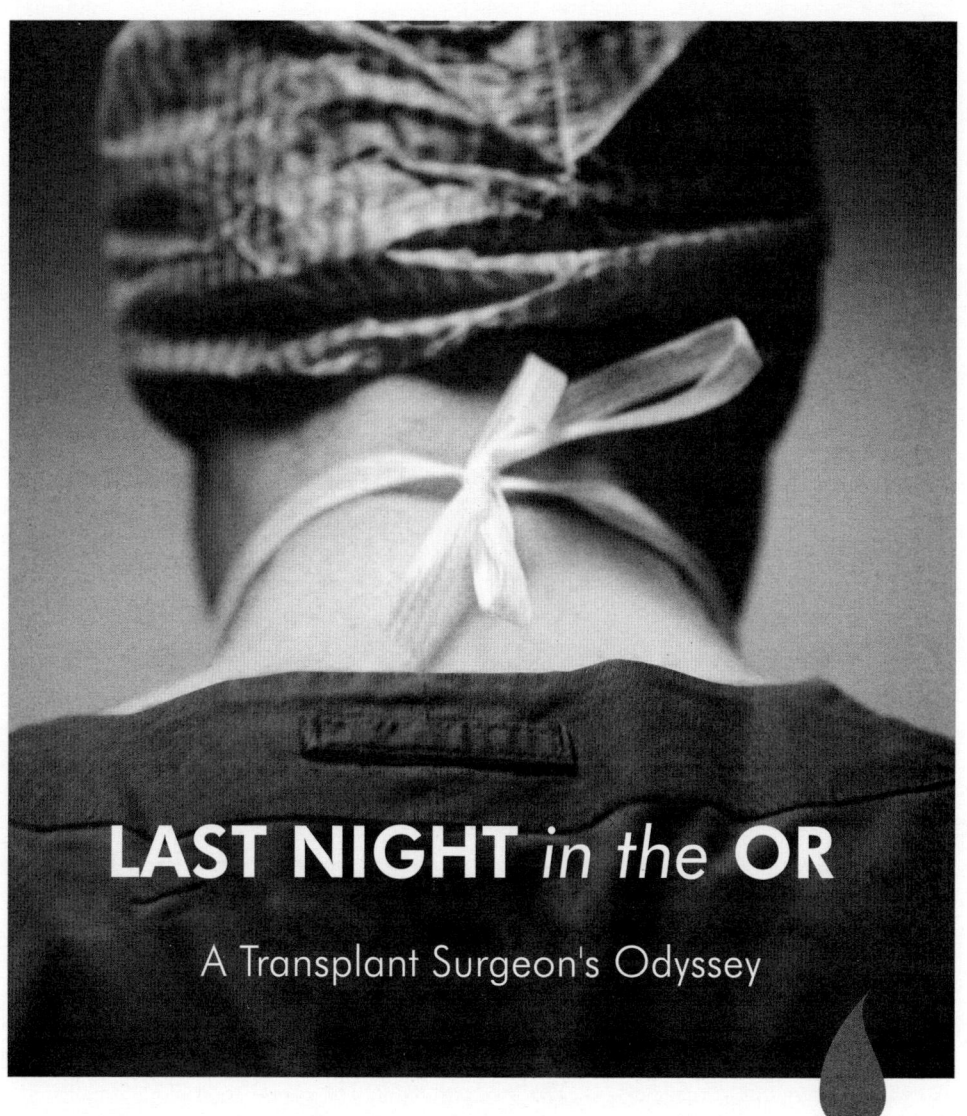

第 2 章

与手术亲密接触

> 当我将追忆一步步向第一次拿起手术刀的那一刻推进时,越来越多的错误在脑海中浮现,就像河床底下被搅起的有毒甲烷。我永远无法忘怀医学生时期的失误。

折戟精神病科

在医学院的第三年,在接受外科轮替训练①期间,我总是急于想表现自己,比如打的结比实习生好,用牵开器暴露出最佳的手术区,剪的缝线不长不短……结果,我却一次又一次碰壁。我渐渐明白,他们可以让我加入他们的小圈子,但前提是我得摆正自己的位置——圈子的最底层。

我之所以遭受挫折,不能得到他们的认可,并不是因为我的技能不够好,而是因为我见过太多这样的手术,而这些手术在父亲和TJ的手下可以更加高效简捷地完成。如果船长值得我信任,我不介意做一名忠实的水手。有一次,我见到一名首席住院医生做一个胆囊手术就花了3个小时。我告诉他,我亲眼见到我父亲只用29分钟就完成了这种手术。包括X光检查在内,并且所有问题都解决了,我补充道。

---

①医学生要在内科、外科、妇科、小儿等科,排班轮替,各训练一段时间,这种训练称为外科轮替训练。有些科的住院医师,也必须在该科的各专门项目间做外科轮替训练。

"你废话真多。"他说。

我所在的医院是克利夫兰退伍军人管理局医院。外科轮替训练结束后,按照规定,接下来我被分到精神病科。我感到一片迷茫。之前,我从未接触过精神病医生,也不确定他们到底做些什么。不过,我内心也充满好奇,我想,也许在精神科医生那里,我可以有更多的用武之地。

艾克是我在精神病科分配到的第一位病人,他是黑人,40岁出头。他告诉我,他失去了"男人本色"。后来我们才恍然大悟,原来他患有勃起功能障碍。除此之外,我还发现艾克患有抑郁症,并且是一个屡教不改的酒鬼。我们谈了很久,进展顺利。他认为喝酒不算什么大问题,因为打架都是别人挑起的。而且他还认为,他的"女朋友们"都不理解他。当然,这些都不是重点,重点是他希望恢复"男人本色"。

"让我看男科医生吧!"他说,"我知道,你们这里有男科医生。不少退伍军人有和我一样的毛病,都是男科医生给他们看好的。你懂我意思吧,医生?"

"我认为,你无法勃起与酗酒有关。"我说。

他说这不过是冠冕堂皇的废话,他还从没被人这样忽悠过。

我给了他一份"嗜酒者互诚协会"的日程表,告诉他我希望下周早点和他碰面,看看他进展如何。

我把他的案例报告给导师。他认为,除非艾克戒酒,否则其他任何治疗都没有用处。他还说,我们没必要请泌尿科医生给他问诊。和我分析的一样,导师也认为艾克患有抑郁症,但我们不能给他开任何治疗抑郁症的药品。

"像他那样喝酒,就不能开药给他。"他说。

周日,退伍军人管理局医院的接线员接通我家里的电话。当时,我邀请了朋友来家里吃饭,正想点燃木炭。

"医生，你得帮帮我。"

打电话过来的是艾克，他说他受够了。"我的路走到头了，医生。你明白我的意思吗？"

"我不明白。"我说。

"嗯，那让我换种表达方式吧！你只要听着就可以了。"

我听到"咔哒"一声，紧接着，是更大的金属撞击声。这声音和我扳动点22左轮手枪击锤时的声音一样，只不过更响。

"你知道这是什么吗？"

我撒谎说我不知道。他让我再听一次，然后又重复一遍动作。这一次，他扣动扳机的动作很慢，我甚至能听清弹膛移动的"咔哒"声和击锤的落位声。

"现在你知道了，对吗？别骗我，医生。"

我问他想干什么。他说他受够了这样活着，已打定主意不想再苟延残喘。他说，如果一个男人连"男人本色"都没有，活着也就没有什么意义，还不如立刻去死。

"把我毫无价值的脑袋打开花，"他说，"明白我说的吗，医生？"

"把你的电话号码给我，行吗？我打个电话，把你送到医院，行吗？"

艾克说医院就是垃圾。"他们帮不了我。你和他们一样。你们都是一路货色。"

处理这类事情，我没有任何经验。我拿到了他的电话号码，然后接通医院的接线员，请接线员再帮我接通导师的电话。这期间我没有挂断电话。电话接通了，我告诉他艾克的事情。"我真的很担心，不知道是该打911，还是打警局电话或者打电话给其他什么人。也许我们应该把艾克送去医院。"

"你怎么有我家里的电话？"他问。

"接线员帮我接通的。"

他抱怨起来，说周日不应该给他家里打电话。"艾克是个控制欲极强的酒鬼，他太自恋了，不可能自杀。"他让我告诉艾克，他需要依安排行事，按时看下一次门诊。然后，他把电话挂断了。

我回拨给艾克，但是没人接听。后来，他再也没在门诊部出现过。我也没看到任何报道说，一个男人拿枪把自己的脑袋打开了花。

我感觉自己真蠢。这件事情我本应该处理得更好。也许导师曾经教过我们怎样处理类似事情，但是我当时忘记了他的教导。我希望得到一个将功补过的机会。

不到一周，这个机会就降临了。当时，我在医院上夜班。通常，这意味着需要接诊五六位病人，为他们办理住院手续。在大多数医院，值夜班的任务也就是了解病人病史、检查病人的身体状况，等等，但克利夫兰退伍军人管理局医院却不一样。在这里，我们要给病人做化验、拍 X 光片，以及转科室。

那天晚上，大概 8 点 30 分的时候，第 6 位病人来到医院。马伦先生 57 岁，患有抑郁症。他已经看过几次门诊，但却认为没有起到任何作用。就在他想着不如自杀一了百了时，有人建议他住院治疗。我把他抱进轮椅，沿着走廊把他推进化验室。在化验室，我为他抽血，让他尿在小杯子里，为他做了血检和尿检，在病历本上记录下化验结果。

接着我又把他推到放射科去拍片。询问了马伦先生的体重后，我参照贴在门上的表格设置好 X 射线检查仪的参数。我让他站起来，给他拍了两张 X 光片，然后用显影机冲洗好，放进观察箱里。这一切都在他的注视之下。

在这期间，马伦先生一言未发。

把他推到病房后，我坐下来查看他的病史。这时，他开始说话了。他告诉我，他有一个 20 岁的女儿。他确信他的女儿非常恨他。他说她的女儿天天和男孩子厮混，跟他们上床。他想教训一下她，但是被她完全无视。他就是个愚蠢没用的糟老头子，因为他完全管不了女儿，还不如去死。我一边听他讲述他和他女儿的故事，一边给他检查身体。当我检查到腹部的时候，我在他肚脐附近摸到一个大肿块。

那个肿块摸起来很坚硬，并且还在跳动。我用听诊器仔细听了一下，听到有血液流过的声音，而且比正常血流的声音要大。我检查了他身体其他部位的脉搏——脖子、手腕、脚腕、腹股沟，似乎一切都很正常。我打断了他对他女儿的抱怨，问他是否患有动脉硬化和心脏病等疾病，对此，他一一否认。

我问他背部有时候会不会感到疼痛。

"会，这星期感觉更疼了。"

"疼痛有没有扩散到腹股沟或者睾丸？"

"对，大部分情况下在腹股沟或者睾丸的左侧。"他说，"这种感觉好像是跟我背部的疼痛连在一起，但是我也说不太准。有时候，我就是有这样的感觉。"

我告诉他，我们得再去一次放射科。我让他躺在台子上，从左至右，给他腹部拍了一张X光片。我想让他自己拿感光片，但他的手抖个不停，我只好把按开关的工作交给他，走过去自己拿感光片，告诉他什么时候按开关。虽然我凭感觉设置的参数偏离正确的参数很远，但是拍出来的片子已经足够显示出我想要看到的东西。在他的腹部，有一大圈钙化的组织朝肚脐处凸起。

上个月，在血管外科轮替训练的那两周时里，我曾经见过这种情况。医生将其称之为"蛋壳迹象"，这意味着马伦的主动脉长了动脉瘤。我根据片子估计肿瘤的大小，即便忽略我认为的最大可能20%的误差，这个动脉瘤也仍然是非常大的。而且考虑到背部疼痛已经扩散到腹股沟，我担心动脉瘤可能已经破裂。一般来说，动脉瘤超过一定大小就会破裂。这种情况我在一些病人身上亲眼见过。而现在，马伦先生的动脉瘤要比一般人的大很多。

我把他带回病房,告诉他,人的腹部有一根大血管,这根大血管叫作主动脉,它将人的血液从心脏输送到肾脏,然后再往下输送到双腿。我现在担心的就是这根动脉,它的前部长了一个很大的肿瘤。情况非常危险,因为肿瘤随时可能破裂。如果外科医生不马上治疗,一旦肿瘤破裂,他生存下来的机会就会十分渺茫。

"你的意思是说,我因为要自杀而被送到医院,但是你却在我的身体里发现了一个可以杀死我的东西,这样就省得我自己动手了?"

我点了点头。

"操蛋的生活!"

我打电话给住院总医师。过了一会儿,他和另一名住院医师,以及一位医学生赶了过来。他们又检查了一遍,然后告诉给马伦先生那个不幸的消息——他需要立刻做手术。

"你的意思是,在治好我的抑郁症之后?"

"不,"住院医师说,"现在就做。"

他们给马伦先生的妻子打电话,她说她明天早上会来看他。马伦先生得知这一消息后开始哭泣。

在住院医师安排手术工作时,我在病房里陪着马伦先生。二战期间他是轰炸机领航员,在欧洲作战,我向他问起当年的战事。

"我们在白天飞往法国和德国,不停地投炸弹,"他说,"就像杜立特[①]空袭一样。"

他说他从不想回到过去那样的人生。"怎么可能想回去?当时我们整天都提心吊胆,不知道什么时候会被炸成碎片。我们就是在排着队等死。我的很多伙伴都死了,他们都是很好的人。"后来他欲言又止,

---

[①] 空袭东京也常被称为杜立特空袭,是美国于第二次世界大战期间的1942年4月18日,作为对日军突袭珍珠港的报复,向日本本土首次进行的空中轰炸攻击任务。

看起来想说些什么，但终于还是沉默了。

"我不想再提过去的事情。"他说，"如果你不介意，我想睡会儿。"

我祝他好运，离开了。

几小时后，我来到手术室，看到他们已经准备给马伦先生缝合创口。住院总医生告诉我，他的动脉瘤已经破裂，他们已经把它切除了。

"那就是颗定时炸弹，"他说，"你的病人算是非常幸运的了。"

早晨经过马伦先生病房时，我进去查看他的情况，他还昏昏沉沉的。不过，我叫他的时候，他碰了一下我的手作为回应。

我已经迫不及待地想把这件事向我的导师汇报。离既定的汇报时间还有一个小时，于是我重温了一遍其他5位病人的记录，概括马伦先生的就诊过程。

我希望关于动脉瘤的汇报能让他感到惊奇。我记得他曾在某节课上讲过，患抑郁症的病人经常会便秘，当结肠中积满粪便挤压到主动脉时，其症状与动脉瘤非常相似。我知道，他肯定还会这么说。所以当我告诉他真实情况，说我如何没被表象蒙蔽时，他就会明白，我并不像他想象得那样愚蠢。

一切进展顺利，其他5名病人的例行汇报结束，接着就是发现马伦先生腹部有肿块跳动的部分。果不其然，他说这种情况在抑郁症患者中很常见。

"一开始，我也这么想的，"我说，"不过……"

"你给他做检查时，有没有和住院医师一起？"他问。

"没有。"我没告诉他，精神病科的住院医师告诉我，除非有人自杀，否则不要喊他。

"无论什么病人，你都需要和住院医师一起检查。"他说。

我点点头。

"住院医师有没有诊断过其他病人。"他又问。

"没有。"

"嗯，现在就让他和你一起去。马伦先生很可能只是便秘，"他说，"如果没其他事情，我要去工作了。"

"他长了动脉瘤。"我说。

他问我到底在说什么。我告诉他我检查了马伦先生的身体，还给他做了X光检查。住院总医师给他做手术，找到了那块肿瘤。马伦先生现在在重症监护室，病情已经有所好转，意识已经开始恢复。

他指责我粗心大意，说我没有资格做这样的诊断，我的所作所为已经违背职业道德。我不太确定最后一条指控是不是在责怪我多管闲事，把外科医生的工作揽了起来。

他要求看我的病情报告。我有口难言，因为我没有写报告，只是在病历本上记录了病情检查情况，现在病历本放在重症监护室里。我想，如果他一定要看报告，我可以抄一份病历给他。但是这个病人情况特殊，我还没有机会治疗他的抑郁症，他就已经被转到外科了。他批评我不负责任，说我应该把所有报告交给他，现在做什么都已经迟了。

我非常喜欢精神病科。如果我为人处事能够圆滑一些，那么我在精神病科也许会大有作为。但是，就像我之前所说的，我认为我很难融入其中。当轮替训练结束，看到导师对我的考评时，我更加确信问题就在于此。

我太天真了，完全不谙学术政治之术，没有屈服于这里的等级制度。有时候，在这种等级森严的制度面前，病人的利益可以不当回事，常识也就更加无足轻重了。

我对导师的考评非常不满，于是向精神病科的教务室主任申诉。我告诉他，因为我把病人转到了外科，所以才惹火了导师。但是，那个病人的确患有动脉瘤，并且动脉瘤还破裂了。他说，他确信事情并不像我描述的那样。既然我已经通过外科轮替训练，他就不会质疑导师给我的

51

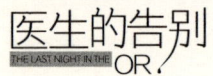

考评。毕竟，那是他最为敬重的同事之一。

"你申请外科住院培训时，可以将这份考评当作一枚荣誉勋章。"他说。

与牛仔的初次合作

1976年夏天，已经年满26岁的我来到犹他大学，开始接受住院医师的培训。很快，我便发现私人医院里的外科学与医学院里的外科学的不同。在私人医院，为了获得更高的收入，手术总是按部就班，以快捷高效的方式完成（当然，对于少数外科医生而言，这样做也可以取得更好的治疗效果）。而在医学院里，大多数手术会以教学目的和手术的复杂性为借口（经常如此），而耗费较多时间，尽管这些手术实际上既不复杂，也没有教学上的目的。

我欣赏私立医院里少数像我父亲一样优秀的医生。尽管在当时，普外科医生在完成住院医师培训后很少会再进行其他培训，但在较大的社区执业后，他们往往会转向专科。

我认识专科方向各不相同的外科医生，有一位专门做甲状腺或与腺体有关的手术，另一位专攻乳腺癌，还有一些医生专门做疝气手术、肝胆管手术、血管外科手术等。通过做大量类似的手术，这些外科医生越来越专业化，不像我父亲和TJ，无论病人患有什么疾病，他们统统来者不拒。当他们在自己选择的专业领域拥有知名度后，巨大的经济效益便会随之而来。

我也欣赏医学院里一些不愿墨守成规而且不断追求创新的外科医生。他们的创造性和对细节的密切关注，永远不会被私立医院里"多做手术多赚钱"的目的和节奏所扼杀。

最大型的私立医院往往拥有最优秀的外科医生。当然，其中也不乏上个时代的"老古董"。这些"老古董"大多数是普外科医生，没有接受过正规的外科培训。虽然他们一些荒谬的做法并不会造成实际伤害，但有时候还是让常人难以理解。例如，有一位外科医生，他在连续 3 天的时间里不让我们取掉包扎病人创口的包扎布。

他用新的包扎布替换旧的包扎布，为病人换上无菌床单和无菌手术衣，还给病人戴上口罩和手套。在医学院里，老师教导我们，创口基本在手术后的第二天便能愈合，其他外科医生也要求我们在手术后的第一、第二天去掉伤口包扎。他为何如此荒唐地执着于伤口包扎？我向住院总医师打听这一事情。

"可能是因为在李斯特①之前，"他说，"或者盘尼西林被发明之前，外科医生就是这样做的吧。"

还有一位外科医生，人称 K 医生，为了防止病人伤口感染，他在缝合病人的皮肤之前，会先在肌肉和皮肤之间的狭小空间内，排布一张纵横交错的导管网。这样，在整整三天的时间里，他就可以用当时由最有效的抗生素制成的混合药水不间断地冲洗病人的伤口。

据说他曾经治疗过一个病人，后来这个病人死于严重感染——整个腹部的肌肉壁都被破坏殆尽，之后感染扩散至全身，最终救治无效而死。一天，我遇到他，问他这个有名的病例。他看着我，像看着胡言乱语的疯子一样，摇摇头走开了。

在外科轮替训练时，我的住院总医师叫特贝茨，是一位来自得克萨斯州的牛仔。他顶着一头稀疏的红头发，收藏着一柜子的托尼·拉马牌牛仔靴。他安排我和一位普外科医生负责同一台手术。这位医生名叫考德威尔，因为经常不在状态而出名。他每次出现在别人面前时，要么会喝醉，要么嗑过药，没有人能说清楚。那天，我们准备为一名女性患者切除部分甲状腺。对于这种手术，我之前也只是在一边观摩过两次而已，没有什么实战经验。

---

① 约瑟夫·李斯特（Joseph Lister，1827—1912 年），英国外科医生，外科消毒法的创始人。

我告诉特贝茨，我的甲状腺解剖技术不太扎实，他不能将我独自留在手术室。我知道，甲状腺上有神经组织，一不小心，我们就有可能伤害甚至完全伤害病人的发声。

特贝茨安慰我说，手术进行到关键时刻时，他会过来看看，现在他还有另一台手术要忙。他检查了一下手术步骤，扫了一眼解剖方案，顺便祝我们好运。

我早早来到手术室，清洗双手，为病人换上手术床单，走到手术台下医生站的那一侧。这时，考德威尔医生还在清洗槽边晃着身子洗刷双手。他穿上手术衣，戴上手套，走到我这边，用腰把我挤开，我只好换到另一侧。我们沉默着站了几分钟，然后他用力挥挥手，示意我开始手术。

我拿着一根丝线，像绞索一样套在病人脖子上，这样就能确认切口的位置。然后，我用手术刀沿着丝线的标记切开，对皮肤上的几处出血处做了烧灼止血处理，把下层肌肉的上下层皮瓣切掉。一切进行得很顺利，我开始自我感觉良好起来。

考德威尔医生似乎站在那里就很知足。他的身体微微摇晃，不时从鼻子里哼出几声。我继续做手术，放好牵开器，将甲状腺暴露出来。这时，特贝茨来到手术室，问考德威尔医生是否需要休息一会儿。考德威尔医生退下来，护士给他搬来一张凳子。他坐到角落里，脑袋耷拉着，双手放在大腿上。他对巡视护士说了什么，随后护士就拨通了电话。

不一会儿，有人给她送来一大杯饮料，里面装有像牛奶一样的乳白色的液体，杯子里还放着一根吸管。她把杯子送到他的嘴边，帮他捧着，然后他大口大口地吮吸起来。我怀疑他是不是得了口腔溃疡。

我们小心翼翼，尽量不损伤病人喉返神经。在完成所有的切剖、暴露手术野①的工作后，我们开始将甲状腺左叶的血管分隔开，以方便切除。特贝茨问考德威尔医生，他要不要在我们进行下一步手术前检查一下。考德威尔医生站起身，走到手术台，弯下腰查看甲状腺。突然，惊人的一幕发生了。只见他伸出手，抓住甲状腺用力一拽，一下子把整个腺叶扯掉了。

"啊，我的天啊！"特贝茨惊呼道。

血喷涌而出，溅得到处都是。我抓起一块海绵，按住出血口。考德威尔医生还站在那里，拿着甲状腺叶，翻来覆去地观看，然后把它递给护士，离开了手术室。

很快，我们就将局面控制了下来。我们使用止血钳给病人止血时，竟然没有破坏病人的神经，这真是一个奇迹。病人苏醒前，我一直等在恢复室。还好，她的声带没什么问题。两天后，她便出院了。

后来，我向医院外科主任报告考德威尔医生的所作所为。事情的原委是这样的。一天，外科主任把我叫到他办公室，责备我不该在病历本上写"用K博士的神奇药水"冲洗病人伤口之类语带讽刺的话。他说，这很不专业，可能会引起诉讼。我说这是不当治疗，没有任何文献证明在伤口内摆放导管后用大量抗生素冲洗，可以降低伤口感染的风险。相反，这不仅有增强细菌抗药性的风险，而且会延长病人的住院时间。这不是我应该关心的事情，他说。我反驳说，只要我对病人尚存一丝关怀，这些事情就是我应该关心的。接着，我就向他报告了考德威尔医生的事。

科主任听完后点点头，盯着我看了一会儿。

"那么，最终怎么收场？"他问。

我瞪大眼睛，没想到他会这样回答。对待医疗问题，他竟然持的是一副"没有伤害，就没有惩罚"的息事宁人的态度。

---

①手术野是医学术语，就是指手术时视力所及的范围。

"对考德威尔医生而言,能与你这样年轻优秀的外科医生共事,是他莫大的荣幸。"

他让我保证,今后无论是写医嘱,还是做病情记录,其他医生的诊疗技术高明也好,拙劣也罢,也不管他们的做法是否正确,都不允许在病历本上明褒暗讽。我答应了。病历本的事,不过是我自作聪明。毕竟,病历本只是用来写医嘱或病情记录的,根本不允许掺杂任何讽刺、挖苦的语言,即便是冷幽默也不行。

"我们永远也得不到答案,那位年轻人白死了"

在犹他大学,我在穆迪博士领导的"红色外科"团队里完成作为实习生的第一次外科轮替训练。团队里的其他大部分成员都是他的得意门生,和我一同参与外科轮替训练的另一个实习生叫约翰·坎内尔。他身高大约在1.98到2米之间,我的身高是1.95米,穆迪博士比我们两人矮30多厘米甚至更多。团队里的住院总医师个头也很矮。我们几人参加同一台手术时,穆迪博士会把手术台调节到适合他和住院总医师的高度,而约翰和我则不得不躬起身子,按照穆迪博士的要求,使劲将牵开器拉开来。

嘉妮娜是手术助理护士,她对穆迪博士非常忠诚。她就像波兰军队的中士一样(有时候我确定她就是),把他的手术室打点得井井有条。等我成为穆迪博士手下的住院总医师时,嘉妮娜和我已经是十分亲密的伙伴。每当我为穆迪博士打下手时,嘉妮娜和我就会齐心协力,努力让穆迪博士感到满意。然而,我第一天来到手术室时,约翰和我还只不过是两名稍显稚嫩的实习生,经常会被训斥。

我第一次按照穆迪博士的吩咐,伸手去拿牵开器时,嘉妮娜立刻宣布我违反了无菌规定,命令我离开手术台。

"怎么会？"我说。

穆迪博士让我按她的吩咐去做，并让我把牵开器交给约翰。约翰的个头比我还高，背又常常有些僵痛。所以在我换新手术服、戴上新手套时，他为了拿好牵开器，身体不得不保持着半蹲的姿势。我回到手术台，从约翰手中接过牵开器。嘉妮娜又对我吼道："你又违反规定了。"穆迪博士问我之前到底有没有参加过手术，我到底懂不懂无菌操作的规定，并命令我重新换上手术服、戴上手套。

巡回护士为我系手术衣的带子时悄悄对我说："不要把手放到腰部以下。"我低声回复她说，整个该死的手术台都在我腰部以下。

"自己想办法。"她说。

我决定握着牵开器手柄的尾端垂直往上拉，而不是水平往一边拉，如此一来我的双手就可以保持在腰部以上。我这样撑了一会儿，直到穆迪博士说我拉得太高了，让我放低一些。然后，嘉妮娜又冲我发火了。

"他到底又怎么了？"穆迪博士问嘉妮娜。

嘉妮娜说我又把手放到了腰部以下。

"可是整个该死的手术台都在我腰部以下。"我刚说完，就后悔自己语气太凶。

为了让手术顺利完成，穆迪博士问嘉妮娜可不可以破例一次。

"当然可以。你是医生，"她说，"你说了算，我有什么资格反对？"

等到下一次我跟穆迪博士一起做手术时，我早早来到手术室，用垫板做出一个穆迪博士可以站在上边的高台，并请麻醉师把手术台调节到刚刚超过我腰部的高度。然后，我穿上手术服、戴上手套，帮嘉妮娜铺手术床单。我问她那些垫板怎么样。

"穆迪博士从来不用垫板。"她说。

穆迪博士穿好手术服、戴好手套，来到手术台。他一言未发，把垫板踢到一边，让麻醉师把手术台的高度降低。巡回护士赶紧过来，移走所有垫板。整个手术过程中，嘉妮娜也再没提我的双手放到了腰部以下这件事。不过这只解决了其中一个问题，因为在手术中，我一直弓着腰，尽可能叉开双腿，不断尝试新的弯腰姿势。我开始怀疑，如果一直保持这个姿势做手术，等我成为外科住院医师后不用一年，我可能就需要做背部手术。

在我加入"红色外科"团队的第一天，住院总医师分配给我的病人屈指可数，杰弗里是其中之一。另外，在我所有的病人中，他是唯一一位躺在重症监护室的。那天下午巡房时，穆迪博士告诉我，能不能救活杰弗里，就全看我的了。杰弗里患有淋巴瘤，从病历本上推断，他已经危在旦夕。治疗癌症的药物导致他肺部损伤，所以现在他不得不靠呼吸机维持生命。肺病专家，即胸腔科医生认为，杰弗里的肺损伤由化疗造成，而肿瘤专家和穆迪博士则认为，他的肺损伤只不过是严重的感染。等我见到杰弗里时，医生之间的诊断分歧已经关系到杰弗里的生死存亡，因为感染可以治愈，但是药物引起的肺部纤维化难以治愈。

先前，肿瘤科医生已经向穆迪博士提出请求，切开杰弗里的胸腔，取出一片肺部组织在显微镜下观察，以便确定症结所在。胸腔科医生已经尝试用活检针刺入杰弗里的肺部，从小气道[①]取出肺组织样本。不过，这一切加剧了杰弗里的肺萎缩，穆迪博士团队中的一员只好给杰弗里插管治疗。但问题在于先前的穿刺已经造成杰弗里的肺部严重漏气，所以大家只有在这一点上意见一致：杰弗里太虚弱了，禁不起活组织切片检查。

住院总医师让一位低级别的住院医师教我该怎么操作呼吸机。其实这相当简单，因为在医学院，我在最后一次外科轮替实习期间帮忙

[①] 临床上通常将内径小于 2mm 的小细支气管称为小气道。小气道具有气流阻力小，但易阻塞的特点。

操作过呼吸机。我需要做的是保持平衡，将杰弗里的氧气水平保持在安全区域内。气压不能过高，以免导致更严重的漏气；气压也不能过低，以免造成新的肺穿孔。

大多数时间里，杰弗里处于睡眠状态。护士说，之所以给他注射镇静剂，是因为他清醒时非常狂躁。我第一天值夜班时，大约8点的时候过去看他，他坐在床上，正在看电视。护士说他今晚的情况相当不错，他已经醒来，但并不狂躁。所以，她没给他注射镇静剂。

"今晚你很平静，"她一边抚摸他的额头，一边说，"对吗，亲爱的？"

杰弗里盯着电视机，没有搭理她。她走开了，我留下来检查呼吸机的设置。指标显示，杰弗里的肺部恢复不错。我查看胸腔管，没发现任何漏气的迹象。我听了听他胸腔气流和心脏跳动的声音，似乎一切正常。

"也许那些抗生素开始起作用了。"我说。杰弗里看着我，皱起眉头。我解释了医生之间的分歧，说之所以现在给他用抗生素，是因为大家一致认为抗生素不会给他带来损伤，而且还可能对病情有些效果。"你今晚气色好多了，"我一边说，一边捏了捏他的小臂。他的小臂摸起来像一块木头，皮肤紧紧地绷着，似乎下面既没有肌肉，也没有脂肪，真正的皮包骨头。

杰弗里是我晚上巡房的最后一站了。我指了指角落里的椅子。

"你介意我？"我问。

他耸耸肩，不置可否。我坐下来，环顾病房。我身旁是床头柜，上边放着一叠照片。我问杰弗里，我可不可以看看这些照片。他又耸耸肩，似乎沉醉于电视之中，电视上正在播放弗兰克·西纳特拉主演的一部战争片。

"这是你妹妹吗？"我拿起一张和他年龄相仿的年轻女人的照片。

他摇摇头，喃喃地说这是他的妻子。

"那么这些是你的孩子喽?"他点点头。三个孩子都是上小学的年纪。

"你真不容易。"我说。

他笑了笑,摇了摇头,这是他第一次露出笑容。

我和杰弗里一起看了会儿电视,但很快就感到困意和倦意双双袭来。我不想被人看到在病人房间里打盹的样子,于是我起身和他道晚安告别。

"保持这个状态,我们很快就可以把你喉咙里的管子取掉。"我对杰弗里说道,然后他对我竖起大拇指。这是我和杰弗里唯一的一次交流,也是最后一次交流。

3个小时后,护士的呼叫把我吵醒。杰弗里非常狂躁,她不得不给他注射镇静剂。我发现他的氧气水平在不断降低,肺漏气更加严重。我又给他做了一遍检查,听了听他的胸腔。我判断,他的肺部再次萎缩。我取出插管,但是里面什么都没有,没有空气,没有液体。

我需要让人送来便携式X光机和一套胸腔管。就当我们在一旁等待时,他的情况更严重了。我给住院总医师打电话,他说他已经在路上。

"你还要多久才能到?"我问。

"20分钟,最多30分钟。"

"那可能太久了。"我说

"尽你最大努力。"他说。

在克利夫兰,阿桑教过我怎样插胸腔管,而且我之前也插过五六次。我让护士给我帮忙。我用长钳夹将插管插进他胸部时,一阵气流跑了出来。这是个好兆头,说明我插对了地方。我把新的管子缝好,然后把另一根管子里堵塞住的气体放掉。这时,杰弗里开始好转起来。我们给他拍了X光片,住院总医师指着X光片对我说,插管再往右移一点会更好。

我点点头。下午巡房时杰弗里正在恢复,我提到也许可以暂时停掉他的镇静剂。"就像昨晚那样,"我说。他们不知道昨晚的事,他们都以为这是好消息,认为抗生素起作用了。

周末我休息。周一早晨我看到杰弗里时,他已经奄奄一息。他身上又插了3根管子,其中一根插在我插的那根管子的同侧,两根在另一侧。为了充起他萎缩的肺部,保持他的氧气水平,我们需要更高的气压。但加高气压又会加重肺穿孔,使空气漏到肺部四周的空间里,压迫肺部,因此又需要进一步加高气压。这是一个恶性循环。那天早晨,肺科医生告诉我,我们现在使用的高氧气水平会让化疗药物引起的肺纤维化更加严重。

"你现在看到的情况非常典型。"他说。

后面的几天时间里,在巡房时,没有人愿意在杰弗里的病房里花太多时间。护士说这是"绕开模式"。

"他在一点点绕开生命之泉,医生则在绕开麻烦,"她说。

我皱起眉头,并不赞成这种做法。

"你要知道,这是为了自我保护,"她说。

"因为担心诉讼?"我问。

"因为他们自己,"她说,"因为他们内心的恐惧。"

我在病历本上写下病人的病情记录。

"你以后会学会的,"她说,"最好能学会。"

那天晚上轮到我值班。在大部分时间,我都无所事事地在重症监护室附近转悠。我像调节音响设备的各种旋钮以便得到低音、高音的完美混音,以及合适的音量——既足够响,又不致声音变形——一样摆弄杰弗里呼吸机的标度盘,我想,只要找对参数设置,肯定能让他更舒服些。

10点钟左右,一位50多岁的妇女走进病房,她说她是杰弗里的姨妈。3年前,杰弗里的母亲因癌症去世,后来他自己也患上了癌症。在他治疗癌症的初期，他的妻子便同他离婚，带着孩子搬到爱达荷州的波卡特洛，那里离她的娘家很近。

"她想带孩子过来看他，可杰弗里不同意。他说'等我好一些再带他们过来吧。'"

午夜之后大约1小时，我去值班室休息。我离开之前弯下身子，让杰弗里掐一下我的手，但他没有反应。

第二天快到中午的时候，杰弗里去世了。我通知他的姨妈，她给了我一家殡仪馆的地址，让我通知他们。现在做活组织切片再也没有什么危害，于是各治疗团队一致决定给杰弗里做肺组织切片检查。住院总医师有一台手术必须要做，于是他请我帮他完成这次肺组织切片。我打电话给杰弗里的姨妈，征得她的同意。肺科的主治医师对我再三叮嘱，告诉我如何在不被细菌污染的情况下取得样本，以及将样本放入样本罐前，如何根据不同种类的培养目的擦拭样本等。

"此外，无论做什么，都不要把样本泡进福尔马林里，"他补充道。

所有人离开后，我在杰弗里胸口右侧的乳头下切开一个小切口。我用夹钳插进切口，穿透一层层皮肉，再用血管钳扩大切口，将手指伸进去。我感到手指尖摸到了某个器官的边缘。我确定，这就是肺的下部。

之前我已经用牵开器将杰弗里的肺拉到胸腔上方。我想办法用血管钳夹住它，把它往下拉到切口处，然后切掉一大块三角形的组织。这块肺呈暗红色，比正常人的肺要结实。它摸起来软绵绵、湿淋淋的，感觉像浸透了液体，而且布满一块块的纤维化斑痕。我按照指示擦拭样本，然后将它放到无菌瓶里，让人送到病理实验室。

第二天下午，我们到外科病房巡房时，发现肺科团队的人正在等我们，和他们一起的还有参与了杰弗里诊疗的传染病专家。他们火冒三丈，说我采集的样本不是肺而是肝，一大块肥厚的三角形的肝样本。

我的心怦怦直跳，一股强烈的肾上腺素从脖子窜到头顶。穆迪问住院总医师怎么会发生这样的事情。他支支吾吾，说他也没有想到会这样，他几乎确定那就是肺的切片。这时候，之前给我提供指导的肺病专家打断了他。

"切片不是住院总医师做的，而是他。"他用手指着我说。接下来，我听到了一系列的指责："实习生？你把这任务交给实习生？""我们本可能一扫几个月以来的疑云，解决所有人的疑问。""我们本可以借此取得医学知识的新发现，让这类疑难杂症在今后可以迎刃而解，以拯救生命，消除世界饥饿，治愈伤风……"

穆迪瞪了他一眼。我本来还想辩解，尽管病人还是去世了，但我们已经尽最大努力来治疗他可能的感染了。

"现在我们永远也得不到答案了，"那位肺病专家说，"那位年轻人也是白死了。"

在责备一通后，他们便离开了。我们继续沿着走廊朝第一间病房走去。这时，住院总医师开始盘问我究竟怎么做活组织切片检查的。他问我到底是有多蠢，会把肝当作肺，为什么在不确定的情况下不给他打电话。穆迪博士让我们闭嘴，不要再提这件事。之后，再也没有人提起过这件事。

我倒是希望有人能提到这件事。我做了那么愚蠢的一件事情，希望穆迪博士能给我一顿训斥。我希望他对我说，这不会是我第一次把事情弄错，即便最优秀的外科医生也会犯错，但是我永远不可以此作为借口，为自己开脱。没错，倒霉事时有发生，但错误还得自己承担。我们要对自己负责，要更优秀、更聪明、更谨慎。我真希望能有人对我说这样一番话。但是现在，我只能自言自语，以作训诫了。想到一个人孤军奋斗，我就不禁感到心里没底。

从犹他州的悬崖跳下

特贝茨提议我们去滑翔。他说他认识一个在波因特弗蒙庭①教人滑翔的教练，课程的价格很便宜。从医疗中心开车出发，向南不到半小时就是波因特弗蒙庭，对面是卡里·吉尔摩②被枪决的州监狱。巴德觉得这主意不错。巴德是另一位住院总医师，也来自得克萨斯州，不过他既没谢顶，也不穿牛仔靴。

"不然，我们还能做什么？"他说。

斯派塞是参加第三年培训的住院医师，来自怀俄明州，是一个货真价实的牛仔。他执着地蓄着正经的八字胡，经常取笑特贝茨的牛仔靴。他也想去滑翔。随后他们邀我加入。特贝茨知道我曾经是飞行员，并且经验老道，断定我天生就擅长滑翔。我拿不定主意，因为我听说经常有人丧生于滑翔事故。

"只有10%的可能发生事故，"特贝茨说，"没什么大不了的。"

比心脏外科手术还危险。但是，我又不想显得与他们格格不入。

我们当时在退伍军人管理局医院做外科轮替训练，特贝茨是血管外科的住院总医师，巴德是普通外科的住院总医师。在一个漫长的周五，我们中午便完成了原本在下午4点执行的巡房任务。随后，特贝茨拨通了瓦萨奇滑翔公司的电话，与老板戴夫·罗德里格斯预约好时间。1个小时后，我们来到波因特弗蒙庭的南面。这片山脉光秃秃的，是瓦萨奇山脉向西蜿蜒数英里的延伸。

我们站在那里，听戴夫为我们讲解滑翔的一百种"花样作死"方法。他身后耸立着孤峰山，山峰两侧，林木线以上的积雪尚未消融，我只能

---

① 波因特弗蒙庭（Point of the Mountain）：美国犹他州盐湖山谷与犹他山谷之间横亘的一座向东延伸的横断山脉，山脉位于盐湖城与普洛佛市区之间的一部分山峰。
② 卡里·吉尔摩（Gary Gilmore）（1940—1977年）：一名美国罪犯，因他为自己在犹他州犯下的两起谋杀案而要求法院执行死刑一事引起国际关注。

大致分辨出山肩上那片大冰川所在的位置。一周之前，一位大学教授刚从那上边坠亡，他原本想爬上山庆祝自己的 50 岁生日。在山峰低处的山坡两侧，白杨树和胭脂栎刚刚开始发芽。

戴夫组装好两只滑翔翼，他说一只是基础款，另一只是升级款。但说实话，除了颜色，我看不出它们有什么区别。我们轮流把滑翔翼往山上背了一小段距离，然后扣好索具，沿着山坡往下跑，一直跑到滑翔翼将我们带离地面为止。

我们飞起来大概只有 10 英尺[①]的距离，然后就坠落下来。练习半小时后，我们便克服了坠落的问题。于是，戴夫让我们再往山上爬 100 英尺的距离，这样滑翔时间能够持续大概 15 秒——虽然一开始时，这 15 秒漫长得像一辈子。等到我们第三、第四节课结束时，我们已经可以从 300 英尺高的山顶起跳滑翔，滑翔时间也能持续 3 分钟之久。

戴夫建议我们与山脊保持垂直，这样山坡吹上来的柔缓南风，会形成一股股上升气流托起滑翔翼，借着上升气流的升力，我们可以尝试盘旋翱翔。我们没过多久就掌握了要领，只要南风不停地吹，我们就可以一直滑翔，甚至还可以降落在山顶，省得麻烦下一个人再把滑翔翼背回山顶。

工作日的时候，我们常常独自占用山坡。但是到了周末，各种各样的滑翔爱好者会齐聚在此。有的人装备高级，有的人还带着原始的罗加洛回收翼伞——一种最简单的三角翼滑翔伞，出了名地容易被风吹落。这也是戴夫强调的问题，当滑翔员将翼尖拉得过低时，风可能扑到帆的顶部将滑翔翼吹落。

他一边说，一边用双手模拟风将滑翔翼吹落地面、摔成粉碎的情形。同时，他也讲解了我们使用的更加现代的滑翔翼是如何通过设计来避免这一问题。

[①] 1 英尺约等于 0.3 米。（下同）

到了周末，如果南风正好合适，可以看到山坡上空盘旋着十几只滑翔翼，它们借着上升气流翱翔。9月下旬，周五的一个下午，阳光和煦，晴空万里，我们3人在山坡南面练习盘旋。我们小心翼翼，贴着近山的山脊，循着传统的弧形线路向西滑翔。

滑翔出一定距离后，我们再折返回来，以免撞到从西边滑翔过来的人。有时候我们会稍微增加滑翔的距离，当借不到上升气流时，我们便不得不降落在山脚，再一路背着滑翔翼爬上山顶。

我第二次滑翔时就出现了这样的状况。我听到特贝茨在山上朝我大呼小叫。他气坏了，因为接下来滑翔的人正是他，我要耽误他很长一段时间。正当我背着滑翔翼准备往山顶上爬时，我看到一个人开着皮卡车，正准备停车、组装滑翔翼。

这是我第一次在这样近的距离上看到这种老式的罗加洛回收翼伞。与我们用的滑翔伞相比，这种滑翔伞较小，带着手工制作的原始感。他把伞组装好后就开始往山上走。等我到达山顶时，他已经先到了10分钟左右。

我见他盘腿坐在地上，手臂放在膝盖上，两眼直勾勾地遥望着南方。他留着长胡须，扎着长辫子，辫子垂到后背。他身上穿着印有忧郁蓝调乐团[1]图案的T恤和牛仔短裤，脚上穿了一双凉鞋。

特贝茨跟在其他5位滑翔者的身后，巴德和我仰望他在天空中回旋翱翔。这时，那位带着三角翼伞的人准备起跑。他把三角翼伞扛到肩上，开始奔跑起来。他双脚脱离地面，直接飞入峡谷的上空。

他越飞越高，角度也越来越陡，直到飞到最高点，但突然之间，风阻抑制他的上升之势，随后翼尖一歪向下翻转，风撕破了滑翔翼的帆布。

---

[1]忧郁蓝调乐团是1964年在英格兰伯明翰成立的英国摇滚乐团，他们最初以节奏蓝调音乐为主，但1967年的第二张专辑《未来的日子消失了》(Days of Future Passed)开始融合了摇滚和古典音乐，使忧郁蓝调合唱团成为艺术摇滚和前卫摇滚发展的先驱之一。

他从 100 英尺的高空直接坠落到地面。巴德和我目瞪口呆。我们反应过来后，立刻朝山下狂奔而去。

我们跑到坠落地点时，他的身体还在剧烈抽搐，然后没一阵子便一动不动了。他没戴安全帽，鼻梁撞碎了，着地的半边脸血肉模糊。他的两根锁骨全部断了，其中一根刺破皮肉，露在外边有 6 英寸长。在围观的人群中，有人带了无线电，已经呼叫救护车。巴德和我轮流扶着他的头，让他下巴朝上，保持气道通畅。虽然救护车到来时他已经意识全无，但好在仍有呼吸。

一位在山上和他交谈过的人说，这位滑翔员来自加利福尼亚，翼伞属于他前不久因为癌症而去世的哥哥。

"他说之前滑翔过一次，"他说，"但是说的比较含糊。"

几天后，我们听说他大难不死，逐渐恢复了意识。我问人他的脖子有没有摔断，但谁也不清楚。

那年秋天，我们购置了自己的滑翔翼。我们一共买了 3 架，巴德和斯派塞共用一架，我和特贝茨一人一架。我的是绿色帆布的滑翔翼，右翼上有一道黄色的条纹。这架滑翔翼于我而言本来是过于奢侈的东西，我妻子也提醒了我，但我最后还是买了下来。滑翔带给我存在感，作为医生，除了享受滑翔带来的刺激外，我们也清楚自己离不开它的更深层的原因。

后来，我们学会从北面山脊海拔 1500 英尺的地方起跳滑翔。这里的高度是南面山坡的 5 倍，想降落在山顶也更加困难。有段时间，我们干脆直接降落在山脚。但是这就意味着有人不得不花费 20 - 30 分钟的时间驾驶卡车回到山脚。特贝茨决定把这个任务交给在医院外科轮替训练的医学生，这再合适不过了。

我们带去的第一位医学生非常兴奋。他觉得这比待在医院，坐等住院医师吩咐他从某个病人的直肠里把粪便掏出来有意思多了。不过我们可能激怒了某个学生，他告发了我们。特贝茨曾威胁他，如果他不和我们一起去滑翔，就给他打低分。穆迪博士把特贝茨和巴德叫到他办公室。特贝茨说，他只是开玩笑，他以为学生也知道这只是一个玩笑。我不知道特贝茨是不是开玩笑，但是我担心，这件事可能不会就这样简单收场。总之，这之后我们总算学会了降落在北面山坡的山顶。这样一来，我们只需要一个人驾驶卡车到山脚，把其他人从山谷接上来就行。

冬天来了，天气却仍然温暖，阳光依然明媚。我们抓紧机会到其他地方旅行，从更有意思的地点起跳滑翔。2月的一个周末，在怀俄明州与犹他州兰道夫市的交界处，在一条绵延5英里的山岭之上，在嶙峋耸立的独峰之间，我们与秃鹰肩并肩翱翔几个小时。有好几次，我们从弗朗西斯峰峰顶起跳滑翔，那座山峰位于盐湖城以北，海拔将近10000英尺。有一次，我沿着瓦萨奇山脉滑翔得太远，跟丢了山脊的上升气流，结果降落在离既定降落点以南6英里的荒地上。两小时后朋友们才找到我。见到我时，他们更多的是气恼，而不是重逢的喜悦。

我们还有一些难以企及的、野心更大的计划。其中之一是冬天去廷帕诺戈斯山①起跳滑翔。特贝茨觉得，我们可以从这座海拔约11250英尺的马鞍状山脊上起跳或者从山顶下500英尺的地方起跳。他说，那里只需要徒步八九英里，上升的垂直距离最多不超过四五千英尺。山上不是还有雪吗？我问。他说，我们可以穿雪鞋或者滑雪板。如果到达目的地后发现那里不宜滑翔，我们还可以一路滑雪下来，岂不更棒。我们可以用雪橇拉而不必自己背滑翔翼，他又解释说。"噢，"我说，"这就合理多了。"我嘴上说这主意非常棒，但心里清楚，这计划永远不会实现。

那年夏天，特贝茨和巴德结束了住院培训，斯派塞好像也失去了对滑翔的兴趣。秋天的时候，我和妻子驾车去犹他州南部。我带上悬挂滑

---

①廷帕诺戈斯山是犹他州瓦萨奇山脉中的第二高峰。

翔翼，想到死马地①悬挂滑翔。我要等一个晴朗无风的天气，然后一早驾车前往死马地。等待期间，我们先在摩押镇扎营，顺便去了拱门国家公园②。

当我妻子前去探索科罗拉多河的壮丽景色时，我已经站在死马地的坡道上准备开始滑翔。这片坡道由一个全国性的滑翔组织修建而成。修建之初的目的是让滑翔运动员在举行年度滑翔竞赛时，可以借这个坡道助跑，然后从悬崖起跳。

之前我从未从悬崖起跳过。戴夫曾经提到过这条坡道，但现在看着它，我发现它大概只有五步长。而且，我也不确定其他滑翔员一般是在哪里降落。我希望降落点能够更明显一些。从坡道鸟瞰，1500英尺之下是蜿蜒在峭壁边的白缘步道，悬崖和路面看上去靠得非常近，再往下500英尺就是科罗拉多河。

此外，我还担心滑翔时下方林立的大岩石。是在这些岩石的上方滑翔，还是在它们的中间滑翔，这取决于从悬崖下吹来的上升气流的强度。我捡起一根鼠尾草，把它从悬崖边上丢下，它往下飘了几英尺，落到岩石的缝隙里。基本上没有风，我心想。这样一来就更加惊险了，因为根据我的经验，这意味着在借到上升气流开始飞升之前，我俯冲的距离会更长。

"拿不定主意？"

我吓了一跳，几乎从悬崖上跌下去。原来是公园的护林员，他站在我身后笑着说。

"抱歉，"他说，"没想到会吓到你。"

---

①死马地：死马地州立公园，公园是一片占地5362英亩的高原，海拔5900英尺，四周是2000英尺高的悬崖峭壁。19世纪中叶，牛仔常把野马赶入这一天然马场，圈养后逐步驯化再变卖。据说，许多野马在被赶到这里时，因为来不及停下，跌落悬崖而死，因此而得名死马地。
②拱门国家公园位于犹他州靠近摩押处，面积309平方公里。园内最高处象峰海拔1723米；最低处游客中心，海拔1245米，里面大大小小的拱门有一千多个。

我确实还没拿定主意，风似乎特别平静。

"他们一般降落在那条路上？"

"那是一处，"他说，"那边还有一处。"他指着北方远处大石柱的另一侧，从这里看去，那里似乎是一块平地。

"这取决于风向，"他说，"既要避开石柱周围的气旋，还要留神避开南边那些露出地表的大岩石。你知道，有时候那些小的旋风肉眼是观察不到的。"

我凝目远望。

"你经常玩这个吗？"他问。

我说了几个滑翔过的地方，告诉他我应该还算有经验。"不过，我还没有从这样的悬崖上起跳过。"

他没再说什么，随后，我妻子来了。她递给我一块糖，向护林员介绍自己。

"想好了吗？"她问我。我说我还没打定主意。

"从这里开车到公路上的降落点需要多长时间？"我问护林员。

"大概只要一个半小时。不过，如果前边有开得慢的卡车挡着或者你不习惯那种路况，可能要花上三个小时。谢弗峡谷公路的路况可是非常凶险的。"

"全是土路，一道又一道的盘山弯道，而且没有护栏。"他又补充说道。

我向他表示感谢，然后回到卡车，坐进驾驶室，考虑还要不要滑翔。我胆怯了，我没想到我会这么胆怯。我已经有几个月时间没滑翔，那片悬崖又如此险峻骇人。这时我已经快要失去思考的理智。

但是另一方面，从悬崖跳下去滑翔对我而言又是一次惊人的壮举。这个时候时间还早，如果一切顺利的话，我们还可以在天黑前回到摩押镇，举杯庆祝这伟大而充满了意义的一天。除此之外，我还可以大声地对所有人宣布：我做到了！并非所有的滑翔员都知道弗朗西斯峰或者驼峰山，但死马地却人尽皆知。

我有一种不祥的预感，这种预感加剧了我的恐惧。我把双手放到方向盘上，努力控制不让手发抖。妻子她从另一条小路上走开了，她担心影响我的决定。

我最后终于下定决心，拿起照相机走了出去。等我找到妻子时，我已经兴奋得不能自已。

"怎么样，决定了吗？"她问。"去他妈的，我不跳了！"我说。

解雇风波

要是到了1978年夏天，要是谁建议从波因特弗蒙庭的北面山脊起跳滑翔，我一定会认为那是一次疯狂的提议。一个周日的下午，我在那里滑翔。我数了数身边正在滑翔的人，竟然有29人。这个数字几乎是我们当初滑翔时的3倍。而且，他们不再循着传统的弧形线路滑翔，都竞相抢占最有利的上升气流。为了挤进我正在利用的上升气流，那些家伙就像炸弹一样朝我俯冲而来。山顶的降落点人满为患，我感到那里也不安全。

于是，我让妻子到山脚等我。地面温度是32.2℃，我盘旋着向上飞了又飞，直到所有的滑翔翼都在我下方很远处，直到我感到空气彻骨的寒冷。我买不起高度计，但是我估计当时我已经在将近1400英尺或者更高的高度上。我的头开始刺痛，胸口也喘不过气来。

特贝茨和巴德走了，斯派塞不愿再来滑翔，我感受不到集体的温暖。取代他们3人跟我一起滑翔的是眼前这一群群滑翔爱好者，他们既疯狂又陌生。我失去了能够接受我、包容我的集体，失去了在我背着滑翔翼跳下山峰翱翔，仿佛天地间唯我独尊时为我鼓掌喝彩的战友。尽管外科轮替训练也越来越忙，请假越来越不容易，把仅有的假期用来独自一人滑翔未免过于自私，但我依然无法抗拒每次滑翔带来的生命活力——无论秃鹰与我并肩与否，都是一样。

在10月初，一个周五的下午，我苦口婆心地劝说，终于说服一位名叫史蒂夫的朋友和我一起驾车前往弗朗西斯峰。虽然天气预报的风速正适合滑翔，但是实际风速可能会增强，也有可能会太强。我想，等到了山顶再做决定吧！

我们在下午4点整到达起跳地点。我装好滑翔翼，迅速扣上索具。这时的风已经越吹越猛，倏忽之间，我看见西边出现一线乌云。我胆怯了，担心会出现冷锋①。冷锋会带来疾风，疾风会把我和滑翔翼刮飞。如果疾风将我刮到山峰后边，我还可能卷入气旋之中。我又想起在死马地临阵退缩的事情，想起因此而无法磨灭的遗憾。但是我说服自己，我曾经从这座山峰上起飞滑翔，现在我再次站在这里，万事俱备。而且，我们走了很长一段路程才到达这里，我确信只要我从斜坡上腾起，一切就都会好起来。

我对史蒂夫解释说，考虑到当前的风况，我需要他走在我前面，帮我抓住滑翔伞的前端使其微微斜向下方。当我说"走"的时候，他要立刻松手，扑到地上，翻滚到一旁。

我深吸一口气，心里想着说服自己停止滑翔，嘴里却脱口而出："走！"然后便顺着山坡奔跑起来。史蒂夫动作慢我一拍，我开始腾空时，他还没把手放开躲到一边。结果左翼尖撞到他的肩膀，整个滑翔翼向左旋转倾斜，完全不受我的控制。顷刻之间，我向前方的乱石坠去。

我以前从没坠落过。特贝茨倒是坠落过一次，伤到了耳朵。不过，他那次是因为滑翔翼没有组装好。我眼睁睁看着他从我的头顶上空坠落，摔下来好长时间都一动不动。我还以为他不行了，高声呼喊下边的人去

---

① 冷气团主动向暖气团移动形成的锋称为冷锋。冷锋过境时，多会出现积雨云，发生雷暴及强降水。

救他。好在我这次坠落没有那么夸张，只是摔肿了，擦破点皮而已。滑翔翼也没被撞折，只是两根铝管报废了。

史蒂夫帮我把滑翔翼拖上山坡，把它收好，打包装起来。当时我没有想到，这竟是我人生中最后一次滑翔。

我认识大概 20 个定期玩滑翔的人，其中一个在我退出滑翔运动几年后去世了，我也不知道他的死因是什么。有一次，我们的教练戴夫被卷进山后的气旋，气旋刮起他的滑翔翼，在空中转了两圈。然后他摔了下来，坠落在乱石堆中，背也摔断了。我估计他得在病床上躺很长一段时间才可以恢复。

一两年后，一天深夜里我还在和一位西班牙的外科医生闲聊，他说他在玩滑翔伞运动。我告诉他我过去经常玩滑翔。有一次，我从死马地的悬崖上起跳，滑翔了将近一个小时，最后降落在靠近悬崖的公路上，公路 500 英尺以下就是科罗拉多河。这次聊天后，我感觉我已经开始相信这个谎言。此后每当闲聊时有人提起滑翔这一话题，我都会重复这个谎言。如果不是幡然醒悟，我甚至可能将这个谎言写进这本书里。我最终悬崖勒马，不仅是因为我认识到谎言的危险和不道德，还因为真相远比谎言更值得书写。

我说谎不是为了自吹自擂，也不是怕被人发现我的懦弱，而是为了保护自己不遭受更无情的现实打击——我在悬崖边上畏缩，是因为那天我认识到，我无法掌控随之产生的后果。我无法接受这样的现实，我不相信竟然存在我无法掌控的事情。于是，为了恢复自信，逃避现实，我重新组织记忆。所以我才会编织这个谎言，说我自己从悬崖上跳了下去。我不是在意别人的看法，而是害怕失去对人生的掌控。

我从来没对父亲讲过我在犹他州滑翔的事。我不想面对他的批评。他会骂我是笨蛋，告诉我这样鲁莽行事有多危险，还会告诉我出事了后悔都来不及。现在他既听不明白，也不会在乎我讲的话。我还保存着我的滑翔翼、一对不配套的安全带和一顶安全帽。我把它们放进储藏室，说不定以后还有谁会用到。

　　1977年秋天，在犹他大学学习的第二年，我被分配到奥格登的一家医院做外科轮替训练。医院距离15号洲际公路以北45英里远的地方。除了一位同级的住院医师，和我一起参加训练的还有斯派塞，那是他第四年培训，和我们共事的外科医生非常忙碌，我们也只能勤奋工作，照看好所有他们负责的病人。周末值班的住院医师往往在周五早上到岗，一直工作到周一晚上才回家。不过，自助餐厅的伙食不错，有时候周末也能碰到一些比较有意思的病例。值班室配有一台彩色电视机、一台电冰箱、一张宽大柔软的沙发和一张正常尺寸的床。

　　某个周一的早上，我刚值完周末的班，准备为病人写完医嘱后前往手术室。这时病房管理员探着身子悄声对我说："听说下次你不会来这里做外科轮替训练了，真遗憾。"我以为她在开玩笑，我笑了起来，却发现她没有笑，于是我问她怎么回事。她面露尴尬，说我应该去问斯派塞医生。我在洗手槽那里找到斯派塞，问他病房管理员的话是什么意思。他说，他会趁着手术间隙告诉我，并提醒我，我现在应该去5号手术室帮格鲁阿做结肠手术。

　　"别让他等你。"他说。

　　我被解雇了。穆迪博士决定削减项目组内住院医师的培训名额，我不幸成为6名被解雇的住院医师之一。被解雇的人要么立刻打包走人，要么待到年底或者待到在其他地方有住院医师的培训名额之后。我打电话到穆迪博士的办公室，秘书说他不在城里要外出一周。在决定去留人员的讨论会上，我有一个好朋友也在场。他告诉我每个人的票数都非常接近，但我有一些负面评价，因为我总和特贝茨、巴德一起厮混，玩滑翔之类的玩意儿。另外，几位主治医师认为我有些自负，还有一位主治医生说我对甲状腺一无所知，净给人添乱子。

"除此之外，你的表现还是不错的。"他说。

穆迪博士预定回城的那周刚好是我和妻子安排好去度假的时间。我考虑过取消度假，但是我的"难兄难弟"说，穆迪博士已经对他们强调过，这次的决定没有任何商量的余地。既然事情已发展到这种程度，继续耗在这里也就失去了意义。于是，我们驾车前往俄勒冈州的波特兰，与我的大学室友保罗和他妻子一起去远足。我们再次爱上了美丽的太平洋西北地区①。

我甚至想，我们不如搬到华盛顿州的特奈诺，那里是索瑞尔航空公司的生产基地，他们建造的双翼飞机令人叹为观止，我做梦都想驾驶着这种飞机在天空中翱翔。周末的时候，我可以在奥林匹亚市做急诊医生，到了工作日，我再为索瑞尔家族工作。我愿意为索瑞尔家族奉献一切，只要能得到索瑞尔家族的帮助和制造飞机所需的材料，为我量身打造一架专属于我的，他们称之为超级双翼的飞机。

在保罗那儿度假结束后，我们驾车前往特奈诺。索瑞尔家族中较年轻的一位告诉我，我的想法应该可行，但是他们的父亲出差了，一周后才会回来。

我又申请了奥林匹亚市的两家医院。其中一家医院的行政负责人说，他们正在招聘可以周末上班的医生。就这样，我们返程时兴奋不已，迫不及待地想要开启我们在大西北的新生活。

周一早晨回到医院后，我发现一切都泡汤了。穆迪博士改变了主意，我们可以继续回来上班。有一天，他抓住一个机会，劝勉我应该怎样做才能得到更好的评价。他劝我少自作聪明，多阅读外科医学文献，以免一张嘴便暴露我的无知。

---

①指美国西北部地区和加拿大的西南部地区，主要包括阿拉斯加州东南部、不列颠哥伦比亚省、华盛顿州、俄勒冈州、爱达荷州、蒙大拿州西部、加利福尼亚州北部和内华达州北部。太平洋西北地区也是一个美国大都市圈。

但妻子和我还是有了辞职的打算，因为我们新的人生规划实在是诱惑力十足。但换个角度来看，这样的结果也让我感到如释重负，好像又可以重新来过了。

第二年培训的下半年，我拿定主意，申请在穆迪博士的研究实验室进行第三年住院培训。我提前3个月获得了批准。紧接着，全体医教人员召开了住院医师年度考评会议。结果不出所料，我的表现又被评为一般。他们撤销了我继续在实验室培训一年的申请，并通知我，如果我还打算通过培训，最好加倍努力，表现得更好一些。在新的培训安排中，我没有一天被安排在穆迪博士手下工作。

为了能在他手下工作，我只好和另一位住院医师交换了3个月的时间。另外，我把下班后和周末的时间也挤出来用在实验室。3个月转瞬即逝，穆迪博士同意多给我一个月时间，继续留在实验室，也不用承担任何临床职责。那年春天，我写了一篇论文，被美国外科医学院论坛（American College of Surgeons Forum）接受。我获得了免费去芝加哥做数据展示的机会，结果却被加尔维斯顿来的一位著名外科医生"羞辱"——他的研究比我更加深入。但无论如何，这毕竟是我第一次发表外科医学学术文章，而且它也让我更加明确了今后的方向。培训结束后，我不打算在父亲手下工作。我希望能够在大学找到一份教职，为医学生上课并培训外科住院医师。

捅破巨型脓肿

住院培训第三年，我遇到了加里·马克斯维尔。他是犹他大学移植科的主任，同时也是摩门教的主教——虽然我轮替到他手下工作时，他已被免去主教之职。他是一个快乐的人。在我成为外科医生的道路上，他是其中一个对我有深远影响的人。

马克斯维尔医生教会我如何照看肾移植病人，而且在这个过程中，他让我感受到存在的价值、被尊重的感觉，以及团队的归属感。我的意见并不总是有用，但他从没因此而看低我。他愿意花时间为我讲解他做的事情，我请他解释问题时，他也非常耐心。最重要的是，他教会我怀疑的精神：对于那些脆弱的肾移植病人，任何不对劲的地方都不能掉以轻心。

肾移植病人的免疫系统会将新移植的肾脏识别为异体组织，并加以摧毁。这一过程被称为排异反应。20世纪70年代末，我们只有两种获批药品可以帮助肾移植病人消除这种反应。这两种药品就像猎枪一样，不能精确打击。它会瞄准病人整个免疫系统，基本上一枪就能瘫痪病人的免疫系统。结果病人不仅没办法抵御感染、愈合伤口，甚至连维持正常的体力也有困难。这种药的工作原理是，在植入新肾脏时，狠狠地给免疫系统来上一枪，让免疫系统误以为新移植的器官是无害的，从而接受它并放弃对它的攻击。不过，这样的停战协议往往得之不易。一两周后，病人的免疫系统可能会再次攻击新移植的器官，这时你就得举起"猎枪"再来一击。

不过，等我搬到匹兹堡时，形势已经改变。我们拥有了一种新药。这种药更像狙击枪，有史以来第一次只瞄准免疫系统中发动排异攻击的那部分，同时保持免疫系统的其他有效功能完好无损。

1978年，马克斯韦尔博士教我不要相信器官移植病人的任何身体征兆。等病人发高烧或白细胞值升高再做出感染的诊断时，就已经太晚。如果病人没感到腹部疼痛，便断定腹部不可能隐藏巨型的脓肿，那等你能够发现它时，就是在给病人做尸检了。

贾妮23岁，因糖尿病晚期而导致肾衰竭。在我轮替到马克斯维尔博士的移植团队的前几个月，她刚刚接受过肾移植手术。现在，因为夜里时常盗汗，她再次住院。虽然过去两周以来，她的身体一天比一天虚弱，但她新移植的肾脏工作正常，大多数时候她也感觉良好。在那时，超声检查和 CAT 扫描检查还相当不成熟，但我们已经利用这两种技术给她做过检查分析。我们在她植入新肾脏的腹腔内并没有发现腹部或腹股沟附近有任何感染的迹象。血培养、尿培养以及喉部细菌培养也没有发现任何异常的病菌。此外，她没感冒、没鼻塞，也不腹泻。

贾妮想要回家，她说夜里盗汗的情况并不严重，现在天气已经好转，她可以出门走走，那样体力也许就恢复了。我认为这主意不错，但是马克斯维尔希望她再稍微多待一段时间。"以防万一，"他说。在走廊里，他对我和护士说，他总觉得哪里不对劲。他盯着地板愣了一会儿，便去看下一位病人了。

几天后，早上巡房时，我发现贾妮腹股沟处有一块和胡桃大小差不多的脓肿，脓肿红红的、软软的，贾妮说一点也不疼。我问她是否可以给她做皮肤麻醉，然后割开脓肿。"像割疖子一样，"我说。这可能是问题的根源，我想，它最终还是现出了原形。

我尽快准备好所有需要的工具，想趁马克斯韦尔带着其他团队成员到来之前，把脓肿里的脓放掉，把一切处理妥当。此前我已经处理过十几次脓肿，所以在我看来，这次也是小事一桩。我很激动，像是在淘金盘中发现了金块的淘金者，相比之下，贾妮显得十分镇静。

贾妮的护士在一旁给我递工具，我先给她皮肤消毒，然后再皮肤麻醉，用小手术刀在肿块上切开一个一英寸长的切口。我拿来一支注射器，打算收集一些脓汁送到实验室培养，好找出里面是什么病菌。但是，我切开皮肤、刺破肿块时，里面的液体像从浇花的水管中喷出的水一样，把我的衬衫和领带淋了个透。我立刻用海绵压住切口，吓得呆若木鸡，不知道是不是我哪里做错了。难道我切到了异常的疝气，或者肠子，或者膀胱？那液体看起来像是脓液，只不过不太浓稠。也许这是因为我不知道他们把移植的肾脏放在了哪里，我应该在做切口之前弄清楚这个细节。

我让护士拿来一只手术盆，随后松开手，让脓液继续流出来，同时把脓液引入盆中，大量的脓液源源不断地流出来。很快，第一只盆接满了。眼看脓液还没有停下的迹象，护士又拿来一只盆。最后两只盆几乎都接满，我们估计至少有两升甚至更多的脓液。终于，脓液不再流出来，而是开始往外滴。我用纱布包扎伤口，然后呼叫马克斯维尔。

那天早上，我们把贾妮送到手术室。我把切口开得更大些，轻轻蠕动着手，伸进去探查里边的情况。脓肿太大了，我的胳膊从肘部以下全伸了进去，竟然还是摸不到腹腔的上沿。但是我可以摸到腹腔内新移植的肾脏。脓肿起初就是在肾脏周围形成，之后慢慢扩张，一直向上扩张到脾的位置。我们又放出3升多的脓液，用一升又一升清洗液一遍遍清洗她的腹腔，然后再放进去一对两英寸的橡胶引流管。两支引流管看起来就像两根长扁而中空的意大利面条。之后，我们把她送到重症监护室。

对于免疫系统正常的人而言，在脓肿还没有长到篮球大小之前，他的病情也应该十分严重，更何况脓肿已经那么大了。经历了那样的手术治疗后，健康的人可能会经历脓毒性休克。没有几周时间，身体不会好转。但贾妮不一样。为了治疗贾妮的排异反应，我们至少先后给她用了三个独立疗程的大剂量类固醇——这不是那种举重运动员为了强健肌肉而使用的类固醇，而是用来弱化肌肉力量、欺骗白细胞忽视细菌的类固醇。

就像做完修甲的公主，手术后的贾妮只是略显虚弱。她没有发热，也没有任何感染的迹象。一个月后她回来门诊，移植的肾脏仍然工作良好，而且据她所说，她每天早上散步时能走两英里。

在为贾妮放掉脓肿内的脓液前，我没有事先向马克斯韦尔报告。

我担心他会发怒。我已经开始想象他发怒的场景：批评我居然如此不负责任，说我没有资格给住院的病人动手术，等等。我也已经决定接受批评、道歉认错，但至少是我发现了贾妮的根本病因，这多少算是一点安慰吧！但没有想到的是，那天早上他走出手术室，停下脚步回过头看着我——

"我要是在场就好了，这样就能看到脓液喷出来时你脸上的表情。"他说，"对了，你当时还穿着衬衫、打着领带。权当是给你的安慰吧。"

玩忽职守有时意味着勇敢救治

当我还是一名实习医师时，迈克·达夫是烧伤科的资深住院医师。他是罗德奖学金获得者，曾在牛津大学进修生理学。他在欧扎克长大，口音比我们这些从小在俄亥俄州南部长大的人还重。他长得有几分像阿尔弗雷德·E.纽曼，但是嘴巴更小，头发又红又卷。他也是我认识的人中最聪明的。迈克骑诺顿750上班，总是穿着皮衣皮裤，一手抱着头盔，从医院前门大摇大摆地进来。有时候他会带我去一家脱衣舞俱乐部吃午饭。俱乐部的一位舞娘让我印象深刻。她是越南人，身上有一道明显的切除阑尾后留下的疤痕。见我盯着那疤痕，迈克对我说："伤口感染了。她来医院时阑尾已经化脓破裂。她够坚强的。"

在我第一次和迈克去烧伤病房时，我见到了约兰达。她昏迷不醒，连着呼吸机，50%的深度烧伤，同时伴有严重的肺损伤。病历本上显示，她体重超过300磅，但是她到医院时体重不到150磅。我往后翻了翻病历本，发现为了让她复苏，医生在治疗的前几天里为她静脉注射了70多升的液体。现在她300磅的体重中，大约一半都是渗进身体组织和肺部的注射液。

早晨一起巡房时，我和迈克一致认为，目前她最大的问题在于肺部的积液。由于她的肾脏情况良好，我们认为只要能把她体内多余的积液排出，她应该就可以恢复自主呼吸。当然，我们必须多加小心，因为要排出肺部和组织内的积液，首先要降低血液中的水含量。但是血液的水含量又不能降得太低，以免失水过多损伤肾脏。

迈克告诉我，烧伤科的主任和他的助手出差了，去外地参加一个全国性的烧伤会议。我们的后备人员只剩一位曾在烧伤科工作过，现在私人执业的外科医生。巡视完所有病人后，迈克打电话给这位后备外科医生，说了我们的治疗计划，包括我们为约兰达排出体内积液的想法。

晚上和后备外科医生一起巡房时，我汇报说，我们为约兰达制订的治疗计划没起作用。后备医生说，我们能做的不多，只能多花点时间观察她的病情。

那天晚上轮到我值班，我去图书馆查找文献，希望能为约兰达的治疗找到一些灵感。我在一篇论文中找到一个可能行得通的方法。这篇论文的作者写道，这种方法类似于通过给细胞充电，从而阻止细胞持续渗漏。这是一个全新的理念，对于病情类似约兰达的病人，有一些零散的用这种方法成功治疗的报告。

第二天早上，我向迈克报告这一情况。迈克读了这篇论文，认为这个方法很合理（后来的研究表明，对于约兰达这样的病人，这种技术并不能有效改变治疗结果）。

"也许行不通，但是风险低，而且我们也没其他值得尝试的方法了。"

大约中午时，我们开始行动。我们先在表格中记录下她的体重和尿液排出量，然后慢慢注射，同时仔细观察约兰达的各项身体指标，确保不会对她造成任何伤害。

到了晚上，我们注意到她的尿液排出量增加了。于是，我们进行了又一轮的注射。到了第二天，我们已经为她排出约 40 磅的体内积液。

尽管验血结果表明,她血液中的水含量有些偏少,但好在血压良好。所以我们也不觉得有什么可担心的。

那天夜里还是我值班,大概午夜时,我去巡视约兰达的情况。她的验血结果还是和之前一样,排尿量也相比之前大大增加。第二天烧伤科的主任就要回来了,我迫切地想给他看看我们的成就。

第二天,我睡过头了,快7点时我才来到烧伤科。这时主任已经到了。他伏在桌子前,正快速地在病历本上写着什么。护士说他凌晨4点就到了。"他听说了你们的小实验,"她说,"他似乎不太高兴。"

我想等迈克来了再一起进去,但他已经看到我。我深吸一口气,走了过去。

"欢迎回来。"我说。

他写完大概一两段字,然后搁下笔,转过脸来面向我。他说,我的行为和纳粹分子当年的行为没有区别;他说这是我压垮他的最后一根稻草,他准备向穆迪博士报告我的情况,如果我没被指控违反职业道德的话算我走运;他还说如果他拥有话语权,我将永远被禁止做外科手术。

当天晚些时候,穆迪博士召集我们开会。迈克和我整理好我找到的论文,希望可以证明我们的方法既不荒谬,也没有违反职业道德。迈克说由他来负责辩护、承受职责,因为他们不能拿他怎么样。

"你就不同了。"他说。

我们到场时,主任正在和穆迪博士说话。他还是像早上一样铁青着脸。穆迪博士问我们到底做了什么。

"这个,穆迪博士,我们只是做了个小-实-验。"他说"实验"这个词时,带着浓浓的欧扎克口音。

完蛋了,我想。我们死定了。

烧伤科主任差点被咖啡呛了一口。他说,需要有人站出来,保护他的病人免受这样的玩忽职守之害。穆迪博士转向我,问我有什么想说的。我递给他那一叠论文。

"我认为我们的做法并不荒谬,它是合情合理的治疗,并且取得了成效。"我说。

我递给他我们记录的表格,指到记录尿液排出量、体重,以及反映肾功能的验血报告。

"截至午夜,她的体重掉了60磅。"

烧伤科主任认为,验血报告恰恰表明约兰达严重脱水,为了让她恢复水平衡,他不得不给她输了将近30升的生理盐水。

会议很快就结束了。穆迪博士没有在烧伤科主任面前责备我们。随后,他把我们单独叫去,把我们臭骂了一顿,问我们为什么脱离主治医师单独行动。

"没有主治医师的全权批准,你们不能独自行动,更别说做那样的事情。你们会被解雇的。"

原来我想告诉穆迪博士,我们和后备外科医生确认过,他告诉我们这样做没有问题。

但迈克和我商量后决定,还是不要把他牵扯进来。迈克想把过错全揽到自己身上,说这治疗方案是他一个人的主意。

"别说这些没用的了,迈克。"穆迪说。

我要在烧伤科待两个月,这件事情发生时我才刚过来不久。接下来的日子里,我感觉烧伤科主任一直没有原谅我们的作为。他允许我做一些我这个等级的住院医师在手术室里惯常要做的事情,但是他不允许我参与制定病人的治疗方案。我能感觉到这一点。

至于约兰达,穆迪博士召集我们开会后的那个早晨后,除了恢复了先前减掉的60磅,她的体重好像还额外增加了10磅左右。她的意识有所恢复,但依然离不开呼吸机。

等到我外科轮替训练结束时,她依旧全身肿胀,像个中毒的癞蛤蟆。后来,我听说她还是因为感染而病逝了。无论我们怎么努力,她治愈的希望都很渺茫。我知道从一开始就是如此。

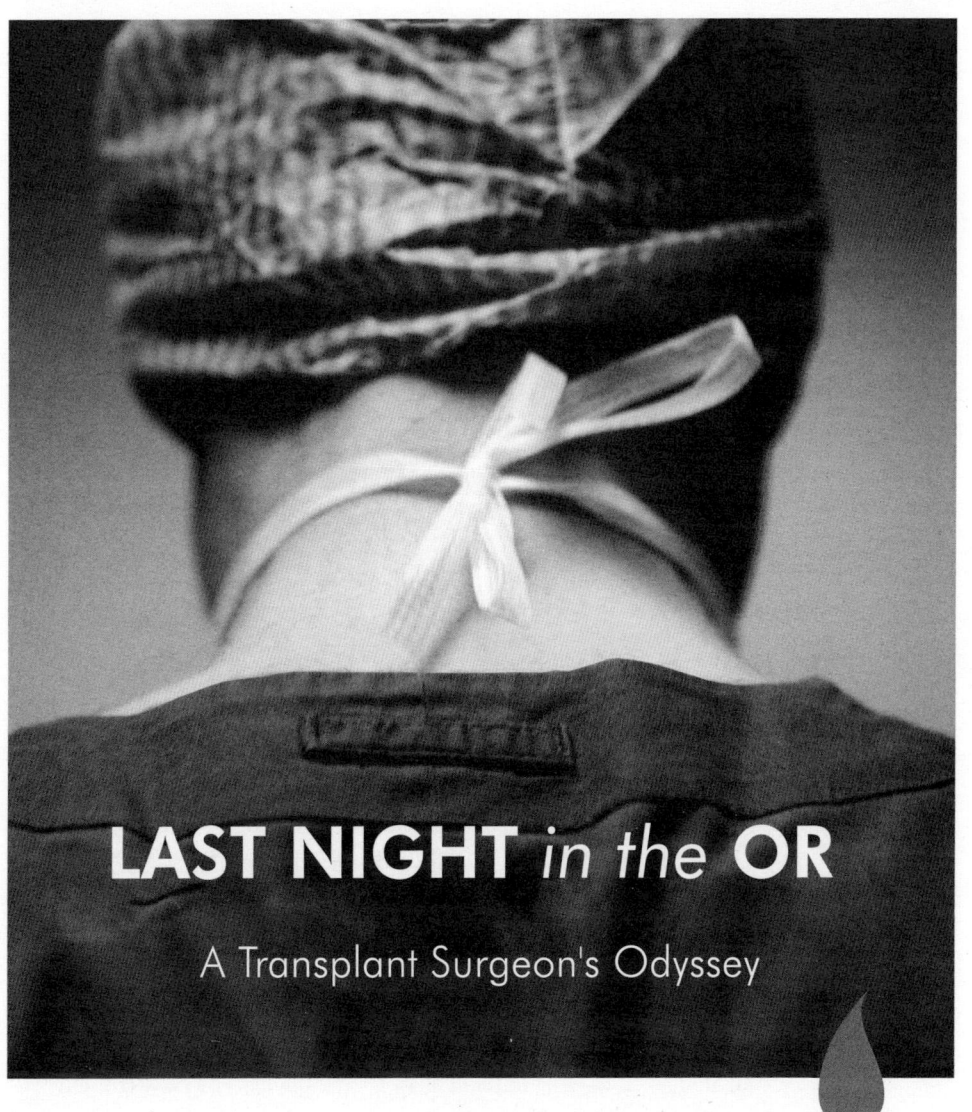

第 3 章

天堂与谷底

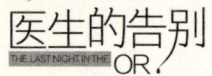

> 在抽象的层面上思考生命时,你一定会脱离单纯的恐惧,而去悲悯人类的脆弱。我知道每个人在死亡边缘残喘时无比痛苦,可是我没有权力帮他们跨越生死边界,平静地离开。

我想成为英雄,却进了樊笼

1979 年,迈克·达夫结束住院医师培训后,回到密苏里州休斯敦治下的家乡,一个人口大约 2000 的小镇。休斯敦是密苏里州得克萨斯县的县治①,人口约 25000,县城四周被马克·吐温国家森林环绕。

第二年春天,迈克寄来一封信,信中描述了他建立的重症监护室。我为之深深震撼。他的家乡比我位于俄亥俄州的家乡更加偏远落后,他却在那里建立了一个设备一流的重症监护室。而那时的我却在纠结是去器官移植外科,还是回俄亥俄州和父亲以及 TJ 共事。夏天回俄亥俄州探望父亲和家人时,我决定向南绕道拜访迈克和他的医院。如果我要回华盛顿科特豪斯,我也要给这片土地带来一些新的东西。我想,迈克也许能给我一些启发。

前往密苏里州的经历令人难忘。我们先是在马克·吐温国家森林

---

① 这里的休斯敦不是位于美国得克萨斯州、全美第四大城市的休斯敦,而是美国密苏里州下的一个小城市。下文中,作者的父亲也问到了这个问题。

超速和追赶我们的治安官飙车，后来又在欢庆国家步道骑行日的篝火晚会上吃手撕烤肉、跳波尔卡舞，最后是帮助迈克的妻子在家后院围篱笆，以防止他们女儿在后院玩耍时铜斑蛇爬进来。

我参观了迈克的重症监护室，听到病人对他道谢，仿佛他就是基督再临。我惊呆了，不明白他是如何在短时间内取得巨大成绩。我兴奋不已，想早点见到父亲，和他谈谈我对他医院建设的一些想法。

回到俄亥俄州一两天后，一位普外科医生在我们吃过晚餐后请父亲去看一位病人，父亲让我陪他一起去。父亲认为病人患有心力衰竭，但是总觉得这样的诊断哪里不对劲。

我对病人说话，掐了掐他的皮肤，想把他弄醒。

"他没什么反应。"护士说。

"他有没有喝酒？"我们问。

"当然，这再清楚不过，"护士说，"另外，从今天早上开始，他已经停止排尿了。"

我拉开床单，发现病人的腹内胀满积液。我明白了，他这是肝硬化，可能肝功能也在衰竭。我想，我们确实无能为力。

我扶他坐起来，发现他颈静脉的血液浓度在下降。

"也许输液会有效。"我说。

"见鬼，他腹内已经有这么多积液了，"父亲说，"肚子肿胀成这样，我们还可以给他输什么液，都会漏出来的。为了帮他排掉积液，我一直在给他用利尿剂。"

病人是肝功能衰竭。太多的利尿剂可能会导致他肾脏衰竭。

"看来，我们能做的真不多了。"

"恐怕是的，"父亲说。他站在那里，怔怔地望了病人一会儿。"尽管如此，但还是谢谢你。"

又一天晚上，我帮父亲照看患有心脏衰竭的那个男人，给他示范如何将导管插入心脏上方的大动脉，既确保适当的输液量，又不致输液量过多而导致心脏衰竭进一步恶化。这种方法在他的医院里还是头一次使用。

当天晚上晚些时候，我发现父亲躺在书房的仿皮休闲躺椅上看《洛克福德档案》(*The Rockford Files*)，但他睡着了，电视里正大声播放詹姆斯·加纳开着庞蒂克火鸟飙车的场面。我喜欢这部电影。

我坐到沙发上，父亲醒了。

"你刚刚错过一场好戏，"我说。

"我打了会儿盹。"

"是的，"我说，"他在追什么人？"

"你说什么？"

我们继续看了一会儿电视。我注意到父亲又开始打盹了。

"你最近工作很累吗？"我问。

他耷拉着眼皮，两眼无神地看着我。"每天晚上都很忙。TJ 已经出去两周了。"

"他去看马术表演？"

"对呀。"

电视里紧张的场面开始放松下来。我想，他可能要跳过新闻，早早上床睡觉。

"你记得迈克·达夫吗？"我问。

"迈克·达夫？"

"去年你去滑雪，我们和他，还有另一名住院医师一起吃过饭。他获得过罗德奖学金，是个棒球投手，欧扎克人。他说起话来像是乡下来的，口音比我还重。"

"他的口音也比我重。"

"一点没错。"

他又继续看电视了。

"去年他培训结束后回到家乡成为一名执业外科医生,他建立了一个自己的重症监护室。他家乡的小镇,大小只有华盛顿科特豪斯的六分之一。"

"然后呢?"

我告诉他,我们回来的路上去了密苏里州,见识了他的重症监护室和设备,意识到对于生活在那片地区的人而言,这些东西有多重要。

"有一次他把病人转到斯普林菲尔德,那里的医生竟然打电话给他,问病人插的是哪种导管。"

我等他接我话茬。不过,他好像被詹姆斯·加纳迷住了。我父亲刚开始做医生时,他最喜欢看的电影是《赌侠马弗里克》。

"迈克给病人插的是肺动脉导管。这个病人受了外伤,断了好几根骨头,并伴有气胸。在给病人转院前,迈克先在休斯敦新建的重症监护室里稳定了病人的病情。"

"你刚刚不是说密苏里州吗?"

"是密苏里州的休斯敦。"

"密苏里州有休斯敦?"

"是的,在得克萨斯县。"

"然后呢?"

终于说到重点。

"我在想,等我几年后外科训练回来时,我们也可以这样做,而且做得更大。我们可以收治格林菲尔、希尔斯伯勒甚至威明顿市的病人。我们建立重症监护室,收治像那天晚上我们诊断过的病人,或者在更严重的病人转院到哥伦布市①之前,先为他治疗,稳定病情。你觉得怎么样?医院会同意吗?"

---

① 美国俄亥俄州政府所在地,位于俄州的中心地带,是该州最大的城市,也是美国第14大城市。

"我没意见。但是我们为什么要这样做呢？"

"为什么？"

"我在这里快 30 年了，没有那些东西不也过来了吗？"

"这个是因为……"

"如果病人的病情十分严重，我们可以把他们送上救护车，转院到哥伦布市，这比插什么肺导管要快得多。"

"但是，我肯定有人可能会在转院路上去世，而且……"

"见鬼，俄亥俄州政府不是买直升机了吗？上周他们还让市民试乘了这些直升机。从我们打电话到飞机飞到现场只需要不到 20 分钟。"

我没有再说什么。也许他是对的。距离这里不到 40 英里的地方就有一所大学的附属医院，所以我又何必多此一举呢。

"再说，"他说，"等你回来了，我和 TJ 还得教你怎么样正确地做事，那也得花很长一段时间。学校教授教你的那些东西，你还得还回去。到时候有你还的。"

说完，他起身去卫生间。我去厨房，给自己盛了一碗冰激凌。妻子正趴在餐桌上画画。

"进展如何？"她问。

"很好，"我说，"他就快同意了。"

我回到书房时，他又睡着了。我听到他的呼噜声，于是把电视关掉。再过半年就是父亲 60 岁生日，而他现在因为搭档不在，还要夜夜工作，困倦得连和我好好聊一次天，或者完整地看完自己最喜欢的电视节目都做不到。

我想，他的生活是孤独的。搭档离开后，现在周围四五个县里只剩下他这个唯一的一位外科医生。每天早上，他都按照名单做手术，有时候一直做到下午。

一周四天，他要在下午坐门诊，为病人诊断病情。此外，他每天晚上还需要到医院巡房。如果病人受伤或病情严重到医院和他处理不了时，他可以把病人转院到哥伦布市，除此之外，所有其他情况都需要他自己处理。

他一个人孤立无援。我不想像他一样，一生就这样被困在这里。我也不想孤军奋战，我希望身后有更强大的团队给我支援。

起初，我以为父亲反对我的想法是因为他不愿接受改变。这么多年来，他一直按照这样的方式治疗病人，已成习惯。这是我最初的想法。然而大约几个星期过去后，我开始意识到，他说的话其实是有道理的。在一些大城市的医疗中心，医疗服务的专业化程度越来越高。这样的专业医疗服务在较小的社区内几乎无用武之地，所以由这些大城市的医疗中心提供这类服务是正确的思路。

在家乡建立的重症监护室也许几个月也收治不了几个病人。对于父亲让我问诊的那个病人而言，他需要的不是这样的重症监护室，而是肝移植，或者更可能的是需要一些缓解病痛的措施，可以让他有尊严地死去。

我希望能够带着新技术造福家乡，就像迈克·达夫在得克萨斯县做的那样。我想成为他那样的英雄，成为和我父亲与TJ都不一样的英雄。我想要独树一帜的想法成了我的牢笼。

直到多年以后，我才意识到，我的雄心壮志不是为了满足家乡人的需求，而是为了满足我那不断膨胀的自我。我没能回到家乡，并不是父亲的过错。

肝移植生涯起航

从父亲娶了我酗酒的第一个继母并由她教我成为一名合格的手术助理护士那天，到我第一次做肝移植手术，已经十七年过去了。那次肝移植手术由我完成，从头到尾我都参与其中，斯塔兹为我挑选了病人。他说，这个病人正适合我。病人比较年轻，之前从未做过手术，除了缺少一种酶之外，他的肝脏在其他方面完全正常。

但是这一小小的缺陷却威胁着他的生命。他的肝脏和正常肝脏一样，没有那些摸起来软绵绵的静脉血管，做手术时，那样的静脉血管随时可能破裂，让血流得到处都是。斯塔兹坐直升机去取用于移植的肝脏，他让我和舜三郎合作，在他出发时开始手术。

斯塔兹回来后，他和访问医生一起把新取的肝脏放进盛满冰水的冰桶里。等他放好，他随即过来查看我和舜三郎的准备情况。舜三郎和我拿掉海绵，拿起病人被切除的肝脏，左右转给他看，直到他说"好"，走回放新肝脏的桌子旁边为止。

"准备好了，通知我。"他说。

舜三郎在一旁看着我夹上止血钳，确保切断后留下来的血管长度适于接入新肝脏。我们把原肝脏递给手术助理护士，又用几分钟时间缝合几处稍微有些漏血的地方，确保所有血管的切口整齐利落，与新肝脏的血管吻合。

"好了，"我说，"把新肝脏拿过来吧。"

"遵命，"斯塔兹说，"马上就到。"

忽然，我听到身后地板上传来一响声。虽然之前我从未听过这种让人厌恶的响声，但我立刻反应过来发生了什么。

"噢，不！"斯塔兹博士惊呼，"我干了什么！"

我转过身，看到他面前的地板上有一副肝脏，是那副新取来的肝脏。我感觉双腿一软。我立刻条件反射般让人拿来碘伏，那种我们用来为双手和病人皮肤清洗消毒的含碘的红棕色药水，希望能有所补救。我们必须尽快清掉沾在肝脏上的污尘，就好像把"五秒法则"用于移植器官手术。

斯塔兹和访问医生你看看我，我看看你，忍不住笑了。我还以为他们疯了，直到访问医生拉开冰桶上的毛巾，把真正的新肝脏拿给我看。

"真是疯了。"我说。

斯塔兹立刻收起玩笑。

"好了，"他对访问医生说，"我们时间很紧。"他拿起肝脏，从我和左边的助手中间挤过去，把它送到手术台上。我请求做第一道缝合，不知不觉，我就在缝合新肝脏了。

我的视线不好，位置也不佳，因为斯塔兹博士就站在那个我想挤进去的理想位置。他一边注视我的每个动作，一边下指令，指导我每一针的缝线位置。

"左边一点，"他说，"不是。再退过来一点。那里！"

他不断催促我加快速度。

"加油，快！"他说，"现在正是你能够争取时间的机会。"

每一步骤都是我争取时间的机会。房间里越来越热。等到我完成最后一处缝合，告诉麻醉师我们准备松掉止血钳时，我浑身已经被汗水湿透。尽管屋里很热，我却不住地发抖。我松开止血钳，恢复病人的血液流通。我看着新移植的肝脏变得粉嫩红润，重新焕发生机。我们看到新移植的肝脏开始分泌胆汁，"金灿灿的胆汁"，就像舜三郎形容的那样。

斯塔兹称赞我做得很棒，说舜三郎是位出色的老师，之后便离开，让我们两人做完这台手术。病人失血极少，手术的用时也比当时的大多数手术短。凌晨4点，我们完成手术把病人推进重症监护室。我坐下来写医嘱，觉得自己在这次手术中的表现确实不错。

显然，斯塔兹博士认为我是他见过的最优秀的外科医生。至少，那次手术中一位在场的住院医师是这么对我说的。

"你应该亲耳听听他的原话，"住院医师说，"他说他还从没见过谁可以那样做手术呢。显然，除了你之外再没有其他人。"

显然是我。

桑迪也听到了斯塔兹博士对我的赞誉。那天晚上，我听到舜三郎对我说老板对我们的手术有多满意的时候，我知道我总算出人头地了。在匹兹堡，我成了除伟大的托马斯·斯塔兹之外，唯一能做肝移植的外科医生。而且，就我所知，我们在匹兹堡做的肝移植手术比全世界其他地方的总和还要多。

一天下午，我一直在一位病人的病床边转悠。每四个小时，我便安排他验一次血。第一份验血报告迟迟不出来，我紧张得几乎喘不过气来。终于，验血报告送来，结果良好。但是我只高兴了片刻，便开始担心下一次验血结果。他苏醒过来，说喉咙很干。他的父母一直陪在身边，他们逢人就说，感激上苍让他们的孩子苏醒过来。我本来想告诉他们实现这个奇迹的人是我，但是我想还是别高兴得太早，以免让他们失望。

那天晚上晚些时候，我确定这位病人已经没有问题。等到我去医院的太平间取自行车时，我已经至少一天半没合眼了。我背上背包，扛起自行车，爬上两层台阶，踢开门闩，打开通往德索托街的小门。

不知什么时候，外面下起了雪。我想打电话让妻子开车来接我，却又想起她要在谢迪赛德街区的酒吧上班到下半夜。大片大片的雪花簌簌飘下，周围寂静无声，一片庄严的气象，让人沉醉。

我顺着山坡骑下去，一路几乎没刹车。我车身略一晃，便左转到奥哈拉大道。等我经过康科迪亚俱乐部时，我已经情不自禁地唱起了歌。凌晨刚过的时候，我正在为病人缝好最后一针。那时，收音机里传来的歌曲恰好是奥莉维亚·纽顿-约翰①演唱的《肌肤相亲》。而现在，

---

① 出生于英格兰剑桥，澳洲流行音乐及乡村音乐歌手，荣获过4项格莱美奖。

我已经深深爱上了她。

奥哈拉大道过去是毕奇罗街，三个街区后左转，一直走便进入贝亚德大街。街面上有薄薄一层湿雪①，路面又湿又滑，在这种路面上骑行就像在铁轨上骑行一样艰难。再左转进入埃尔斯沃斯大街，我看到一个骑红色自行车的小伙子。

我像战斗机飞行员一样朝他俯冲过去，直到最后一秒，我才一歪车把，从他身边擦过，仿佛他是静止的物体一般。我觉得自己好像有使不完的劲。这之后，我松了把劲，他趁势追上来，和我并排骑行。

"哥们，你不能骑那么快！"他大声对我说。他是非裔美国人，他的自行车的价格和我的汽车差不多，可能还更值钱。毕竟我的汽车上个月起火了，现在正停在房前，蒙了一层厚厚的雪，等着我去修理。

我开怀大笑，站在脚踏板上使劲蹬。我不知道他有没有追上来，但我假装他正在追上来。我低着头用力骑行，直到我看见南艾肯大道就在眼前。

进入这条大道需要左转，于是我停下踩脚踏板的动作，把身体的全部重心放到外侧的脚踏板上，车把手也一下子转向左边。自行车向左倾斜转弯，突然自行车的后胎飞了出去，我还来不及反应发生了什么，就一下子摔倒在地。等我反应过来时，那位非裔美国人已经走下自行车，站到我跟前。

"哥们，你没事吧？"

我站起来，找我的自行车。

他扶住我的胳膊。"你休息一两分钟吧，"他说，"清醒清醒。"

我说我没事。

"就算没事，你也需要坐下来等一两分钟，等身体不抖了再走。"

我坐在路边上，突然感到又湿又冷，又困又乏，浑身止不住地战抖。

---

①指雪花没有来得及完全融化就落到地面的一种天气现象。

往山上走再过最后几个街区就是我家。但是现在我只想躺下来，睡那么一小会儿。

"你这人到底怎么回事？你是法国人吗？""什么？"

"也许你是伯纳德·伊诺①之类的人。你认识伊诺吗？大家都叫他'狼獾'。"

"狼獾？"

"你到底要去哪儿？"他问。

我告诉他，我马上就到家了。"就在山上。"我指着上边的街道说。

他在路边的矮树丛中找到我的自行车。他把它推过来，把车胎往柏油路上摔了几下。"看起来还好。"他说。

我爬起来，接过自行车，发现我左边的裤子又湿又冷，大腿火辣辣地疼。

"我估计你擦伤了，"见我揉大腿，他说。

他把我扶上自行车，推着我向前跑了几步，帮我起步。

"骑慢点，哥们。"

我没有说话，径直离开。

接下来两周，我感觉自己像摇滚明星一样引人注目。无论我走到哪里都有人告诉我，斯塔兹博士称赞我是一个杰出的外科医生。

这种感觉真不错，我想。如果不是手术时，我必须像个杂技演员一样四处寻找有利位置，也许我的手术能做得更好。上次那位肝移植病人的恢复情况不错，没有出现并发症。他提前出院，回家时正好赶得上学校开课。虽然我并不认可他们口中"世界最优秀"的吹捧，但也不可否认，我确实做得还不赖。

---

① 伯纳德·伊诺（Bernard Hinault，1954年— ）：法国著名自行车手，先后五次获环法自由车赛总排名第一，多次赢得公路自由车赛"大满贯"。因为在比赛中常常咬住对手不放，所以得外号"狼獾"。

第 3 章　天堂与谷底

几周后，我迎来第二例手术的机会。我明白，这次手术从一开始就很复杂，多亏舜三郎帮助我，我才得以避免陷入麻烦。等斯塔兹带着器官捐赠者的肝脏回来时，我们已准备妥当。只是当时我没有预料到，那天晚上对我人生的影响如此重大。

从那天晚上到现在，已经三十多年过去了。扪心自问，我已经不再相信，如果斯塔兹放手让舜三郎和我独自做肝脏植入手术，结果可能会好很多。但在当时，对于这一点我确信无疑，就像确信有日出便有日落一样。在这次手术中，我们缝接第一根血管就几乎用去一个小时的时间，这比我平时缝接全部四根血管，恢复病人血液流动的总用时还长。

手术总的大部分时间里，一两秒钟转眼过去了，我却还看不清下针的地方。这种感觉，就像是在剧院看戏剧时，前排坐着留有爆炸头的卡里姆·阿卜杜尔-贾巴尔①，视线被完全遮挡。我好不容易挪动脑袋瞥了一眼缝针的地方，斯塔兹又换了个姿势，然后我能看到的就只剩他的后脑勺。有时候，他直接一把抓过我的手，把它放到正确的缝针位置。

"不是那里！这里！"他说。

"斯塔兹博士，我看不清楚。"

"那就调整姿势，直到看清位置为止。想做外科医生，就必须学会这一点！"

第二天血检报告显示，病人的肝脏损伤严重。"他撑不过来了，"巡房时斯塔兹说，"我们需要给他重新移植一个肝脏。"

我站在走廊里，遇到的每一个人都尽量回避我的目光。我坐在卫生间的隔间里，无意中听到几个住院医师嘲笑我的"滑铁卢"——从

---

①原名小费迪南德·刘易斯·阿辛多尔，1947 年 4 月 16 日出生于美国纽约，前美国职业篮球运动员，担任中锋。

"世界最优秀",跌落到"平均水平"。而且所谓"平均水平",也只是一个委婉的说法。"不,实际上,我越想越觉得,他还够不上平均水平。"其中一人模仿斯塔兹的口气说。

谢天谢地的是,病人最终还是康复了。我松了一大口气。虽然比起一般的肝移植病人,他多花了几周时间才康复,但是毕竟还是康复出院了。

这之后,我立刻被打入"冷宫",一连几个月时间没有得到做肝移植手术的机会。我悄悄地游说,向愿意听我诉说的人抱怨,但是大多数情况下,我的听众只有舜三郎。斯塔兹占了那么大的地方,阻挡了我的视线,没有人能在那种情况下完成手术。

问题的关键是他不信任我。如果他对我不完全放心,那么一开始,他就不应该放手让我做手术。就因为这种不信任,我只能坐在长凳上努力思索能帮上什么忙,什么事我都想搭一把手,但结果统统只帮了倒忙。

我一直认为,植入新肝脏时,最困难的部分是缝接上腔静脉。上腔静脉的位置太靠上,正好在横膈膜下,所以很难看清楚。如果帮你拉胸腔的人又不像洪医生那样认真,你就更难看清楚了。可是,在第一次做肝移植手术时,我却觉得缝接上腔静脉十分容易。虽然之前我没有这方面的经验,但是我多次观摩过斯塔兹博士做肝移植手术。我看着自己的双手,它们仿佛不受我的控制,模仿斯塔兹博士的每一个动作,甚至连刺进去后的穿针动作都一模一样。这种感觉,就像做手术的人不是我而是他。我没想到,通过不断的观察,我竟在不知不觉中学会了这一切。

第二年夏天,我终于迎来新的机会,虽然这次机会只是临时分派给我。舜三郎巡房时碰到我,告诉我马上由我来做下一台肝移植手术。

"什么时候?"我问。

他说，我们凌晨左右开始手术，凌晨两三点前，斯塔兹博士会取回器官捐赠者的肝脏。

"他今天非常疲惫，"他说，"也许生病了。取回肝脏后可能就会回家。"

之后发生的一切，和舜三郎说的如出一辙。斯塔兹博士取回新肝脏，在手术台后的桌子上放置妥当。之后，他把新肝脏递给我，观察几分钟后便悄悄离开。

就这样，我开启了我的肝移植生涯。在外人看来，我的肝移植学习过程虎头蛇尾，但对我而言，事实并非如此。斯塔兹博士允许我重新做肝移植手术，就像把我从监狱中释放一般。也许这有些夸大其词，但无论如何，我自由了，我又找回做外科医生的感觉。更难得的是，我找回了做肝移植外科医生的感觉。毕竟在1982年，肝移植外科医生屈指可数，而我已成为其中之一。

HIV检测：医疗中的防水长靴

20世纪80年代初，我们还在探索血凝固与肝移植相关的知识。后来我了解到，在匹茨堡第一批临床案例中，马克斯·斯廷森医生接受的手术失血最少。在接下来的几年时间里，有时肝移植手术中的病人会严重失血，这表明我们的研究进展过于缓慢。

那时，我们腰部以下的手术服常常被病人血液浸湿。后来我只剩下两条内裤能用，即使用漂白剂清洗，鞋子上还是残留着坏疽的味道。我明白，是时候采取一些措施了。

我并非是在夸大其词，耸人听闻。幸运的是，我们最终掌握了技巧，在移植肝脏时基本上不会导致病人失血过多。最开始的时候，每当我们拿掉手术床单，叫人推来轮床时，如果发现病人失血很少，麻醉师会忍不住击掌庆祝。那时候，病人的失血程度相差很大，有的人失血尚在可接受范围，有的人则血流如注。

对于后一种情况的病人，医生在离开手术室时，需要用输液架撑着，才能跨过地上的血泊。有时候，在中途休息时，不熟悉情况的访问医生根本意识不到鞋子里浸透了多少血液，别人可以通过脚印看出他穿过大厅去了卫生间，甚至还可以看出他去了哪个隔间。

我们用尽各种手段应对失血问题。我们沿着手术床单的四边叠出一道道凹槽，防止血液溅在身上。但是床单是布做的，很快就被血液渗透。有时候，当呼吸机开始工作，把横膈膜往下推时，血液也会像波浪一样冲开凹槽。有一段时间，我干脆不穿内裤，可是血液往往浸透衣服，从阴囊顺着大腿根往下滴，汇聚在我的鞋子里又黏又滑。

我也曾拿来一双旧的高帮帆布鞋充当手术用鞋。这双鞋还是我在医学院读书时买的，自从买来后，我就几乎没刷洗过它。虽然我把它用做手术鞋时橡胶鞋底有些磨损，但基本情况还算良好，可现在，这双鞋看起来就像是从医疗废物桶里捡出来的垃圾一样。我以为漂洗过后可以除掉鞋面的棕色血斑和腥味，结果于事无补。

那腥味常让我回想起克利夫兰退伍军人管理局医院肠胃科病房的味道。那是我学生时代进行第一次外科轮替训练时去的科室。我对医院的实习医生说，我从小在养猪场、养牛场长大，但从没闻到过像这里一样难闻的味道。在我的想象中，死亡的味道也不过如此。他劝我习惯就好。

我有一双防水长靴，我以为它可以解决这个问题。这双靴子是我住在犹他州时买的，我可以穿着它在贝尔里弗野生动物保护区的沼泽里猎杀野鸭或大雁。即使站在及膝深的、四周都是冰渣的水里，裹在靴子里的双腿仍然感觉温暖干爽。正是依靠这双靴子，我猎到人生中第一只，也是最后一只雪雁。

一天夜里，我被电话铃声吵醒，医院让我去给斯塔兹博士帮忙。

挂掉电话后，我一头雾水。当天早些时候，舜三郎还嫌我行事愚笨，让我回家了。当时我坐飞机分别去佛罗里达州的两座城市取肝脏，帮助斯塔兹做肝移植手术。取回肝脏后，我去了重症监护室巡视病房，滔滔不绝地给病人讲了一堆俏皮话。舜三郎受不了我的不正经，于是他说，"你没事了就回去睡觉吧。"

可是现在，电话那头的人却坚持让我回医院。她说他们已经给我打了好几个电话。我问她现在几点。她说时间不重要，斯塔兹博士希望我马上就到。

我骑自行车去医院。外面下着蒙蒙细雨，路面又湿又滑。我把自行车停在医院的太平间，太平间的地板被我的自行车弄得非常脏。我赶到手术室时已经快凌晨2点，斯塔兹博士已经连续做了几个小时的手术。"手术毫无希望。"他说。他已经筋疲力尽，但却不想放弃，我是他最后的希望。虽然斯塔兹博士认为手术毫无成功的希望，但是我认为，他还是想看看我是否有能力做些什么。

麻醉师告诉我，只腹部开放手术切口一项，就耗费了20个单位的血液，是病人血液总量的两倍。我问病人是谁，为何病情如此严重。他们告诉我病人是一位来自新泽西州的大学生，为了做手术，已经在重症监护室等待了几周时间。病人的症状是腹壁静脉曲张，他的肚子就像是一个蛇窝，肚皮上鼓起的静脉像毒蛇一样从肚脐处向四周爬去。我从没见过病情如此严重的病人。我忙活了一个小时，终于止住病人的血。慢慢地，情况总算是补救回来。斯塔兹博士回来后，决定继续为病人做肝移植手术。当时我偷瞄他的脸，希望能发现一丝满意我的手术的表情。

刚为新移植的肝脏恢复血液流通，病人又开始失血。即便现在，这种情况也很常见。但在当时，我们并不知道发生这种状况的原因，也不懂如何处理。我们能做的就是努力止血，不停地缝线，包扎，缝线,再包扎……我记不清斯塔兹博士在手术室里待到什么时候,也记不清手术结束后我对等在候诊室的家属说了什么话。我只记得,那次手术我们用掉100个单位的血液。用血之多,前所未有,整个城市甚至更多地方的血液库存被使用殆尽。几天后,病人苏醒。又过了一阵子,他康复回家。

防水长靴的缺陷在于,靴筒只够到臀部。在贝尔里弗保护区跋涉时,如果水深过臀,长靴反而是累赘,因为水会倒灌进靴子里,使靴子不仅像秤砣一样又重又沉,而且还刺骨冰冷。

给那个来自新泽西州的大学生做手术时,我臀部以上的衣服全被血液浸透,血滴进靴子里,脚底又湿又黏。我想买一条防水连靴裤,可是价格太高了。

有一次,我跟戴安娜说起这件事,她给我展示了她做解剖时穿的围裙。戴安娜是病理科的住院医师,之前就是她允许我将自行车停在太平间的。这一次,她又送给我一条塑胶围裙,正好能遮住胸部至膝盖的身体。围裙很干净,除了有些黑色和黄色的斑块。这应该是常接触福尔马林的缘故,她说。

有了围裙和防水长靴,我终于可以裹得密不透风,不担心血液渗到鞋子里。只是塑料材质的围裙和长靴保暖效果太好,穿上它们,有时候我热得汗流浃背,几乎昏厥过去。我决定将这套装备留在可能失血很多的手术中使用,但是我的预测总是不对,常常失算。我已经记不清楚抛弃防水长靴的具体时间,我只记得那是在一次漫长的手术结束之后,因为长靴不再防水,而且已经发臭了,所以我把它和那些危险的医疗废物一起扔掉了。后来,我在一家军用品折扣店淘到一双军用纯胶靴,价格只有圣诞节促销时 L.L.Bean[①]登山鞋的一半。把靴子的脚背带往上一拉,正好凑合着和围裙搭配使用。

---

① L.L.Bean 是美国著名的户外用品品牌,创始于1912年,历史悠久。

我们科室有一位叫杰斐逊·戴维斯的住院医师，他来自田纳西州的加特林堡，正好到我们团队做外科轮替训练。有一天，他帮我们做器官移植手术，我当时刚切开一根大血管，喷出来的血高出手术台三英尺多，并且正好喷在了他脸上。

他跳起来急忙跑向洗手槽，像熊一样嚎叫着把头伸到水龙头下冲洗。他把头向两边甩动，就像是刚从咆哮叉河①破水而出，甩出去的水滴在他身后折射出一道完美的彩虹。我们笑坏了。这件事让我印象深刻，我们常常因此笑话他。不过，这些都发生在我们知道有艾滋病这一疾病存在之前。

几年后，食品药品监督管理局（Food and Drug Administration，简称为FDA）批准了一项新的HIV检测方法。1985年冬天，在我搬去内布拉斯加州之后，托马斯·斯塔兹打来电话，说他有坏消息告诉我，并建议我在听之前先找张椅子坐下。他说，他们检测了匹茨堡肝移植受体的库存血样。

"有些人是阳性，"他说，"而且其中很多人的手术是你做的。"

"也许他们是在输血时感染上的，"我说，"也许我们感染的风险并不高。"

"好吧，我们已经做了检测，"他说。

"当然，我不能告诉你检测结果。我能告诉你的是……"他犹豫了片刻，然后接着说，"我建议你买张机票去芝加哥或者丹佛。总之，去个没人认识你的地方，给自己做个检测，除非你不想知道结果。我不确定你怎么想，但是，你看要不要给你妻子或者儿子做个检测，我相信你心里应该清楚。"

在我刚到匹茨堡的第一年的冬天，有一位来自土耳其的外科医生

---

①咆哮叉河（Roaring Fork），位于美国科罗拉多州中西部地区，科罗拉多河的支流，全长约113千米。

蒙奇，我们一起帮斯塔兹博士为一位患有乙肝的病人做肝移植手术。那时候乙肝疫苗还没有发明出来，我们担心感染乙肝。

斯塔兹说他在丹佛时曾经感染过乙肝，当时他病得很严重，几乎丢了性命，而他的一个同事还真的因此丢了性命。这是正常的风险，他说。

蒙奇和我各自戴上一副手套，希望可以借此降低感染的风险。但是在为病人缝合肝门静脉时，斯塔兹博士不小心把针扎到了蒙奇的手。手术的空间很狭窄，当时蒙奇正拉着病人的十二指肠，好方便斯塔兹博士缝针。每次针刺进手套里，蒙奇都会疼得跳起来，斯塔兹则会大吼让他别动。你会把静脉扯成两段的，他对蒙奇说。

乙肝的平均潜伏期是两个月。两个月后，蒙奇脸色蜡黄，差点死过去。他用了好几个月时间才恢复过来。

等他回来工作时，我们听说新研发出了一种实验性疫苗，可以注射使用。我立刻报名成为第一批使用人群。

一般而言，我对这种令人担心的事情总是非常敏感，但不知道为什么，我还是没有做HIV检测。我从当时的学术文献中了解到，为携带HIV病毒的患者做手术，外科医生感染的风险微乎其微。我也想过打电话给舜三郎，弄清楚他们那里的情况。但是我也放弃了。后来我发现，在斯塔兹打电话给我的前一个月，我申请购买人寿保险时，保险公司已经为我做了HIV检测。那时候还没规定做检测前必须征得客户的同意。我应该是阴性的，不然他们也不会让我买保险。

好的手术如同有灵魂的歌剧

手术台上躺着的病人来自堪萨斯州。他有一位妻子、两个不到5岁的女儿和一个情况糟糕的肝脏。他的腹部充满积液，皮肤撑得像南

第3章 天堂与谷底

瓜一样圆，在我的手术刀和他的肝脏之间，他的静脉像蛇一样盘曲。

我注视着四位外科医生。他们已经清洗完毕，准备为我提供手术上的帮助。舜三郎在休息室抽烟。到那时为止，他已经帮我做了几十台肝移植手术，他应该在想，如果我有麻烦，自然会叫他。"人肉牵开器"洪医生朝我咧嘴一笑。我让人递来手术刀，开始做手术。

有时候，看着做手术的自己，我会产生一种错觉，仿佛那双正在做手术的手并不属于我。我惊讶于那双手和斯塔兹的手竟有如此多的相似之处：握剪刀的姿势，食指在组织面之间的狭小空间里摆动的方式，处理环绕在肝脏周围满胀的静脉的方式，以及轻轻压住流血的切口的动作。我意识到斯塔兹医生传授给了我很多知识。

在很大程度上，受医疗保障制度审批程序的影响，我们的手术量不断攀升，匹兹堡也成为肝移植的重镇。世界各地的外科医生纷纷来到这里，向我们学习肝移植技术。

我们常常两三台手术同时运转，斯塔兹在一条走廊里做手术，我在另一条走廊里做手术。

访问医生们总是成群结队地拥到他的手术室。有一次又是这种情况，只有一个访问医生来我这里观摩手术，他是一位来自米兰的外科教授，我问他为什么不去斯塔兹那里。

"太挤了。"他说。

我不明白为什么总是那边挤不下了，才有访问医生到我这里来。

"你的手术太枯燥了，"他说，"我们是来看歌剧的，好的歌剧是有灵魂的。"

大部分手术在夜里完成。在这些没有硝烟的战场上，我们也曾战败，但从未屈服。我们之所以选择在夜里做手术，不是因为我们想一宿一宿地熬夜，好在太阳升起时能够松一口气，而仅仅是因为白天的时候我们没办法控制电话铃声在什么时候响起。只有在夜里不眠不休，我们才可以不闻不问外面的世界，完全沉浸在自己的世界里。直到医院的餐厅供应鸡蛋时，我们知道，早晨来了。夜里，无论何时，只要电话响起，我们的时间就要一遍遍地重置。

正因为如此，我和埃伦·哈钦森才会在匹兹堡的冬夜里相遇。也许电话响起的时间不同、地点不同，但原因总是相同的。电话让我们从被窝里爬起，然后既感到惴惴不安，又充满期待地往茫茫的夜色中跑去。

那时，我在匹兹堡培训已经快满两年。夏天的时候，我的汽车着火了，妻子也与我离了婚。离婚后的我身无分文，没有钱再买一辆新车。但是只要我足够谨慎，即便在冬天，我也可以在20分钟内从三月街的公寓骑自行车赶到医院。

我遇见埃伦·哈钦森的那个晚上是一个周日。我之所以记得那么清楚，是因为那天我从奥哈拉大道转向，骑行在德索托街时，空气里弥漫的味道让人印象深刻。那种刺鼻的味道，混合着电线短路时的烧焦味和我祖母家暖炉里的煤烟味。这种气味让人无处可逃，即便手术室里净化了的空气中也弥漫着这种味道。每当闻到这种气味，我总会想起匹兹堡的冬天，和它那像盖了一层单调灰色毯子的雾蒙蒙的天空，到了夜里的时候，天空中雾气更是浓密。

刚到匹茨堡的第一个月，我便问过这气味是怎么回事。当时，我们刚刚做好手术准备工作，谁也没想到接下来的手术会持续几乎整整两天。那天晚上也是周日，手术助理护士是切斯特，他正在手术室里一张宽大的桌子上摆放手术器械。

"这是什么味道，切斯特？"

他停下摆放器械托盘的工作，歪着头看着我。

"味道？"他说。

"嗯。到了晚上，这附近的空气中有一种味道，"我说，"你深呼一口气试试，即便在这里也能闻到。"

"哦，那个呀！"他一边说，一边打开一包无菌手套，把它们放到桌子上。"那是炼焦炉的味道，医生，"他说，"你现在可是在'钢铁之城'。"

切斯特说，他们会在周日清理炼焦炉。

"但是他们只在晚上清理，"切斯特说，"要在钢人队的比赛之后。那时大家都喝得醉醺醺的，没人会在意这个味道。"

现在，在这个周日的晚上，我在光滑黝黑的路面上骑着自行车，穿过炼焦炉的浓雾来到医院的太平间，停好自行车。我要为埃伦·哈钦森夫人移植一副新肝脏。我是这么告诉她丈夫的，她丈夫也在手术同意书上签了字。同意书上写着，他了解一切可能发生的风险。但是我认为这仅仅是走过场罢了，我们彼此都心知肚明。

"都是些法律手续。"后来回到阿勒奎帕，埋葬妻子，分发亡妻的鞋帽，邻居问起手术同意书时，也许他会这样回答。

多年以来，我见过太多病人在手术过程中死去。但是那时候，负责手术的不是我而是其他人。他们年龄更大，经验更丰富，即便他们并不总是在场，他们的头衔和资历也为我提供了庇护，成为我逃避责任的借口。

最后我终于看透患者在手术室里去世这种事情。大多数时候，我在病人身上寻找各种可以摆脱自责的理由：如果他对自己的身体更加负责，戒烟或者不酗酒；如果他能在病情严重恶化前早一点到医院治疗；再或者，如果他年龄不是那么大……

有时候，我会安慰我自己说我是唯一可以救活患者的人，如果我也没能做到，只能说明他命数已尽，无力回天……

但是可能存在其他比我更聪明、更有经验或者简单说比我更厉害的人，我本该做到却没能做到的，他都能做到，这个人甚至可能就在我认识的人中间。

每当我想到这种情况,我的自我安慰就立刻失去效用。如果真有这样的人存在,我不会沾满鲜血,让内衣被汗水浸透,然后眼看病人死去却只能徒叹奈何。

埃伦·哈钦森的手术时间到了,我必须反复提醒自己,科室里没其他人能为她做手术。真正的外科医生全都已经离开这座城市参加会议,他们去了威尼斯、京都、博卡拉顿①或是其他什么地方。

我只是一个仍在接受培训的实习医生,我必须获得特别许可,即急诊手术的权限,才能为埃伦做肝移植手术。

但当时,我对自己很有信心。我已经独立完成多例手术,没有出过什么问题。这也是手术前,我在等候区见哈钦森先生和埃伦时对他说的话。

"你多大了?"他问。我告诉他,我三十二岁。

"斯塔兹博士还没回来吗?"可是斯塔兹博士离开了。于是我说:"他经常出差。"

"我们是奔着斯塔兹博士来的。"他说。

我解释说,我是斯塔兹博士一手培养出来的医生。埃伦平躺着,两眼盯着天花板。我用手查探她的腹部,她的肝又大又硬,几乎坠到臀部。哈钦森先生探起身子,好让妻子看到他的脸。

"大部分移植手术都是我做的,"我说,哈钦森先生没看我。"最近三四个月都是如此。"

埃伦·哈钦森一动不动,一直望着她丈夫的脸。她眼窝深陷,眼睛里布满黄斑。她的额前有一绺灰白的鬓发,哈钦森先生用手为她拂去。他那只手缺了一根手指。

我到手术室时,埃伦已经赤裸身体,躺在手术台上睡着了。手术

---

①博卡拉顿位于美国佛罗里达州棕榈滩县的一座城市。

助理护士穿好手术服、戴好口罩，他背对房间站在工作台前，正弯着腰往手术台上摆放器械、床单、手术服和手套。麻醉师坐在手术台前方的一张矮凳上填一些表格，他并不是我最希望一起合作的麻醉师。我弯下腰，凑近查看病人时，麻醉师抬起头。

"很激动吧。"他说。

我点点头，环顾房间。在后门附近的墙角处，我看到了我需要的推车。我走过去取推车，手术助理护士抬起头来。

"嗨，巴德。"她说。

"萨拉，"我说，"你好吗？"

"嗯，我很好。"她说，她的眼角因微笑而堆起皱纹。"你好吗？"

我从推车里拿出棉垫，包裹病人的双腿。

"嗨，"听到她说话，我转过头去。"不会有问题的。"她说。

"肯定不会有问题，"房间另一头的麻醉师也附和道，"你这一段时间都没有出问题。"

我停止谈话，转过身去背对着麻醉师，把手放在埃伦·哈钦森的腿上。我闭上眼睛，倾听背后通风系统的呼呼声，麻醉机的嘶嘶声，以及远处心脏监护器的哔哔声。

我感到一只手放到我肩膀上。我转过头，看到罗斯站在我身后。"教授！"我说。他戴着口罩，咧嘴直笑。"介不介意我加入你的手术？"

罗斯是著名的外科医生，来自泰恩河畔的纽卡斯尔，据他所说那个地方属于英国的诺森伯兰郡。和来自世界各地的外科医生一样，他来匹兹堡也是为了学习肝移植手术。但是，和其他大多数外科医生不同的是，罗斯总是很早来到医院，最后一个回去。天花板下，四面墙壁装饰着玻璃窗户。透过玻璃窗户，我看到走廊里还空无一人。等到我们开始手术时，会有五六位外科医生站在那里，把脸贴在窗户玻璃上，或观摩或打盹。

"当然不介意。"我说。我看着他身后的麻醉师,他在笑着打电话。"这次手术应该很快就能结束。"

罗斯担忧地耸起肩膀。他抓住我的手腕。

"记住,"他摇着手指对我说,"切勿藐视神的旨意。"

我离开手术室,把缝合、清理伤口的任务留给其他人处理。我在候诊室找到哈钦森先生时,他正在那里读一本叫作《女性家庭》(Ladies' Home Journal)的杂志。候诊室里除它之外,还有一本《好管家》(Good Housekeeping)。这些书是志愿者从家里带来的,可能带书的志愿者是位寡妇。

他站起来,等我走过去。那时应该是清晨5点钟或5点30分,清洁工正用地板打蜡机费力地给自动贩卖机周围的地板打蜡。

我已经不记得当时对他具体说了些什么。我确定,在医学院读书时,老师一定教过我们如何向家属告知他们挚爱的亲人过世的消息。我觉得这和告诉一个人你把他妻子杀了是一回事。

我请他坐下,但他没动,只是默默地等待着。我告诉他埃伦去世的消息,他瘫在椅子上坐了片刻,随后不停地摇着头,将杂志揉成一卷,越揉越紧。我想坐到他身边的椅子上,但他站起身子,朝我走过来。

"你说她不会有事的!"他用中指戳着我的胸口说,他缺的那根手指是食指。

我想告诉他,我的设想出了问题。一流的麻醉师没有参与手术,我对参与手术的麻醉师没有信心,情况开始恶化的时候,他呆若木鸡,完全不知道该做什么。等他们叫来帮手,我们最优秀的麻醉师出现时……哎,为时已晚。

我想告诉他,我们断断续续给她做了一个多小时的心肺复苏,她的心跳停止,再恢复……我想告诉他,当罗斯,可怜的老罗斯停止心肺复苏,从手术台的对面抬起头,睁着疲惫的灰蒙蒙的眼睛,问我是不是一切已经结束时，我一把推开他，自己动手继续给她做心肺复苏。我一直按、一直按，直到最后所有人站在我身后，像看疯子一样看着我。我知道，我们回天乏术。

哈钦森先生摇着头，来回踱着步子，一边自言自语，一边时不时地用杂志抽打自己的大腿。地板打蜡机距离我们的位置越来越近，在它的噪声下，我听不清他在说什么。我朝他走了一步，心想也许我应该安抚一下他的情绪。

"我该怎么办？"他大声对我说。

清洁工的地板打蜡机出了点问题。他应该推着它缓缓地颠簸前行，但是它却往前一窜，滑到地板对面，撞向椅子和贩卖机。

我问哈钦森先生需不需要给家人打电话。

"家人？"他大声吼道，"家人，你问我要不要给家人打电话？"

他垂下头，我以为他又要起来踱步，但是忽然他把头伸到我面前，粗重地喘着气。

"你刚刚害死了我的家人，年轻人。"他的声音低了下来。"她是我唯一的家人。现在，多亏了你她也没了。"

他退回去，跌跌撞撞地坐到椅子上。清洁工把地板打蜡机留在了房子中间，可能找人帮忙去了。我真想帮他完成剩下的打蜡工作，那机器看起来很好操作。

哈钦森先生坐在那里，盯着摊开在腿上的杂志，双眼茫然。我就坐在他的对面。我身子前倾，把手肘搭在膝盖上，想引起他的注意，让他抬头看我，但心里又希望他不要看我。

"哈钦森先生？"

他又把杂志卷起来，像警棍一样横放在大腿上。

"我们需要找一家殡仪馆。"我说。

他抬起头，正当他说什么的时候，打蜡机又开动起来。

"抱歉,"我说,"我听不清。"我指了指背后的噪音源。

"谢菲尔德殡仪馆。"他说。他打开杂志,把皱了的地方用手抚平。"阿勒奎帕的一家殡仪馆,在富兰克林营业。"

我离开哈钦森先生,让他独自坐在那里。现在换了一个人操作打蜡机,他优雅地推着它工作着,在地面上划出夸张的弧线,朝着哈钦森先生坐着的房间角落进发。

埃伦·哈钦森的遗体一丝不挂地在手术台上,上面盖了一层床单。蓝色的手术用布帘已经被人拿走,房间里的灯也关了。但是硕大的手术灯却依然亮着,灯光照在埃伦·哈钦森身上,让她看上去仿佛是一具洁白如雪的雕像。

我走过去,站在我奋战了几乎一整夜的地方。她腹部的巨大切口,形状就像奔驰车标去掉圆环后的三根长针。我把缝合切口的工作留给别人,他们用套口缝针法缝合,缝得非常马虎。我后悔信赖他人,他们又不认识她,也不会有机会再认识她了。

切斯特走到房间的后边,盯着摆放金属器械的桌子,所有的手术器械都被他们堆在桌子上的不锈钢篮子里。

"该死!"他一边摇头,一边嘴里念念有声。他用指尖夹起一根大直角牵开器的钩片,把它丢到篮子里。"真他妈该死!"

血液顺着桌子的一侧往下滴,留下一道棕色的痕迹。篮子里几乎所有器械上都凝固了一层血液。切斯特低头看到地板上黝黑发亮的血,突然,他抬起脚退了回去,像是踩到了狗屎一样。他没注意到埃伦·哈钦森,也没注意到我。

"其他人在哪里?"我问。

他吓了一跳。"天哪,吓死我了!"他用手捂着双眼,透过指缝看了看外边。"啊,原来是你。"他找到一双塑胶手套,戴到手上。"我怎么知道其他人在哪里，医生。"他抓着器械桌的一角说："可能有其他急救手术。他们让我来取这些该死的东西，我知道的就这么多。"

我看着他推着放器械的桌子从后门走出去。门快要关上的时候，我注意到门后还有人坐在地板上。他已经睡着，脸上还戴着口罩，头枕在胳膊上，胳膊抱着膝盖。他戴口罩睡觉是因为他觉得这样有利于自我保护吗？

"罗斯？"我轻声喊他。我和他之间隔着一具遗体和大半个房间。我走过去，想确认是不是他。"嗨，罗斯。"他没有回答，我担心他有事，用力摇晃他。"你没事吧？"

他睁开眼，一脸茫然。他年纪大了，又与我熬了一宿。他是来自大不列颠的教授，德高望重，无论如何也不应该让他睡在地板上。

他对我笑了笑。

我感到一阵疲惫袭来。

我回到手术台。他们已经清洗了遗体。所有插在她身上的管子也已经被移除，我担心的就是这个问题。他们应该保留插管，以便做尸检。手术台下边的地板上有一张白色的塑料床单、一卷白色的扁麻绳，以及夹着文件的文件夹——"死亡匣子"，他们一定是走得太匆忙，落下了这些东西。

罗斯站在手术台对面，还没有摘下口罩。我伸过手，拉下他的口罩，看着他的嘴巴，问他知不知道哪里可以取轮床。他点点头，走开了。

我站在埃伦·哈钦森的遗体旁，脑子里闪过着接下来要做的事情：用扁麻绳把她的双手和身体绑在一起，用白塑料床单把她的身体卷起来，填好"死亡匣子"里的表格，贴上姓名标签，说明死亡原因；把尸体搬到轮床上，用白色床单盖好，然后推着轮床上电梯，穿过地下走廊，一直推到太平间；最后推上我的自行车，骑走……

我必须完成这些工作，因为得腾出这间手术室，有人要在这里做常规手术，那些容易成功的手术。病人……来自阿勒奎帕的可怜老妇人，一位老人的唯一家人，不会因为医生的业务不精而死亡。

罗斯回来了，说他找不到轮床。他看到我缠在手上的绳子和打的结。"你回家去吧，"我说，"我能找到。"他看起来已经筋疲力尽。

他走过来，站到我身边。我感觉到他把手放在我的肩膀。我咬紧牙关，但是眼泪还是像打开的闸门一样倾泻而出。我双腿发软，跟跟跄跄向后倒去，远离埃伦·哈钦森。罗斯想伸手扶我，但我们都摔倒在地板上。

逾越生命的界线

2012年8月，妻子丽贝卡的祖母和父亲在十天之内相继离世。一个月后，我的第二个继母打电话给我，说她得了白血病。她比我父亲年轻25岁，是严格的禁酒主义者。几个月后，在离圣诞节只有四天的时候，她也去世了。

第二年夏天，我父亲也因为心脏衰竭去世。他们都患了不治之症，我们放弃他们的生命似乎也是正确的。我们需要做的，是在他们的病床前照顾他们一些时日，直到他们油尽灯枯。

玛维尔是丽贝卡的祖母。2月份的时候，我们刚庆祝过玛维尔的百岁寿辰。7月最后一个周日的早晨，她中风了。护士发现她时，她躺在自己房间的地板上，说不了话，右边的身子也动不了。丽贝卡说，周五早上见她时，她还安然无恙。当时，她的祖母正忙着玩桥牌，连和她说话的工夫都没有。丽贝卡想，玛维尔和她朋友玩牌都那么认真，真是难得。"哎，好吧，"她说，"我周日再来看你。"

在医院里，急诊护士对玛维尔右臂的瘀伤小题大做，玛维尔则焦急地看着丽贝卡，似乎想说些什么。玛维尔右脸面瘫，右臂和右腿都动不了，也不能说话，我唯一能看到的，是她目光里的恐惧。

"我们给她做了 X 光检查，"护士指着玛维尔瘀青的胳膊说，"没有骨折。我们也给她的肩膀和锁骨这些地方做了 X 光检查，都没问题。"

护士说他们已经按照中风的治疗方案为玛维尔做了处理，但是她的血压太高，甚至打破了他们医院里的血压纪录。我想提醒他们，不过忽然意识到，如果高血压能让中风更加严重，可能会更好。我想，就让他们的失察，成为祖母最好的陪伴吧。

医生说玛维尔的中风相当严重。有人问医生，相当严重的含义是什么。就在医生解释时，我们决定为她采取舒缓治疗。我们把她转移到临终关怀医院，停掉所有药物，只是每两周为她测一次血压、脉搏和呼吸。如果有人觉得她有疼痛或者焦虑的迹象，他们便给她注射吗啡或劳拉西泮。

四天后，在我看来，她已经不再焦虑，并且再不能睁开眼睛了。我掐了一下她那只没有中风的左手，她没有任何反应。

周一的时候，她有了回光返照的迹象，她用力掐我，怎么也不肯松手。我想这只是条件反射，而不是有意识的动作。不过，我当时把这想法保留在心里，什么也没说。

我打开放在她床头柜上的一只手电筒，观察她的眼睛。她的瞳孔没有任何反应。她仍然有自主呼吸，尿袋里的尿液也几乎收满，看起来一切机能都正常。"现在还不好说。"我说。

没人说话。她的瞳孔固定，已经放大，这表明她的大脑可能已经死亡。现在的情况照我看来，做什么都已于事无补。

那天下午，我和丽贝卡谈到界线，当你决定不应该再维持某人的生命时，你就需要逾越那道界线。"我们不再为祖母输液、喂食，也不给她服用任何维持心脏跳动的药物，"我说，"我们不给她任何可能导致死亡的东西，但也不给她任何维持生命必需的东西。"

我们都希望祖母能平静地离去。我们都明白，她再也回不来了，再也不能回到她理想的状态。

我们其他人在医院的时候，丽贝卡的表弟皮特却不愿意来医院。我担心皮特会认为我们是有意不救治玛维尔。我理解他的感受。这种必须面对的挣扎与矛盾，我见得太多，早就习以为常。界线永远是模糊的，生命的不确定性、我们对亲人的感情，以及我们对希望的执着，都让界线变得更加朦胧暧昧。我想和皮特谈谈，分享一些我的经历，但一位姨妈说那不会改变他的想法。我并非想改变皮特的想法，我只是想让他知道，并不是只有他一个人会面临这种挣扎。

日子一天天拖下去，一开始的希望也逐渐变为不耐烦。我记得曾经在面对看似不可能完成的手术时，是选择放弃还是坚持，两者之间并非有一个明确的界线。

但在玛维尔这件事情上，不知道什么时候是尽头才是最让人痛苦的地方。当然我也想过，只要给我一支装有氯化钾的针筒，我便可以解决这个问题。我可以把大家叫来，一起把针扎进她胳膊的静脉，把针筒里的液体注射进去，几秒钟后，她的心脏就会停止。如此一来，一切迅速收场，我们接着就可以规划自己的生活。但这是谋杀。

我以前曾被这种以谋杀寻求解脱的念头诱惑过。这种诱惑，往往产生在漫长而痛苦的手术过程中。当继续下去无异于浪费时间，当拯救生命的努力已注定成为败局时，最合理的做法似乎就是放手，告诉护士、麻醉师和手术台对面单纯的医学生，一切都结束了，关掉机器和灯光，大家回家去休息休息，明天回来后再重新开始。

托马斯·斯塔兹熟悉这种诱惑，他一生都在与之斗争。当肝移植手术已经持续半天或者更长时间时，当我们已经熬到深夜，睡不了觉，也几乎站不稳时，当我们在患者生与死的较量中失去了信念时，斯塔兹便会觉得，面对这种诱惑，我们屈服了。往往在这种时候，他会刚好在缝合某处细微的血管,然后某个家伙受了诱惑,手慢了下来,清理血液不及时,就会导致斯塔兹视线模糊,看不清下针的位置。又或者是洪医生出了问题,忠心耿耿的洪医生开始打瞌睡,拉胸腔的手也松了劲,直到彻底挡住斯塔兹的视线。

"见鬼该死他妈的!"斯塔兹会破口大骂。有时候,他会暴跳如雷,厉声说道,"不相信生命的人,我不欢迎!"真是一针见血,异常犀利。

我第一次出现这种"谋杀"的念头是在匹兹堡。我为一位来自科罗拉多州杜兰戈的病人做肝移植手术,手术已经持续10个小时。我心里犹豫,该不该拿掉止血钳,让他鲜血流尽。只要拿掉止血钳,不出一分钟,一切都会结束。我们所有人可以去吃早餐,也许还会抱怨培根又烤焦了。"杜兰戈"先生在手术过程中发生意外,出现了更糟糕的情况,这并不是不可能发生的事情。我可以告诉他妻子,我们已经尽力了,很可能她还会因此对我千恩万谢。

十多年前,"杜兰戈"先生已经接受过一次肝脏移植。不过他移植的肝脏也衰竭了,现在他需要再移植一个肝脏。手术开始后,我发现他腹内的所有组织器官都与瘢痕组织纠缠在一起。

手术每向前推进1毫米都无比困难。我使出浑身解数,也没办法绕开那些动脉、静脉和百转千回的肠子。无论我切了什么,灼了什么,扯开了什么,撕裂了什么,我都要停下来,修复这些东西。任何一个环节有延误,都可能导致来不及做肝脏移植。手术就这样继续了将近5个小时后,我接到电话,说去取新肝脏的团队半小时后降落。

时间一分一秒流逝,我已经来不及了。我必须在一小时内做好缝合新肝脏的准备,否则新肝脏便会坏死。我必须另辟蹊径。

在肝脏上方的腔静脉附近,在它流过横膈膜、流入心脏的地方,我费力地蠕动着我的指尖。我的指尖不断地往前插,直到我听到令人满意的噗的一声,我的手指穿透到另一端。我长松一口气,赶紧让人拿来止血钳。但是就在我抽回手指时，我听到了那令人心慌意乱的血涌出的声音。我知道就在刚才，我的整个手指戳穿了人体中最大的静脉血管。如果我不立刻堵住那正在喷涌着血液的口子，止住那汩汩涌出的红色潮水，不出一分钟，"杜兰戈"先生就会失血过多而死亡。

即便换作其他任何一位外科医生，也不见得会比我做得更好。我补好血管破开的口子，取出旧的肝脏。但是，这时"杜兰戈"先生已经失血很多，当取肝脏的外科医生抱着冷藏箱夺门而入时，我已经非常确定，"杜兰戈"先生由于长时间的低血压状态，大脑已经受到严重损伤。

他们很快就准备好了新肝脏，速度超乎我的预期。我们现在是与时间赛跑，过了截止时间，就算植入了新肝脏，它正常工作的机会也十分渺茫。我希望能有更多的时间用来解决失血问题，但是相反，我必须在截止时间之前先把新肝脏接好，恢复它的血液流通。

我马不停蹄地做手术，相信只要把新肝脏的血管全部接上，失血问题也会被控制。但是事与愿违，接入新肝脏后的整整三个小时内，我们不停地烧灼、缝合、包扎、等待，再烧灼、缝合……但我们缝合的速度还是赶不上他失血的速度。当晚的麻醉师何塞说，我们已经没存血可用了。我让他再想办法多弄点血小板，同时把房间温度再调高一些。"他感觉冷，"我说，"也许太冷了，血液没办法凝固。"他看着我，对我翻了个白眼。我问他，你还有别的更好的主意吗？

在用海绵将所有需要包扎的地方尽量紧紧包好后，我休息了一会儿。这时候，我已经连续工作八九个小时。我走去休息的时候留下一位住院医师继续负责手术。但等我回来时，手术室里只剩下一个医学生。他拿着两个抽吸接头，把它们的吸嘴插到海绵里。

两个抽吸接头不停制造出大分贝的噪音，我把牵开器放进去，拉出浸透的海绵，再让医学生拿抽吸接头吸。就在这时，我意识到，所有的失血似乎只来自一处,而不是多个地方同时失血。我们还有胜利的可能,"杜兰戈"先生尚有一线生机。

血从肝脏后边流出,这正是我比较担心的地方。之前缝入新肝脏时,我已经多次撕裂"杜兰戈"先生腔静脉后的血管壁,每次撕裂,我都用从他腹壁切下的肌腱组织补好。虽然上次查看时,补上的血管壁似乎尚能支撑,但是我明白,它很容易再次撕裂,而那就真的是灾难了。所以,我举起肝脏时格外小心。

腔静脉完好无损。血是从横膈膜上的一根静脉喷出,只需一针就能止住流血。我要缝线,于是我让医学生往上拉着肝脏的右叶,以便能够得到后边缝针的位置。我让他小心点,别太用力。"如果你把那该死的腔静脉拉开了,接下来的一星期我们的日子会非常难过。"我说。然而,正所谓怕什么来什么。我刚缝好流血的口子,血就从腔静脉的裂口上喷涌而出。

最终,我还是想办法把腔静脉的裂口补好。虽然缝得不完美,但应该能支撑住。可就在我准备缝接胆管时,一波深红的血浪冲开床单边缘,血流到了地板上。

我知道肯定是哪里的血管又破了。我再次夹上所有需要夹住的血管,深吸了一口气,心想也许是时候放手了。只需要拔掉腔静脉上的止血钳,并放任不管,我就可以走出房间,找到在候诊室里等待的家人,等他母亲说一句:"哎,至少他得到了肝移植的机会。"

我站在那里,闭着眼睛,手放在止血钳上。眼前的男人,已经半截身子踏进了坟墓。过去三个月里,他一直住在医院,等待移植新肝脏。他形容憔悴,随着肝脏衰竭,他从上周开始昏睡,也逐渐失去神智。昨天的胸片显示,他有早期肺炎的症状。为了准备手术,我们也正在停止他双肾的运转。即便我现在修补好他的腔静脉,新移植的肝脏也会出现各种问题。即便新肝脏正常运转,接下来还需要时间康复,还有感染、排异、胆管泄露或是血管破裂的可能。每一种可能都会威胁到他的生命。而且，这还是在我能把他送下手术台的前提下。就目前的情况来看，我们最少还得再忙上五六个小时，才能让他安然离开手术台。我睁开眼，看着何塞，他揉揉眼，一言不发，继续看他的病历本。

医学生从垫板上走下来，弯着身子，双手撑在膝盖上，看上去像要呕吐。巡回护士问他要不要坐下来，他说他只是有点头晕。巡回护士递给他一杯插着吸管的冰水，他坐下来，一饮而尽。喝完后，护士又递给他一杯。他浑身被汗水浸透，得去换一套手术服和手套。回来后，他站到我对面，看起来气色好了许多。我感到脖子上的脑袋无比沉重，鞋子里灌了血，脚趾间又麻又黏。

我努力回想上次睡觉是什么时候，也许是在北4区写医嘱时，我那时睡着，一个护士叫醒了我，我看到自己的口水都流到了病历本上。现在，我手里握着止血钳，心里只想躺下来睡上一觉。哪怕只睡一会儿，睡到醒来时能看到干净、明亮的阳光从我卧室的窗户里照进来，睡到我能够再次感受到生命、安全感与爱。

我还想到我在匹兹堡购置的那幢维多利亚风格的老房子。直到买下后我才意识到，我没有装修房子的钱。也许我永远也凑不够装修房子的钱，买下这幢房子注定是一个失败的决定。就随它去吧，让它倒塌吧，倒在它的地下室里。拿掉止血钳吧。

但是，我没动手。我曾经经历过这些，知道这是一个陷阱。

这种时刻，是可怕的斯塔兹博士将其伟大与强大展现得淋漓尽致的时刻。这种时刻，他的辱骂责备、声色俱厉、捶胸顿足、暴跳如雷，足以让人保持紧张兴奋、清醒警惕。

"我不欢迎任何不在意生命的人！""用抽吸接头吸啊！该死的！"他会这样大声叫嚷。于是，我们马不停蹄，拉开肋骨与肌肉，拨开十二指肠与结肠，吸干净血，好让他看清缝针的地方，好让他施展拳脚，救人性命。而且大多数情况下，即便希望看似非常渺茫，即便在其他战场已经偃旗息鼓、鸣金收兵的黑暗时刻，我们总是奋战到底，并取得最终的胜利。绝望的概念即便没有被完全地抹除，也已经被彻底地改写。

我让护士把住院医师叫回来。他可能睡着了，我说。

"你还行吗？"我问医学生。他点点头，眨眼排解睡意。

我让他拿着肝脏。等住院医师回来时，我已经缝好破开的血管，拿掉止血钳。流血也被止住了，只是血液还不断地往外渗，令人心生厌烦。前前后后，我们在"杜兰戈"先生这里工作了 23 个小时，我们准备收工时，他身上已经干爽一新，肝脏也开始分泌胆汁。何塞说，"杜兰戈"先生的肾脏也开始排尿了。

我确定，手术后，我肯定和他家人谈话，向他们讲过"杜兰戈"先生刚经历九死一生，但现在情况已经稳定，过几天就知道情况到底如何之类的话。但是，我已经不记得当时谈话的任何细节。大约一个月后，"杜兰戈"先生出院了。我离开匹兹堡的时候，他还健在。可能现在也仍然健在。

周日的早晨，丽贝卡的祖母去世了，距离她中风仅仅过去一周时间。她中风摔倒时虽然摔肿了胳膊，却也没摔骨折。她去世的时候，我们还在家里睡觉，而且更糟糕的是，在她还没死去之前，我就已经默认她一定会死。

我们赶到医院时，大部分的家人已经到了。玛维尔的嘴巴张得很大，我想把她的下颚推上去，让她的嘴合拢，但是她的肌肉已经僵硬。于是我只能用手抬起她的下巴，直到我认为比之前好看了一些（虽然还有一个小缺口）。在我抬祖母下巴的一段时间里，其他人有的在唠家常，有的在讲笑话，有的在哭泣，有的在规划未来。也许入殓师会把祖母嘴上的缝隙合上，但我突然想起，玛维尔想要的是火葬。

无头母鸡

我有一个小我两岁的妹妹，在我9岁的时候，有一次，她一头撞在拴晾衣绳的木杆上，木杆和电线杆一样粗。当时，我们在祖父祖母位于丹维尔郊区的农场里玩耍，她在躲避祖父母家的小狗"侦察兵"的追逐。

撞击使她摔倒在地上，放声痛哭。母亲在前廊发出一声尖叫，立刻从秋千上跳下来，跑到妹妹身边。父亲恰好出远门回来，走到在距离房子不远的地方。我还从没见过他如此慌张，他跑过来俯身在妹妹身边，轻轻地拍她的头，搓她的胳膊。

"她不会有事的。"他看着母亲说。

接着他转过头来看着我，问我是不是在追她，是不是拿篮球砸她？（我是用球砸过她，但那是很早之前的事了。）

"那见鬼了，你到底做了什么？"他问。

我告诉他是"侦察兵"干的。他站起来环顾四周。他找到一根棍子，吹口哨叫它过来。

"我原以为妹妹死了，"我说，"但是她只是摔倒了而已。"

我不希望看到"侦察兵"挨一顿揍。父亲蹲下来，面对面看着我。要是我刚才没有说话就好了。

"你说什么？"他一边问，一边把棍子扔到栅栏边的灌木丛里。

我告诉他，妹妹摔倒在地后，有好几秒钟时间都躺在地上一动不动。父亲问我，妹妹摔倒在地后有没有其他动作。

"她有没有抽搐，或者痉挛？就像这样。"他一边说，一边把胳膊拿到胸前，做出僵硬的抽动的动作。我脑子里一片空白。

"有吗?"

"不知道,"我说,"我听到妈妈尖叫,有几秒钟的时间我一直看着妈妈。"

"你没有看到她抽搐吗?"他问。

我感到委屈,因为我不知道应该注意这个问题,父亲却一直追问我。我当时应该更仔细地观察。

他们把妹妹抱到祖母的床上。"侦察兵"也跟着进来,躺在梳妆台旁边的地毯上。爸爸说不能让妹妹吃喝任何东西。她睡着了,但我觉得这样不对。

"难道我们不应该让她保持清醒吗?"

爸爸笑了。我纳闷他为什么笑,他根本不明白我在说什么。

那天早上晚些时候,爸爸从壁橱里拿出一把点 22 口径的来福枪,让我跟他出去。"侦察兵"还趴在卧室里,妹妹也在沉睡。

父亲指着小溪对岸的一棵树说:"看到那根树枝了吗?又粗又扁的树枝上方更细的那根?"

我点点头。

"看仔细了。"他把来福枪放在粗大篱笆桩的顶部,眯着眼看着瞄准器。

"你还在看着吗?"他问。

我又点点头。

"现在呢?"

"我看着呢。"我说。

"砰"的一声巨响,我被吓了一跳。那根细树枝从中间折断,弯下的树枝在空中悬挂了一秒,接着便掉到地上。这一切简直让人难以置信。他看着我,放声大笑。

"还不错吧?"他回头看着树。"相当不错。"他喃喃地说。

他问我要不要试试,我以为我听错了。

"不想试也没什么大不了。"他说。

"我想试试。"我说。

"好,重要的事先声明,"他说,"用枪的第一要义,是不要伤到自己,也不要伤到他人。明白吗?"

这是我人生的第一堂枪支安全教育课。他为我讲解枪栓的工作原理,示范如何拿枪(即使没有上膛),如何开保险开关,如何给子弹上膛,以及拉回枪栓时,枪栓是怎样抛壳的,等等。此外,他反复向我强调,无论枪是否上膛,永远不要把枪对准任何人或物,除非我想杀死他或者它。我纳闷,我会想杀死什么。

他把来福枪递给我,又递给我一颗子弹,子弹看起来很小。

"把子弹上上去吧。"他说。

我把子弹放进枪膛,拉上枪栓,拿起枪,枪口朝下。我确定保险仍然开着,并且按照父亲的指示把枪口朝下对着小溪。他点点头,帮我把枪管放在篱笆桩的顶部,为我示范如何使用瞄准器。

"准备好了吗?"他说。

我点点头。

"后座力不大,几乎察觉不到,但是一定要用肩膀顶紧,知道吗?"

就在这时,祖父站在花园边,大声喊我们。"快回来!"他说,他的口气好像非常焦急。

父亲再次向我示范如何取出枪中的子弹。他把子弹装进口袋,把枪递给我,让我放到壁橱里。

"也许我们晚饭后,"他说,"能在回家前挤出点时间练习。"

我放好枪,去看妹妹的情况。"侦察兵"已经不见了,但是妹妹还是老样子。我观察了一会儿,确定她还有呼吸。

我听到祖父又在后边大声喊叫,于是去看看发生了什么,原来他和父亲一起正在小路上来来回回地逮母鸡。祖父气呼呼的,手里拿着一把菜刀。父亲看着我，朝我眨了眨眼。祖父把刀递给我，指了指工作台。我把刀放在长台上，旁边还有两把小一些的刀，刀柄上沾有棕色的斑点。

一只母鸡为了躲开祖父，急转弯撞到了我的腿上，被父亲一把掐住了脖子。爸爸咯咯地笑起来，但是祖父还是一脸严肃。

"还要再抓几只。"他说，追着一只母鸡朝厕所的方向跑去。

父亲扭掉鸡头，把它扔到地上时仍在大笑。无头母鸡扑腾着翅膀，在院子里上蹿下跳，血从它的半截脖子里喷洒出来。它朝我扑了过来，这时，祖父不知从哪里过来，飞起一脚，把它踩在地上。祖父扭掉另一只母鸡的头，把它丢到地上，这时，第一只被抓住的母鸡还在扑腾、扭动。接着又是一番人鸡乱舞的景象。祖父看一眼爸爸，越过篱笆，把鸡头扔到下面的小溪里。

我不明白，为什么鸡（或别的东西）在没有头的情况下还能那样折腾。我想到历史老师给我们看的断头台，以及他们用断头台斩掉一个法国女人的头颅，头颅滚到篮子里的场景。我好奇她会不会像鸡一样，在断头后上蹿下跳，或者她的头断掉后眼睛是否还能看见东西。我想着想着，忍不住呕吐起来，弄得我牛仔裤上全是脏东西。祖父弯下腰捡起母鸡，他用手抓住鸡腿，开始拔鸡毛。爸爸抓住另一只鸡，也用相同的方式忙活起来。鸡毛飘得到处都是，一些落在我头发上，一些沾到牛仔裤上的呕吐物，还有一些沾在父亲靴子上的鸡血上。

拔完鸡毛后，祖父便把苍白、发皱的鸡放在长台上，用其中一只较小的刀剖开它的肚子。他把手伸进去，拉出来一把内脏，把它们丢在地上几只不知从哪里跑出来的猫的身旁。一只虎斑猫立刻跳到那堆内脏上，一场争斗爆发了。它们嘶号、尖叫。一转眼，那只虎斑猫拖着一些鸡内脏跑到杂草丛里，身后留下类似蛇爬过去后留下来的痕迹。

祖父拽出几只棕红色的肉块，放到长台上。他用刀将其中一只剖开，里面似乎有些看起来脏脏的东西。他把它从内向外翻了个遍，并撕下一层黄色的东西，一些米粒状的东西散落在木头长台上，发出啪啪的响声。他把红色的肉块和其他鸡内脏放在一起。父亲走过去把它捡起来，再从祖父手里拿来那层黄色的东西，从中挤出来一些谷粒状的物质，摊开在手掌让我看。

"这是鸡胗壳，"他说，"看见这些和碎玉米粒混在一起的小碎石了吗？"

我点点头。

"看见这黄色的东西吗？这层膈膜是内衬，这一部分组织是厚厚的肌肉，用来盛放碎石。"

我一头雾水，只感觉父亲在盯着我看。

"这是鸡的牙齿，"他笑着说，"你听说过鸡长牙齿吗？这就相当于鸡的牙齿。碎石留在这儿，谷粒通过鸡喉咙进入这层膈膜包裹着的肌肉里，然后这块强健的肌肉来回磨碎这些谷粒，直到让谷粒成为糊状的物质，顺着这里滑到下边去。"

我摸了摸那些谷粒状的物质，在他手掌中滚了滚那些细小的碎石。

"明白了吗？"他问。

我点点头。父亲把鸡胗壳放回长台，把膈膜丢给从战场中厮杀归来的猫，然后两只手掌互相搓了搓，搓掉手上的谷粒。

我从眼角瞥见祖父的手高举过头顶，然后随着一声响，他的手放了下来。我看到一只鸡爪飞入了杂草丛中，他用菜刀把另一只鸡爪也剁了下来。

"过来，小子，"祖父递给我一条小毛巾，"拿着这个，到那边用水把自己洗干净，准备吃饭。"

我接过毛巾，俯视着下边的小溪。

"快去吧，"他说，"马上就要开饭了。"

我跪在小溪边，把浮萍吹开，露出一块干净的水面好蘸湿毛巾。现在是夏天，但溪水却比我印象中的凉许多。我看着溪水向下方流去，想象着水中的鸡头在蜘蛛网与蝌蚪之间漂浮。

饭后，父亲坐在前廊的秋千上，搂着母亲的肩膀。晚饭的时候，他们给躺在卧室里的妹妹端去一盘食物，但是现在，盘子放在母亲的膝盖上，里面的食物原封不动。母亲双眼通红，父亲也愁眉不展。以前我从没见他这样担心过，我只希望妹妹赶紧好起来。他需要叫醒她，但是妹妹睡得太沉了。

我突然感到非常害怕，我想去问父亲妹妹会不会死去。我希望听到他亲口告诉我，妹妹不会有事的，就像他之前告诉母亲的那样。

在回俄亥俄州南部的家的路上，我们先去了芒特弗农市区，父亲抱着妹妹走进一幢由护墙板搭建的房子，房外的门牌上写着"德雷克医生"。母亲留在汽车里，陪着我以及我的小弟弟。我问母亲，他们会把妹妹怎么样。她说，德雷克医生的医术非常高明。

"他知道该怎么做。"说完，她却摇摇头，捂住嘴，脸别过去看向窗外。过了一会儿，她转过脸，笑着对我说："受到德雷克医生的影响，你父亲最后才成为一名医生。你父亲生病时，都是德雷克医生在照顾他。"

父亲抱着妹妹回来时，她已经醒了。他把她抱到前排座位上，她的头靠在母亲的大腿上。

"我有点饿，"她说，"我们可不可以停下来买一个冰激凌吃？"

母亲笑了，她用卫生纸为妹妹擤鼻涕。

德雷克给妹妹打了一针，对当时的我来说，打针可是不得了的大事。"她会好起来的。"他说。

他把手放在母亲的胳膊上，母亲又是笑，又是哭。我还从没见母亲哭过。

母亲：我的生命之重

母亲又在那里傻乎乎地摇铃。房间里所有的窗户都开着，她卧室旁边的大厅里，巨大的阁楼风机也在呼啸着旋转。所以我知道，她听不见我们的动静，这也给了我充分的借口。毕竟，现在轮到我击球了。

我和其他几个人都知道，特迪是个差劲的投手。吉姆回到了左外野，我干着贝比·鲁斯①的活儿，正在中外野拿着棒球杆准备击球。特迪投出一记好球，我挥击应对，虽然球差点擦棒而过，但还是被我击中，朝德布斯所在的二垒滚去。由于没人担任一垒手，所以现在就看我和德布斯谁跑得快了。

德布斯太胖了。距离一垒还有一半路程时，我就寻思，在他来不及触杀我之前，我可以跑到二垒，而等他反应过来时，我就已经在去三垒的路上了。我们用船上的坐垫标记一垒的位置，我绕一垒一圈后，发现德布斯像个鸭子一样还在低头朝这边跑，完全没意识到我已经把一垒远远地甩在后边。但特迪忽然高喊："内野安打，"与此同时，我也听到母亲又在摇铃。

"这是高飞球，不是滚地球！"我大声说道。我已经在二垒与三垒中间，也许马上就可以完成本垒，这可能也是为什么投球投得最烂的特迪喊"内野安打"的原因。

"这不是高飞球。"吉姆说。我留意到他提醒德布斯，德布斯看起来需要坐下来休息一下。

"这就是，"我说，"这叫作'内野高飞球'，蠢货。"

母亲又在摇铃，但我觉得让她等一下也没有什么大碍。可能她只是想往可乐里再加点冰吧，我想。

---

①贝比·鲁斯 (Babe Ruth, 1895-1948 年)，原名乔治·赫曼·鲁思 (George Herman Ruth)，美国棒球运动员，最伟大的击球员之一。

第 3 章 天堂与谷底

德布斯停了下来，我以为他要准备抛球。他准备把球抛给吉姆，吉姆不胖，速度很快。我正在思索如果他准备从我的右路跑向三垒或者挡住我回二垒的路线，我应该怎么应对时，我的母亲又在摇那该死的铃了。特迪站在三垒，吉姆在二垒附近接到了球。我明白如果他们成功完成夹杀，什么内野高飞球也不顶用了。

"暂停，"我一边大喊，一边做了个"T"形的手势。

吉姆跑过来，用球触杀了我。"你出局了！"他说。

"我叫暂停了。"我说。

"你不能叫暂停，"他说，"比赛中间不能叫暂停。"

我提醒他们"响铃规则"。不论何时，只要母亲摇铃，我就可以叫暂停。

"她可能会死的。"我说。

"你说的对，"特迪说，"就像那次，你击了那么简单的内野飞球后叫暂停，但我没听到什么铃声。""我也没听到。"德布斯附和说。

"等我一会儿。"我说。话音刚落，就听到她又摇铃了。这次的铃声，比之前的更响、更持久。

母亲抽烟抽得厉害，结果现在罹患肺癌。我们发现她的病情，是在父亲带我们去哥伦布看望她的时候。当时她在住院，医生打开她的胸腔，从中取出一个肿瘤。他们说，看起来像是恶性肿瘤。

他们原打算将其全部切除，但是肿瘤太多了，医生不得不放弃了这个计划。发现她病情的时候，我刚满 12 岁，现在我都 13 岁半了，所以我非常肯定，他们使用的钴放射性同位素治疗是有效的，至少一段时间如此。

后来父亲告诉我们，母亲的癌症复发了，但是医生不能再对她做那种放射性治疗。他说，接受那种治疗的人，会和日本原子弹爆炸后被辐射的人一样，变得越来越虚弱，直到最后死去。我明白他的意思，这也是为什么鲍姆加特纳一家要在后院建核辐射避难所的原因，这样一来，放射性便不会影响到他们。

那些日子里，母亲大部分时间是在床上度过的。由于正是夏天，学校已经放假，所以由我和妹妹（我的小弟弟只有9岁，还不能照顾人）轮流照顾母亲，在她摇铃时去照顾她。妹妹总是有各种借口躲掉照顾母亲的责任，比如参加4-H①训练营、蓝鸟培训班之类的培训机构。这些培训机构不过是教你一些愚蠢的手工技能，例如把毛巾做成锅垫，或是把床单变成餐巾。

有时候，妈妈摇铃只是想要喝一杯可乐，或者是往可乐里再加些冰。她喜欢把可乐放一会儿再喝，这样就不会刺喉咙了。但是等到可乐不再刺喉咙时，冰又化了。没有人想喝温可乐。还有些时候，她是想让人扶她去卫生间，但自从我们给她装了便盆之后，她也很少再去卫生间（虽然情况反而更糟，因为大部分时候她没找准便盆的地方，摸不清尿袋在哪里，弄得到处乱糟糟的）。有一次，便盆几乎满了，结果我在地毯上弄洒了一些，这让她怒不可遏。

她告诉我，我不必清理。但是一想到她要躺在那里，直到爸爸回来，我就受不了。特尔玛来的时候会为她清理，现在她清理的污物越来越多了。特尔玛是黑人女佣，为家里做饭。有时候她会做肉馅卷饼，那是我的最爱。还有一次，她为我们做她称之为炸乳鸽的油炸鸽子。鸽子是我用霰弹枪在制作楼梯的家具厂射杀的。现在家具厂倒闭了，鸽子落在厂房上到处都是，等着人来射杀。我用爸爸教我杀鸡的方法清理了鸽子，特尔玛用妈妈炸鸡的方法油炸了它们。

母亲怒不可遏，因为我过了很久才回应她的铃声。

---

① 4-H 指头（Head）、手（Hand）、心（Heart）、健康（Health）。

"你去哪里了？"她问。"我按了一遍又一遍，你看看现在这都成什么样子了。"

她靠在卫生间的门上，腰部以下赤裸着，眼睛看着地板。我想避开这一场景，但却忍不住去看。她的髋骨像翼龙的翅膀一样弯斜而下，在中间处与阴阜交汇，阴阜上有一撮稀疏的黄色阴毛。有那么一秒钟，我觉得站在我眼前的不是母亲，而是某个占据了她身体的病态生物。

"噢，天哪，"她说，"谁来清理这些，这些乱七八糟的……"

她开始抽泣，因为地毯上有一摊鸡肉汁颜色的黏稠物，而且更多的黏稠物顺着她双腿之间往下滴，滴到卫生间铺着油毡的地板上。油毡颜色和地毯一样，蓝得像知更鸟的蛋。

一时间我手足无措。她看起来仿佛随时会跌倒，但是我脑子里想的都是地上那摊肮脏的东西。

我穿过门厅，跑到卫生间找毛巾。我舍不得用我印有"独行侠"图案的毛巾，于是拿起一条印有白色小鸟的粉色毛巾。等我回来时，她已经坐在床沿上，因为要跨过那一摊黏稠物，脚上也弄脏了。

我不知道该做些什么，只好瞪着眼站在那里，满脑子里想的都是为什么特尔玛不在这里，为什么她不是每天都来，为什么偏偏是我站在这里。我怨恨母亲的模样，被她那皮包骨头的样子吓得手足无措。她嶙峋的骨头像撑着橡胶帐篷一样撑着她黄色的皮肤。

我想把她的脚弄干净，结果却越来越脏。她大哭大叫，让我小心她的骨头，因为只要一碰到她的骨头，她就就痛得受不了。

"把毛巾弄湿！"她尖叫道，"去水槽先把毛巾弄湿。"

可是等我回来，再为他擦洗时，她又觉得毛巾太冷了。"天哪，天哪，"她连连喊道，"太冷了，你用热水打湿，这样太扎人了，天哪。"

我匆忙跑到卫生间，等水管里冒出热水。我看到她斜着身子、闭着眼睛躺在床沿上，脚仍然耷拉在地毯上。我真希望她能在头下垫个枕头,她脖子弯曲的角度太吓人了。

这时,爸爸回来了。

"到底怎么搞的?"他说话时,还穿着做手术时才穿的绿色"睡衣"。他在家里从不穿这种衣服,除非太匆忙,就像那次我用刀刻松木赛车,差点把大拇指削掉时。

"你在干吗?"他问,"怎么弄成这样?"

他给母亲垫了一只枕头。她睁开眼,大声叫骂起来,她这副模样我以前没见过。父亲拿过我手里的毛巾,为她擦洗双脚,小心翼翼地把她的腿抬起放到床上,仿佛那是玻璃制成的。父亲为她盖上床单,然后把被子铺开,拉到她脖子下边。

"真是乱七八糟,"他看着地毯和卫生间的地板,摇着头说,"真是糟透了!"

父亲生气,是因为我没有在她摇第一遍铃时赶到她面前。她应该给父亲打了电话。

"我还有手术安排,却不得不回来,"他说,"现在看看你都做了什么。你就是这样关心你母亲的吗?"

我想表现出懊悔的样子,但是却装不出来,因为他来了,我只想着终于可以休息一下了。他让我去拿地毯清洁剂和放在厨房水槽下的一把刷子。我们一起把房间清理好,妈妈也睡着了。

父亲说,我应该更关心母亲一些。"只有几个小时而已。难道你连几个小时的时间也挤不出来帮你妈妈吗?"

父亲刚离开,我就跟着他的脚步走了出去。但是,和我打棒球的伙伴们已经离开了。我走到院子里,查看特迪家房前的车道。他们的自行车不在那里,我知道,他们去了池塘。

一次,我熬夜看 10 频道播放的《丹尼·托马斯秀》(*Danny Thomas*

Show）。这是父亲的主意。他和我并肩坐在沙发上，妈妈躺在我们身后只有一墙之隔的房间里。节目刚播放不久，我听到她在喊些什么，声音就像小猫咪想喝水时的叫声。父亲站起来，去看她想要什么。

  他们的声音模糊，我一直听不清他们在说什么，直到母亲开始哭泣起来。"我的孩子怎么办？"她说，"我走了，谁来照顾我的孩子？"她一遍遍重复这两句话，爸爸在旁边用温柔的声音安慰她，但无济于事。"我不想丢下我的孩子，"她说，"谁来照顾我的孩子？求求你，上帝，不要让我离开他们。"

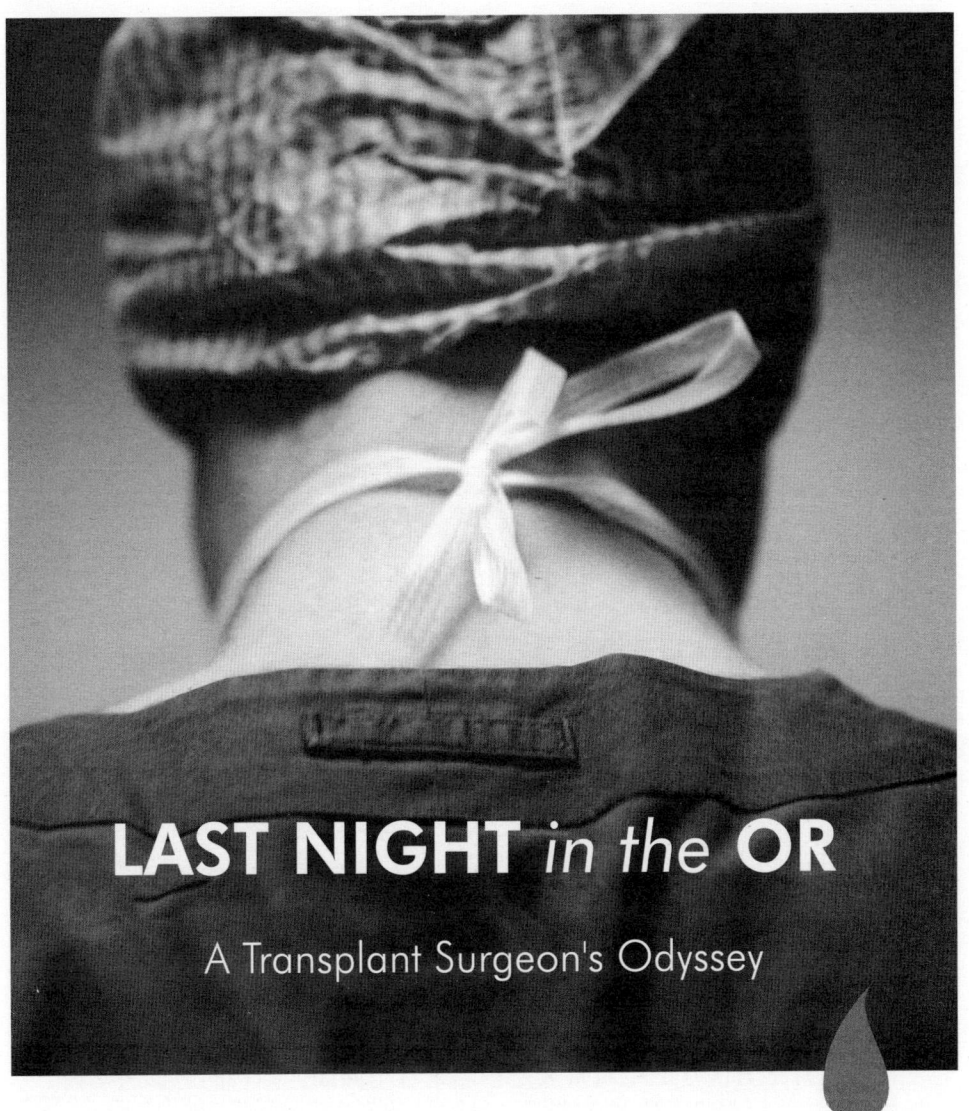

第 4 章

回到凡间

> 财富和地位在医院微不足道，所有的希望都来自于嗞嗞作响的打印出来的检查单，生命随它的移动延续或停止。我在手术台上告别过无数病人，有人死去，有人活了下来，这是医生的生活。

焦虑的贵妇 vs 对悲剧麻木的医生

在犹他大学培训的第3年，整个8月份我都必须在黄石国家公园内的医院上班。我的指导老师是一位在犹他大学任教的资深外科医生。我们在这里为公园的职工做些小的外科手术，如疝气、痔疮、骨折、韧带拉伤、除痣等。尽管条件简陋，但我们还是为急诊室配备了人员，并轮值夜班。那一年，公园里的许多员工患了淋病，也许每年都是如此，我并没有细问。

这片地方医疗卫生负责人是一名来自圣弗朗西斯科的急诊医学博士，他教会我一种方法，对拔鱼钩尤其有效。这里经常有人会被鱼钩挂住，有的挂在头皮上，有的挂在手指上，还有的挂在手上、胳膊上、腿上、脸上，甚至是眼睑上。我以前不知道鱼钩居然能对人类造成这么大的伤害。医院餐厅后面有一间卧房，值班人员就睡在卧房的内室里。晚上睡觉前，我常常跑到休息室打发时间，读一读冯内古特①的小说，

---

① 库尔特·冯内古特（Kurt Vonnegut, 1922-2007年）：美国黑色幽默作家，代表作有《五号屠宰场》《猫的摇篮》等。

偶尔翻看一本名为《外科学》(Surgery)的教科书。

一天晚饭过后,其他人已经各自回屋休息,厨房的员工也熄了灯,坐上了公园的班车。我坐在房间里,读到了"冰-9"[1]和"布克农[2]"的部分。这时,前门门铃响了,我遇到了罗思坦夫人,她来自纽约的皇后区。

"我来看医生,"她说,"叫医生过来,小伙子。"

一位高挑的年轻女人在罗思坦夫人身边,挽着她的胳膊。那位年轻女人看着我,皱着眉头。看样子,她应该一直陪护在罗思坦夫人左右,而不仅仅只是陪她来看医生。我向她们解释,我的的确确就是这里的医生。"我是肖医生。"我伸出手表示友好。罗思坦夫人伸出一只手和我握手,另一只手护着胸口,胳膊上挎着一只夸张的大皮包,上面缀满了亮片。

"我需要真正的医生,"她说,"真正的医生。"

我的手还未来得及收回。

"并非有意冒犯,小伙子,"她说,"但是,你肯定还没有20岁吧?"

"我已经快30岁了,确实是执业医生。"我说,"毕业于犹他大学的临床专业。"她又看了看年轻女人,一双大眼睛水汪汪的。

"我们不如先找个房间坐下,好让这位好心的医生帮你看看,好吗,玛德琳?"她一边说,一边用下巴指了指检查室,身子往年老的女人身上靠过去,扶她挪动脚步。

我们刚在检查室坐下,年轻的女人便用手势告诉我,她要出去抽烟,随手轻轻把门关上。房间里只剩下罗思坦夫人和我两个人。

"有什么可以帮到你的吗?"我问。

---

[1] 冯内古特在《猫的摇篮》中提出的概念,是一位对现实生活和人类命运漠不关心的物理学家,在参与制造了原子弹之后,研制出的一种水同位素。
[2] 布克农是《猫的摇篮》中的人物,他建立了布克农教,里边进行的宗教仪式也被称为布克农。

"这地方是哪里?"她问,"我只知道我们在一个温泉遍布的公园里,但是放眼望去,我一整天看到的全是树,越来越多的树。我们坐了好几个小时的公共汽车,穿过两旁栽满树的公路,来到这片荒无人烟的地方,一片种满了树的荒原。这里除了树之外,什么都没有。"

我只好为她解释我们现在所在的公园位置。

"如果我身体出了问题,他们会把我送到哪里?"

"出问题?""对。比如我跌倒摔折了髋骨,或者心脏出了问题。我心脏不好,西尔弗曼医生为我开了心脏药物,可如果那些药物不起作用,身处在这鬼知道是哪里的破地方,我该怎么办?"

我问她都开了些什么药。她打开亮闪闪的黑色皮包,掏出一只布袋,里边装满了药瓶子。她说话的时候,我把这些瓶子在桌子上一一摆好。

玛德琳·罗思坦来自皇后区,是一位寡妇。她的前夫是区检察官,死于心脏病。他犯病时,刚从乌托邦公园大道和基尔代尔拐角的地下室走出来。

五个药瓶里装着各种维他命和其他类似药品,还有一瓶是药效温和的利尿剂。

"我们在福里斯特希尔斯有一幢可爱的房子。"她说。现在,她住在皇后医院附近的公寓里。"只要我愿意,我随时可以去看我的医生。从我的卧室窗户能看到他的办公室。非常方便,非常有安全感。"

她的药里有利眠宁和安定,分别装在不同的药瓶里。一只瓶子的标签上写着"温和",字迹潦草;另一只瓶子的标签上写着"强效",加粗大写。

"你服用过这些药吗?"我拿着一瓶"强效"药问她。她眯着眼看标签上的字迹,然后摆摆手,让我把瓶子拿开。"从不,"她说,"我受不了这种药,这种药会让我一睡好几天,尿湿短裤,弄脏沙发,我要离它远远的。"

"那这些呢?"我拿来另一个药瓶,里面装了满满一瓶的高辛——一种治疗心脏衰竭的药物。

"这是索尔的药,"她说,"我随身带着,以防万一。"

我皱起眉头,想尽量表现得严肃些。

"以防我心脏衰竭,"她说,"天知道你也帮不上我什么。"

我渐渐明白了罗思坦夫人的问题出在哪里。事实上,我能帮得上她什么,那才是咄咄怪事。我回想起这一整天发生的事情。这本来是惊魂的一天,现在反倒不失为一个完美的结局。有那么一瞬间,我竟然被心底的麻木所驱使,特别想知道如果罗思坦夫人看见我们堆在地下室的五具尸体时,她会有怎样的反应。

这天早上,第一缕阳光还没洒下时,倒霉的事情就来了。管急诊室电话的护士用无线电叫醒我。"工作间里有人出事了,"她说,"好像是心脏问题。"

休息室的旁边是一排排工作间。我不知道为工作间排房号的人是谁,但如果他自以为很幽默,那就大错特错了。我终于找到33号房的时候(33号房旁边是27号房,对面是12号房),我希望躺在33号房地板上的不是病人,而是为工作间排房号的人。病人是个头发花白、大腹便便的男人。

他穿着红白条纹的睡裤,躺在地上一动不动,身子下边有一摊大小便的混合物。房间里还有一个年轻的男人,他背着双手,在房间里来回踱步,问我到底怎么回事,怎么用了这么长的时间才赶到这里。我向他道歉,然后放下急救箱,拿出听诊器检查他的情况,摸他手腕和颈部的脉搏。我知道已经回天乏术,剩下的也只是尽力而为罢了,我想办法从他嘴里往气管插上一根软管,让那个年轻人在我按压年老男人的胸口时挤压输氧袋。我压了20下便停下来听听情况,然后摇摇头,继续按压。我认为按压3轮应该足以说明我们已经竭尽全力,但是帮我挤袋子的朋友希望我继续救治。

于是,我们又继续急救了一会儿,直到我最后停下来,看着他挤压氧气袋。最后他也停了下来,明白我们真的已经尽力了。我向手术室的医生汇报情况,他当时正在医院餐厅吃早餐。我告诉他,我赶到现场时,病人可能已经死亡20-30分钟。我一接到电话就出去了,但房间不好找,花了我很长一段时间。但是即便我能早点找到房间,我可能也无能为力。

距离午餐时间大约还有一个小时,我们接到无线电呼叫,说西拇指温泉区有坠毁事故。一辆旅游房车头朝下坠落,车里的6个孩子,1个当场死亡,两人重伤,3人擦伤。直升机正在来接重伤员的路上,救护车也在赶来将擦伤的孩子送到医院。但当我们赶到现场时,我们却找到两具尸体。另外3个孩子已经吓坏了,但好在他们只是轻伤。

他们派我去太平间,宣告两个孩子因重伤而死亡。太平间在地下,里面的气温从没超过1.7摄氏度。在水泥地板上,我找到3只装尸体的袋子,我拉开第一只袋子的拉链,看到的是33号房老年男人的尸体。

这天下午3点后下起了暴风雨。我沿着湖岸散步,看到风暴隆隆而起。起初,风只是吹皱湖面,接着就掀起白色巨浪,浪头和酒吧里的高脚凳一样高。暴风雨没持续多久,我躲到野餐亭等待暴风雨过去。

回到医院后,我听说我们又收到两具尸体,几个童子军划独木舟,在离岸很远的地方翻船了。冰刚融化,湖水冰冷刺骨,他们穿着童子军的制服,身上还在滴水。其中一人长着一头红色的鬈发,脸上有雀斑。他额头的皮肤紧绷、惨白。我把他装进袋子里,拉上拉链。我站在那里,看着那5只袋子,好奇为什么我如此麻木、如此淡定。我和这些悲剧没有任何关系,对此我无能为力。

这天晚上,我坐在黄石公园的一间小小的门诊室里,面对着极度焦虑的玛德琳·罗思坦。凡事做最坏的考虑,这是我的习惯,也是我的执念。这一方面是因为我的神经质，另一方面也是家族遗传的缘故，我出生在一个事事都会忧虑的家庭里。

但作为一名医生，这一特质让我变得更加优秀。对于我的病人而言，凡事皆做最坏的考虑同样也是非常有益的。后来，当我成为一名器官移植外科医生后，这一点就显得更为重要了。不能在第一时间考虑最坏的可能性，就意味着无法及时做出应对措施。

虽然在那个时候，在索尔·罗思坦的遗孀的病情需要由我来处理时，我还没达到这种境界，但是我接受的训练已经足以让我在不做各种检查的情况下，诊断出她究竟哪里出了问题。

我检查罗思坦夫人的心脏和肺部的情况，探查她腹部的情况，摸她颈部和手臂的脉搏，随后站起来，伸出手。

"愿不愿意和我四处走走？"我问。我打算带她参观一下医院。如果她看到我们的准备是多么充分，可以应对除了核武器攻击外的任何紧急情况时，也许她就可以回到休息室里，回到那位在室外装卸口抽烟的漂亮年轻女人身边，然后安心地睡去，再也不用念念不忘她那衰弱的心脏，或者去找 2000 英里外皇后医院的医生。

我引导她来到手术室，然后打开手术室里的灯，让她可以看到两间手术室的一尘不染和干净明亮。"除了不支持心脏移植手术之外，大概其他手术都不成问题！"我说。说完，我笑了。但是，我却感觉到她抓我胳膊的手传来阵阵战栗。

我领着她走到玻璃橱柜前，向她展示一些备用的手术器械。"当然，我们一直要使用的器械已经消过毒，用绿色的包裹包好放在那边，"我说道，"那些包裹都是为早晨的手术做准备的。"

实验室同样令人印象深刻，里面有现代化的验血机器和离心机。我打开冷藏库，向她展示冷藏库里一袋袋新鲜的血液。"奈德可以在 20 分钟内确定一个人的血型。而且除了 B 型和 AB 型的血液，我们血库里各种血型的血液都有,"我说,"但是这两种血型的血可以用 O 型血代替。B 型和 AB 型的血液比较稀有。"

我感到她有些吃力,于是扶她坐到椅子上休息一会儿。她看上去脸色不太好。她的呼吸频率和脉搏都有些过快。"我也不知道怎么回事,"她说,"我太虚弱了,喘不过气来。"

我意识到这是过度呼吸症候群[①],我不知道能不能在厨房里找到纸袋子。我听到罗思坦夫人的随从在外面喊我们,我也大声回应她。她跑过来,看了罗斯坦夫人一眼,然后问我,夫人的包在哪里。她从贴着"温和药效"标签的瓶子里拿出一粒小小的粉色药丸,然后把它掰成两半。

"这里有水吗?"她问。我反应过来,她是在对我说话。我跑到厨房,接了一杯水。罗思坦夫人拿过那半片药,用水送着吃了下去。

几分钟之后,罗思坦夫人的呼吸舒缓了下来,也不再焦虑地用脚敲地面,或者不停地把手攥紧、松开,再攥紧。我望着眼前年轻的女人。她向我微笑,然后伸出舌头把另外半片药放在上面,再缓缓地把舌头缩回嘴里,用力把药片咽了下去。

与战争相比,医生面对的死亡并不沉重

有个念头一直在我心里挥之不去。我怀疑自己得了淋巴瘤,因为在大部分时间里,我的睡眠都很少。我的母亲由于抽烟太多患了肺癌,父亲告诉我美国癌症协会(American Cancer Society,简称 ACS)正在努力探索治愈癌症的方法,因此在我 12 岁的时候,父亲让我报名做煎

[①]过度呼吸症候群是急性焦虑引起的生理、心理反应,发作的时候患者会感到心跳加速、心悸、出汗,因为感觉不到呼吸而加快呼吸,导致二氧化碳不断被排出从而浓度过低,引起次发性的呼吸性碱中毒等症状。

饼早餐会①的志愿者，为 ACS 募捐。农民们拂晓前就会赶到煎饼早餐会的现场，我们要在他们来之前做好准备。因此父亲对我说，作为一名志愿者，我必须熬夜搭桌子和搅拌松饼粉，以及让饮水机装满水。

那一天，我真的一整晚都没有睡觉。我以为父亲会在 7 点左右，去医院上班的路上顺道来看我，但是他没有在那个时间点出现。于是我坐下休息一两分钟，结果却睡着了。等他们叫醒我时，父亲已经来过并离开了。大学期间，为了学习，我经常长时间熬夜，以至于有时候几乎分不清梦境、现实和幻觉。10 年之后，当我人生中第一次参加肝脏移植手术时，托马斯·斯塔兹认为我身体太虚弱，不能胜任器官移植医生的工作。在成为器官移植医生后的年月里，我又一次次打破个人纪录，连续多天不眠不休。

在匹兹堡，睡眠剥夺只是身处手术一线的代价之一。手术过程中的间隙，手术之间的间隙，巡房的间隙，都是我们抽空睡觉的机会。只要手术结束了，不会再有人找我们，或者我们觉得至少能抽出来几个小时的空闲时间，我们就会回家睡上一觉。

有一年春天，一个气温 27.8℃的周六早晨，我被屋外的轰鸣声吵醒。那响声震得窗户也嘎嘎作响。我拉开窗帘，看到一只热气球飘浮在距离我的卧室不到 100 英尺的空中。热气球几乎通体粉红，吊篮里的男人留着胡子，看上去有些忧心忡忡。他站在那里，手扶在大概是操纵杆的东西上，两眼望着西边连绵的山丘。热气球的火焰在他的头顶上熊熊燃烧，他的身旁有一位金发的小男孩，小男孩正趴在吊篮边缘，用手指着我。这时是早上 10 点，我已经睡了足足 12 个小时。

我感到精神状态不错，心情也很舒畅。我已经连续工作了 3 天，

---

① 煎饼早餐会常常在夏季的节庆日或社区有重要活动时举办，大量的志愿者会参与其中，向人们提供做好的煎饼或其他早餐类食品。这些食品一般是免费提供，或出于公益募捐目的仅收取少许费用。

完成了 3 台肝移植手术，三四台肾移植手术，并救活了哈丁先生，中间连偶尔打盹的空隙也没有。

3 位做肝移植手术的病人中有一位小朋友。小朋友来自尤蒂卡，曾经做过一次肝移植手术，但是失败了。我之前一直以为，他肯定撑不到做第二次手术。

移植新肝脏后不久，哈丁先生穿戴整齐准备回家。他站在走廊与我握手告别，却忽然瘫倒在我身上。好在他身材消瘦，我抱着他，让他躺在地板上。我感觉不到他的脉搏，于是我马上撕开他的衬衫，蠕动着手指伸进他还没愈合的切口，发现有一股鲜血从他破裂的动脉中喷涌出来。我用手按住出血口，直到我们把他送到手术室，然后由我为他缝合好。

现在，在匹兹堡的天空长时间都是灰蒙蒙的季节里，5 个月来第一次，窗外阳光明媚，一只奇怪的热气球飘浮在空中，迷失在我们的居住小区里。我突然有种特别想和妻子亲热的冲动。

我的手滑下她平坦的小腹，轻轻地抚摸她。我倾听着她的呼吸，留意她是否醒来。她叹息一声，抓住我的手腕，把我推开。她拉上被单，做出要继续睡觉的样子。我忍了一会儿，但是这冲动还是没有褪去。于是我滑到她身边，把身体紧紧贴在她的背上，让她感受到我。我的手滑到她乳房下边时，她的胳膊紧绷着，用手肘把我推开。"不要。"她说。

"真的吗？"我问。"我累了。"

我翻身躺下，窗外的天空如此湛蓝。我想到地板上手术服口袋里的寻呼机。每次寻呼机响起，我都会感到一阵短暂的惊慌。那时，卡罗尔和我已经成为最熟悉的陌生人。我开始喜欢在更衣室沐浴时自慰。我控制不住自己，尤其是在给一些濒临死亡的病人做完手术后，这种冲动最为强烈。

我感受到了放纵的快感。这种放纵与其说是胜利，不如说是逃离，与死神擦肩而过的逃离，令人兴奋不已。我像只野兽，每天都在悬崖的边缘上行走，我投入到事业中，在其中横冲直撞，高声呐喊。但是，我总有办法达到悬崖的另一边，收获新鲜的空气，敬畏生命之重。我还活着，健康且强壮。

我翻过身对着她，把她拉到我怀里，吻着她的后颈说："我爱你，我需要你。"

她弓起身子避开我，拿开我的胳膊。她从被窝里滑出来，走进卫生间，关上门。收音机的闹钟响了，提醒我约了罗杰、赫克托和爱德华多吃午饭的事情。闹钟的音量越来越响，中间传来《我全部的爱》里齐柏林飞艇①的歌声，两只小狗也跑过来一通乱叫。我躺在床上，对这片嘈杂声听之任之，直到卡罗尔从卫生间出来，狠狠地把闹钟关停，带上小狗出去吃早餐。

"我受不了这样。"我说。

她盯着我看了一会儿，我知道她没什么好说的。"影子"朝她汪汪直叫，"鲍勃"用爪子扒拉她的腿，抓到了她的皮肤。她退缩了一下，逃也似的离开房间。

房间外还飘着那只粉红色的热气球。这样难得的早晨让人感到真实，让人满足。在那些日子里，对于我们这些在匹兹堡的医学前线奋战的人而言，能活着就感到满足了。（也可能只是我一个人有这种想法。）这也许是因为我们与死神接触太多的缘故。当然大多数病人可以活下来，但是，不幸去世的病人也有很多，在每个工作日里，他们的离去都让我时刻不忘生命的无常。我还记得，当我第一次见到妹妹新生的

---

① 英国摇滚乐队，成立于 1968 年，在硬摇滚和重金属音乐的发展过程中占有鼻祖地位，同时也是 20 世纪最为流行并拥有巨大影响力的摇滚乐队之一。

儿子的声音时，我忍不住哭了起来。那是因为自从来到匹兹堡，我看到的每个婴儿都是病恹恹的样子，皮肤因黄疸而发绿，形容憔悴，奄奄一息。但我妹妹的小孩粉嘟嘟的，健康、开朗，充满活力，就像死神也奈何不了她一样。

在我和妻子从犹他州搬到匹兹堡的两年前，一个阳光明媚的早晨，在过了4个月的无性生活和每隔一天值一次夜班的日子后，卡罗尔对我说，她想一个人静一静。我摔门而出，开车去了手术室。我要接埃里克的班，他好去滑雪。

第二天或者第三天早晨我回来时，卡罗尔不在家。但最终，她还是回来了。我们决定分开，但是要在我完成培训之后。我想，也许这样大家都好受一点。

一年后，她流产了，但我们事先谁也不知道她怀孕了，大概是我们无从开口的缘故吧！再不久，我们驾驶着没装多少家当的莱德卡车搬到了匹兹堡。

在匹兹堡，我们搬到哈莉特街上，一幢维多利亚风格的三层楼的房子里。我们7月份开了支票，准备付首期的分期付款，但是一直等到11月份，银行也没有批准我们的贷款。房子摇摇欲坠。一楼的天花板大块大块地剥落，粉刷的墙壁上到处都是用木板堵住的破开的大洞，看上去就像东非塞伦盖蒂草原上的猛兽一样。我们想办法在一楼装上煤气炉，接通自来水，马马虎虎弄出一个厨房。我们生活起居的地方在二楼和三楼，可是很快我们就发现，用房子里老旧的铸铁暖气炉供暖的成本太高。

于是，我们购买了便携式取暖器。地下室的红色油桶里存有煤油，于是我们从里边取出煤油，把取暖器装满。感恩节前后，有人死在几个街区外一幢房子的卧室里。人们传言说，他是因为用煤油取暖器取暖时，二氧化碳中毒而死。这之后，我们从折扣商店买了好几条毯子，很少再使用取暖器了。

粉红色的热气球朝阿勒格尼山谷的方向飘去。我牵着狗出门散步，照看它们在山谷里大便。我冲了咖啡，在厨房的桌子上找到一本有线电视使用手册。我想，我们是负担不起有线电视的费用的。

我和赫克托、爱德华多在克莱格街上的美食餐厅吃了午饭。之后，因为克丽丝当值的缘故，我开车去医院。克丽丝在医院的北4区，也就是肾移植病人住院的地方上班。我来匹兹堡的第一天就遇见了她。我找到他们放值班表的地方，默默记下了克丽丝的值班时间。那年冬天，我们收治了一位来自西弗吉尼亚，名叫德文的病人。她虽然已经14岁，说话做事也像个小大人，但是她看起来只有10岁，第三次肾移植也失败了。我们正努力清理她的感染，以便做再次移植的尝试。

有好几次，克丽丝下班后，我们带德文一起去吃午餐，虽然这不合医院的规定。那时，我一直在劝说克丽丝和我远走高飞，一起去加勒比海的阿鲁巴岛。我喜欢热带地区，但事实上，我对阿鲁巴岛并不熟悉，只是通过一家航空公司在电视上放的广告了解到有这样一个地方。

圣帕特里克节那天，克丽丝邀请我到她家里去，和她一起喝绿牌苏格兰威士忌。可惜的是，那天晚上斯塔兹找到了器官捐赠者，我必须回去做手术。她说，她会留着威士忌等我。三天后的周六，我去了她家。周日早晨，我正劝她不要把披萨上剩下的鱼子酱抹到鸡蛋上时，我的寻呼机响了，医院有事情需要我。那一周，每隔一天我们便相伴一起度过。

第二周周六凌晨，我正在看有线电视播放的《绿野仙踪》(*The Wizard of Oz*)，这时卡罗尔回来了。我对她说，我要搬走了。我开车去了医院，在值班室将就着睡了一晚。第二天一早，我搬去和克丽丝同居。

接着周一的时候，亨利·方达和凯瑟琳·赫本获得了奥斯卡奖。

我这样做似乎过于鲁莽，过于冲动。但是，这一天的到来迟早会发生，因为卡罗尔和我的婚姻早在多年以前就名存实亡了。她受不了我长期加班以及不能共度时光的自私，而我受不了无性的生活。我们的互相怨恨在我们生活的四周像暗流一样涌动，虽然我们都没有公然把它表露出来，但这却是不争的事实。

我因为克丽丝对我的爱而爱上她。我们身处拯救生命的前线，但却与死神如此接近——死神不是躲在阴影里，而是就在我们奋战的灯光明亮的手术室里。我渴望爱，也渴望被爱。

那时，对于离开卡罗尔一事，我丝毫不觉得愧疚，反而感觉如释重负，感觉自己的生命又重新充满了活力。突然之间，我感觉死亡似乎不再是人生最终的归宿。

我联想到战场的前线上以及战争中的风云突变。与战争的残酷相比，我们面对的根本算不上什么。我不确定我会在什么时候死去，但我确定人终有一死，我也不例外。死亡近在咫尺的，是那些躺在病床上面色发黄，等待我们拯救的肝病患者。只有他们的生死是不确定的，正是由于这种不确定性的存在，才值得我们身处前线的医生为之奋战。

1984年夏天，我前往明尼阿波利斯参加一个国际学术会议，介绍我已经发表的与肝移植相关的3篇论文。到达明尼阿波利斯时，我已经大概有60个小时没有睡觉，并且又在晚宴上喝了一点酒。快凌晨的时候，朋友们把我送到卧室，以免我继续闹笑话，虽然我的笑话已经够多了。

我睡了15个小时，错过了早餐、午餐，也错过了回家的航班。一个月后，在第一个结婚纪念日那天，我和克丽丝乘飞机前往南塔克特岛，与我的弟弟、弟媳，以及两岁的侄女共享一处租来的沙滩度假屋。我们一起度过了 4 天时间。除了每天饭后的几个小时外，其余时间我一直在睡觉。

大概一周后，我们回到家中。回家后的第一天夜里，一阵异常难忍的头痛让我在凌晨 3 点钟醒来。我把钱包里的器官捐献卡交给克丽丝，然后让她带我去看急诊。医生为我做了头部 CT 扫描，一名叫比尔的神经外科医生告诉我，我的大脑有些肿胀，脊椎抽液的检查结果表明是病毒感染，也就是患上了脑膜炎。他说我需要住院，我问他，如果住院，医生会为我采取哪些治疗措施，他说医院里的医生什么也做不了，于是我便回家了。

接下来 3 周左右的时间里，我一直躺在床上，等头痛自然消失。没人告诉我究竟是哪种病毒感染，而且那时也没有针对病毒感染的药物。所以，这一切就显得不那么重要了。

我休假的一个月里，斯塔兹医生和其他人不仅填补了我的空缺，而且他们做的肝移植手术的数量几乎是我在时的一倍。在我负责肝移植手术时，有些供体肝脏会被我判为受损肝脏而放弃使用，而我担心斯塔兹医生使用的正是这样的肝脏。

我也好奇，没有我的指导，那么多的病人由谁来照顾。我给舜三郎打过几次电话，电话那头的他只是告诉我不要担心，好好保养身体就行。

头痛消失后，我就回去上班了。但是，我仍然感觉身体有些地方不对劲，有时候，我感觉好像身体里的每一根神经末梢都在隐隐刺痛。我对舜三郎说，这就像我的神经系统安装了一个旋钮式开关，开关几乎被拧到最高的档位。

我休假的时候，斯塔兹博士对团队的工作方式做了一些调整。我前一年为改良工作方法所做的一切付出全被推翻。而且，根本就没有人在意这些方法是否已经被推翻。这个新的制度，已经不是当初我为了创建它而呕心沥血的制度。我下定决心，要证明我还是和以前一样强壮。在这个我没有参与建立的新制度里，我居然比生病之前更加卖力地工作。我感到他们背叛了我——斯塔兹和那些同谋的人。我安慰自己，他们大多数人别无选择，只能遵守新的秩序。我开始考虑今后我应该何去何从的问题。

飞向职业生涯的星辰

斯塔兹很少谈到我的私生活。如果有什么烦心事，我会向舜三郎倾诉。1983年春天末的一个周一，舜三郎和斯塔兹在重症监护室里找到我，问我要不要喝杯咖啡。医院的餐厅里有投币式咖啡机，斯塔兹博士对这里的自助咖啡情有独钟，但是他从来不带零钱。舜三郎对我笑了笑，把口袋里的硬币抖得叮当作响。不过，他讨厌喝自助咖啡。

斯塔兹和我往咖啡里加了乳脂和糖。我们喝咖啡，舜三郎抽烟。舜三郎看起来有些紧张。

"舜三郎告诉我，你很疲惫。"他说。

我看着舜三郎，但是他把脸别了过去，对着窗口吐出一团烟雾。一天深夜，我确实对舜三郎说过我很疲惫的话。我希望我们的节奏可以慢下来，也许一周只做四台肝移植手术对我来说刚刚好。

"这个，其实也不是。我只是……"

"现在可是历史性的时刻，"斯塔兹说，"而你就身处其中。你现在身处在光环中最耀眼的地方。"

"我明白，只不过……"

"你知道吗？你现在正乘着火箭飞向群星，云霄才是你们的极限。你的极限在云霄之外，在……"

"平流层。"舜三郎说。

"什么?"斯塔兹问。

"叫平流层。"

"没错,"斯塔兹啜了一口咖啡,继续说道,"就是平流层。你的职业生涯才刚刚开始,你就已经飞到平流层了。"

我不知道该说什么才好。

"你应该明白我的意思,我没有必要强调现在是多么关键的时刻。"

舜三郎吐出一个完美的烟圈。斯塔兹瞥了他一眼,然后把身子凑过来,压低声音说:"我知道你有一个新的女朋友。我也是过来人,知道你的想法。"

"我并不是想压缩手术量。我只是……"

"对于你我这样的人,需要别人多为我们着想。你的前妻没有做到这一点,但你可以拿出你的立场,让你现在的女朋友明白什么才是最重要的。"

"情况比这复杂多了。"我说。

"这是肯定的。但事实上,这就是问题的本质,我们有事业,他们必须理解我们。而你现在正乘坐火箭飞向星辰。你的前途无可限量,超乎他们的想象。你应该明白这一点的,不是吗?"

"这是两回事,"我说,"这不是我想不想做手术的问题,而是更重要的,关于我的未来的问题。我只是想……"

"你不想伤她的心,不想被她抛弃。我理解你。但是她也要换个角度考虑问题。她可以与你一起学习进步,她也可以加入到你的手术中,只要她明白加入的代价。"

舜三郎把烟头丢到地上,用鞋后跟慢慢地碾着烟头。"你看,"我说,"上周,我做了五台肝移植手术,六台肾移植手术,而且,还处理了许多病情复发的病人。我想说的是,我不能再一直……"

"工作总会有起伏。你知道的,有时候一连几星期都很忙,有时候也很闲嘛。总体上是平衡的。"

"比较忙的星期太多。"舜三郎说。

"就是,"我说,"一点不假。"

"你的意思是希望能有一个手术计划安排表?"斯塔兹问。

"也不是,我知道这不可能。我……"

"你希望每周或者每月的手术量有个限制?"

"也不是,这也不现实。我是想,我们可不可以拿出更多的时间培训我们自己的外科医生。我们一直以来都是培训别人的医生。培训结束,他们就走了,到其他地方启动他们的项目了。所以,我们不如抽时间培养自己人。"

斯塔兹看着舜三郎。"你怎么看,舜三郎?你吃得消吗?"

舜三郎哼了一声。

"你能培训更多人吗?"

"不都是我培训的吗?"

"严肃点,舜三郎。巴德想知道,你能不能培训更多的外科医生,为我们分担一些工作。"

"我们可以一起做,"我说,"我们已经开始这么做了。"

"你说吧,舜三郎,你是同意还是反对?"

"同意。"他说。

"那好,那我们就这样定了。"他站起来,一口喝光剩下的咖啡。"现在几点了,舜三郎?"

我告诉他,9点刚过一点儿。他提醒舜三郎,9点时他们要开会。说完,他立刻走开了。舜三郎慢悠悠地跟在他身后。我捡起舜三郎的烟头,丢到我杯子里,棕色的咖啡溅到了我的白大褂上。

对血凝块的一次误判,也会置病人于死地

拉里·海因茨是一名钻井工人,来自怀俄明州。两个月前,他从石油钻井平台上摔下来,肝脏破裂。

第 4 章　回到凡间

"在绿林道①上。"他妻子说。

海因茨先生和我注视着她。

"20 号公路。不知道吗？"她调整坐姿，又整理了一下放在膝上的牛皮纸信封。"连安全带也没系。"

"这不是我摔下去的原因，"海因茨先生说，"你还要我重复多少遍？"

海因茨夫人低头看看那只厚厚的信封。她用手把一缕头发顺到耳后，两手正了正眼镜，然后抬头看着我。

"这是博尔加斯医生让我带过来的，"她一边把信封递给我，一边说，"他说这里边会有你需要的东西。"

海因茨夫人看着我把信封放到桌子上。

"上周，博尔加斯医生把你的病历寄过来了，"我说，"我早上看过了。"海因茨先生还在注视着她的妻子。她挠了挠胳膊。

"你哪里感觉疼痛？"

他调整一下身体，靠在了另一只手肘上。

"哪里？"他妻子用胳膊摇了摇他。

"什么？"他转脸看着我，笑着说道，"你是在问我吗？"

他对我说，他哪里也不痛，不觉得恶心，胃口也可以，也没有其他问题。

"我壮得像头牛。"他拍拍肚皮说。

我让他躺到检查台上，想动手拉开他的衬衫。他的衬衫是西部风格的衬衫，有过肩和金属四合扣。我犹豫了一下。他笑了，抓着衣襟两边，用力一扯便把衬衫拉开了。

他的腹部平坦、柔软。他深吸气的时候，我几乎摸不到他胸腔下

---

① 绿林道是犹他州摩门山脉上一条长约 110 英里的崎岖不平的土路。据说 18 世纪末，随着铁路和电报技术的发展，对于那些法外之徒、绿林莽汉而言，想逃脱治安官的追捕越来越难。绿林道地处偏远，沿途尽是悬崖、山谷，这些人便在沿途寻找藏身之处，躲避治安官的追捕。

的肝脏。我按压他的腹部，问他是否有疼痛感。

"一点也不疼。"他笑着说。他皮肤黝黑，下巴上有一道疤痕，缺了一颗门牙。虽然他说他的妻子已经59岁了，但是他看上去却好像比妻子年轻10岁。

他带来一大袋子的X光片。我把这些片子带到工作室，按日期进行分类。他做过三次CT扫描，最近一次是在一周前。我把其中两张片子带回检查室，放在小观察箱上。

"以前你看过这些吗？"我问。

海因茨先生和夫人面面相觑，摇了摇头。

我先把较早的一张片子拿给他们看，这是他受伤当天拍的。我指着他肝脏上颜色较浅的灰色区域对他说，"这是正常的部位，肝脏中那块看上去像个巨大的星星似的颜色较深的区域，是他肝脏破裂处形成的血凝块。"海因茨先生起身，站到我旁边。她妻子坐在椅子里，伸长了脖子。

"这可真糟糕。"她说。

"可能吧。"我说，"但是，他现在不也站在这儿，和以前一样健康吗？"

我又指着日期更近的那张片子。第一张片子里的那颗巨大的"星星"，只有原来的三分之一大小了。

"这么说，情况还不错嘛！"她说。

我告诉他们，到了现在这个阶段，如果会有糟糕的情况发生，那么早该发生了。"几星期前就该了。"我说。

"凯里医生是我们那里的专家，他担心它会出血。"海因茨先生看了看他妻子，然后说。

她点点头，然后转过头来对我说："我们住在偏远的乡下。要是出了事，医生还没来到，他可能就先死了。"

我觉得他们没必要继续担心。我告诉他们，最近有些创伤中心发表了一些文章，证明面对类似这种情况，即使医生不做任何治疗也是安全的。

"那么，我们现在该怎么办？"海因茨夫人起身，弯腰去拿她丈夫的外套。"我们直接回家，就当一切已经恢复正常，就可以了吗？"

我建议海因茨先生，今后户外作业时，可以派年轻工人去。"我也是这么想的。"他说。

护士让他们坐在候诊室等她，她去办理相关手续。我去工作室写诊疗记录，斯塔兹博士正在查看海因茨先生的X光片。之前我把它插在观察箱里，还没拿出来。

"是怀俄明州的那个男人的。"我说。

我接听重症监护室的呼叫。当我回答呼叫时，斯塔兹博士凑近了身体，更仔细地观察最初拍的那张片子。

之后，他抓起那两张片子，朝门外走去。"海因茨先生在哪个房间？"他问。

我用手捂住话筒，说我已经见过海因茨先生和他的妻子，他们在候诊室了。"虽然海因茨先生的肝脏有血肿，但是过去两个月，他的病情稳定。我觉得不用治疗，他们可以回去了。"

"你脑子坏掉了吗？"他已经走到门外，朝候诊室走去。

我花了几分钟时间处理好重症监护室的事情。等我找到斯塔兹博士时，他正准备从检查室出来。检查室里，海因茨夫人坐在椅子里哭泣。丈夫坐在她旁边，手紧紧地抓着椅子的扶手，用空洞的眼神望着前方。

"不做手术，他会死的。"斯塔兹博士说。他打开检查室的门，问我："杰妮做了下周一的手术安排了吗？"

"即使他没有任何不良症状？"我说。

他在门口停下脚步。

"而且血凝块已经缩小到不到原来的二分之一？"我据理力争。

"见鬼该死他妈的！这里不是辩论协会。"他跺着脚，手猛地一挥，就像是侧身投棒球的姿势。我最受不了他这个样子。

我回到检查室，海因茨夫人抬起头看我，她已经停止哭泣。她的手放在丈夫的胳膊上，海因茨先生则低头盯着鞋子。

我向他们道歉。我想向他们解释，我和斯塔兹博士在诊断意见上有些分歧。但我知道，这种解释没有任何意义。我告诉他们有人会过来安排下周一做手术的事情。我又问他们有没有其他事情是我可以为他们做的，或者可以解释的。海因茨夫人摇摇头。

那一天是周四。大约午夜的时候，我们做了一台肝移植手术，手术要一直持续到周五中午。

手术进展不顺利。斯塔兹博士对我们唠叨个不停：帮我……别妨碍我……该死的……吸啊！你要用抽吸接头解剖病人吗……该死，我看不到了……见鬼，你们就一点都不在意病人的生命吗……住手，真是活见鬼了……我这里不欢迎任何不在意生命的人！如果你不在意患者的生命，立刻滚出去……赶紧吸啊，该死的……这里，拿好……别这么用了，我的天呐……抓紧点。你聋了吗？我说抓紧点！能好好干活吗，该死！见鬼该死他妈的……

我连续好几天没有睡觉。有时候，我眼前会出现幻觉，尤其是周围安静下来的时候。它们都是一些特别小的幻觉，一眨眼就消失了。有时候，我可能看到有东西从手术台上飞掠而过；有时候，我感觉有人拍了一下我的肩膀。我嘀咕，这些小幻觉应该不会对别人造成伤害吧！

晚上手术过程中，我伸手重新调整洪医生握着的牵开器位置，然后让罗布莱迪医生松开双手，由我来代替他，以便将斯塔兹博士正在缝合的血管区域更好地暴露出来。结果斯塔兹指责我，问我是不是想杀了患者。早知道这样，我就不这么做了。我知道他是负责手术的医生，我是在帮助他，患者和我也无冤无仇，我根本没有要杀死患者的理由。他从洪医生手里夺过牵开器，重新调整好位置，然后让洪医生拿好，把牵开器拉到最大程度。"该死！"他用针钳敲罗布莱迪的指关节让他松手。罗布莱迪猛地抽回双手。

"拜托！谁来帮帮我！"罗布莱迪赶紧又把手伸过去，显露出手术野。

斯塔兹博士正在为患者缝接新肝脏的血管，我用左手拿着缝合线空着的那头。突然，一股难以遏制的冲动涌上心头，我想象着自己用右拳使出十二分力道打在斯塔兹博士的太阳穴上。我真想在此时此地杀了他。我想用拳头猛击他的太阳穴，把他打飞，让他撞在墙上，摔到地上，然后一命呜呼。

正因为这个，我明白，我应该请假调整一下心态了。

于是我在那天下午就休假了。我和妻子在雨雪中驾车三个小时来到俄亥俄州南部的洛基福克湖畔。父亲在湖畔的林中有一幢木屋。屋子里的供暖设备有限，只有一个小型的电暖炉，而且电暖炉的两根发热棒中只有一根工作。除此之外，就是一床电热毯了。

休假的最后一天，我们决定到镇上的饭店吃晚餐，自己犒劳一下自己。回小屋的路上，我们经过一家奶品皇后店，进去买了两个香蕉圣代。我好像以前没吃过这种冰激凌，我们在车里把它们吃光。

那天夜里，我俩基本就没离开过卫生间。起初，我们直接趴在马桶上呕吐。但接着，我们感觉肚子也不舒服，开始控制不住要腹泻。我在工具房里找到一只5加仑大的空油漆桶，我们一边对着油漆桶呕吐，一边对着马桶腹泻。

第二天中午的时候，我们仍然十分虚弱，没办法开车回去。那天是星期天，按计划，我应该在第二天早上回到医院的手术室，帮助完成海因茨先生的手术。我驾车在5英里以外的地方找到一处公用电话，拨通被叫方付费电话，打给舜三郎。我告诉他，我的病情非常严重，差不多已是奄奄一息,香蕉圣代、食物中毒……他答应帮我转告斯塔兹博士,我周一不能赶到手术室。我竟然相信了他。

周一下午,我们动身返回匹兹堡。我们晚上刚到家,前脚刚迈进家门,我的电话就响了,是手术室的护士长打来的。

我和护士长是老朋友了,她开口就问我,"该死,你去哪里了?斯塔兹找你一天了。"

海因茨先生的手术出了点问题,他们没办法,只能准备为他移植新肝脏了。"你尽快过来。"她说。

我到手术室时,斯塔兹博士刚刚结束手术。看样子,他已经连续工作一整天了。

"感谢诸神,你终于来了。"他说,"剩下的工作交给你了。蒙奇去取新肝脏了,一个完美的肝脏,他正在回来的路上。如果你没问题的话,这期间我要歇息一下。"

约翰正在做麻醉。我踩上踏板,来到手术台前。呼吸机翕张,冲开横膈膜,鲜血漫过床单,浸透了我的手术衣。我望向约翰,他一边往输血机上装血袋,一边盯着我看。我皱起眉头。他摇了摇头。

"情况不妙。"他说。

"取供体器官的团队什么时候回来?"我问。

没人回答。

"好吧。那么他们离开多久了?"

有人回答,大概两三个小时。

这意味着,如果我们希望拉里·海因茨顺利地离开手术台的话,我们必须让他再坚持三或四个小时。

我们马不停蹄,奋战了大约一个小时,控制了失血的速度,待植入肝脏的腔内也被我塞满了海绵。我让赫克托和爱德华多去休息一会,但斯塔兹这时走了进来。

"顺利吗？"他问。他站在垫板上，弯腰查看患者的腹部。他让我拿走塞着的海绵，以便看清楚里面的状况。血还在往外渗出，流得四处都是。我看不到血凝块，同时也没看到哪里有血管需要缝合。

"还得继续努力。"他双手背在身后，用下巴指了指某个地方。

"我们加劲干着呢。"我说。

就在这时，有人把脑袋探进来。她告诉斯塔兹，有他的电话。电话就在手术室外的桌子上，他接了电话。我听见他的声音越来越高，大概有什么事情惹他生气了。

他回到屋子里，又站到垫板上。

"没事吧？"我问。

"怎么？"

"电话里说的事情听起来挺严重。"

"拜托，"他说，"管好你自己在做的事情。"

说完他就离开了。赫克托去休息，爱德华多和我守在手术台，希望塞进去的海绵可以压住血管，缓解失血问题。但这时赫克托进来了，嘴里骂骂咧咧的。

"见鬼！该死！他妈的！"他模仿着老板的口吻，说："供体的心跳停止了。"

"我的天呐！"我说，"这下糟糕了。"

"斯塔兹告诉蒙奇，无论如何都要拿到供体肝脏。"赫克托走下手术台，做出斯塔兹经常做的像掷骰子一样的手势。"蒙奇，你要么带着供体的肝脏回来，要么把自己的肝脏挖出来用！"他模仿斯塔兹的语气说道。

"怕是尸体都推到太平间了。"我小声嘀咕道。

一小时后，蒙奇用飞机上的无线电打来电话。他大声说话，试图盖过飞机引擎的轰鸣声。他想让我知道，他已经拿到肝脏了，应该没有什么问题。我明白他的话意味着什么。如果不乐观,那就不是蒙奇了。他说"应该"的时候,就表示非常值得怀疑。

蒙奇抱着冷藏箱推门而入,身后跟着两三位日本来的访问医生。他让访问医生清洗消毒,让护士为他拿来手术服和手套,开始敲打冰块。

"蒙奇。"我叫他,他停下来看着我。他牝鹿般的眼睛布满血丝。"肝脏用不着了。"爱德华多和我在缝合患者的肌肉层。麻醉药的效力已经过去,麻醉机也默默地被推到了墙角。

"什么情况?"他问。

"患者没有抢救过来。"我说,"我努力了四五次,无论怎么做都不行。半个小时前结束了抢救。"

我感觉他像要哭出来了。

"抱歉,"我说,"我们尽力了。"

蒙奇留下来帮我们缝合伤口。我们用白色塑胶布把尸体裹好,搬到轮床上。他陪我走到休息室,我拿起白大褂,转身准备离开。

"你要去哪儿?"他问。

"候诊室。"我说,"去通知他的妻子。"

救治鸭子

父亲和我坐在院子里,外边游泳池的棚屋已经非常破败。在棚屋的后边糖枫树林里,我忽然看到有什么东西从一棵树干已经中空的糖枫树上飞走了。

"我好像看到了一只美洲木鸭。"我说。

"什么东西?"他问。

"我的天呐,它们居然还会回来?""它们?"

"美洲木鸭,那些以前我从蛋里孵出来的美洲木鸭。应该是45年或 50 年前的事情了吧！我都已经记不清楚了。"他说，坐在椅子里弯下腰。我怀疑他是不是呼吸不畅。

"这得有多少代了？"我说，"25 代还是 15 代？"

"你胡乱说些什么？"

1964 年春天，我母亲去世后的第一个春天，老人汤普森在他们家后边的空地上取到一个鸟巢。他到我们家里来，给我们看巢里的蛋，说他看到一只鸭子飞了出去，但是他不确定是哪种鸭子。

"大概是美洲木鸭。"他说。

汤普森先生的女儿在我父亲医院的手术室上班，一旦父亲把我的养鸭灾难事件告诉他的同事，那么消息很快就会传开。

我的养鸭灾难事件涉及二十多只白色北京鸭和一只红色的腊肠犬维诺。在我走入灾难现场之前，我刚花了一下午的时间，在水库后的树林里新建了一处藏身之所。我们玩得可开心了。

父亲医院里的一名护士送给他一只商业级的孵化器。他把孵化器带回家，问我想不想用它来孵化一些鸡蛋。

"它可以孵化鸭子吗？"我问。我对鸡没有什么好印象。

一星期后，某位身上混合着氨水和香烟味道的女士，送过来二十多只鸭蛋。她说，把温度保持在 36.7℃ 上下，四周之后，就可以孵出小鸭子。"每过几天把鸭蛋翻一遍，"她说，"大概一星期之后，你可以用亮光检查鸭蛋的好坏，把空的鸭蛋扔出去。"

一共孵出来 15 只小鸭，但是只有 12 只活到了第二天。我没找到好地方安置它们，只好拿来一个洗衣服用的大柳条筐作为它们的窝，并在里边铺了几条毛巾。

在狗屋的旁边，我把一块块木板连接起来，再用铁丝网围上，这样就造好了一个鸭圈。狗屋实际上是一个猪圈，我们一直把它当作狗屋使用，直到我的指示犬梅杰被一辆民防卡车轧死。

小鸭子有了漂亮的家，在那里它们可以保持温暖和干燥。它们还有了一个围起来的长长的鸭圈，在后院里七扭八歪地围了一圈。鸭圈的底部是敞开的，这样一来，它们就可以在草地上活动。我用帐篷的固定桩和钢丝固定了鸭圈。

鸭子长得比我想象的要快。维诺屠害它们的时候，它们已经褪去了黄色的绒毛，长出雪白的羽毛。最大的一只鸭子已经大概5磅重。我没给它们起名字。因为爸爸说，为鸭子起名字不吉利，因为最终我们可能会把它们给卖了，或者留下来几只自己吃掉。

我怎么也想不通，为什么没有人注意到它。我走到院子里的时候，发现维诺躺在地上，正在咬一只鸭子的腿。我设计巧妙的鸭圈全被它毁了。鸭圈被撞翻、撞散，被拆成了零零散散的几部分。从现场看，有些鸭子曾尝试逃跑，因为我在邻居院子里找到三只鸭子的尸体。尸体不是聚在一起的，而是分散开的，虽然彼此的距离并不太远。看样子，是维诺先追杀了一只，再去追杀另一只。另一只没能逃远，便又被追上杀害了。

我吼叫着朝维诺跑去。它起身逃开，嘴里还衔着鸭子。我拼命追它，但它丢掉了嘴里的鸭子，我便追不上了。我跪在鸭子身边，忍不住哭了起来。

我从没见过这样惨烈的屠杀。以前我见过祖父和爸爸杀鸡时拧掉鸡头的那种恐怖场面，但这次发生的事情却不能与之相提并论。这次的事情让我既悲伤又气愤。我甚至动了杀念，想拿起我的来福枪一枪崩了维诺。可惜我做不到。

我找来修草坪时用的推车，开始四处捡鸭子的尸体。其中一只鸭子还想咬我。我松开手，想逃离现场。但是，我忍住了。我环顾了四周，看见另一只鸭子侧卧在地上，来回扑扇翅膀。我心想，那些鸭子没死，还剩口气。如果爸爸能帮我缝合它们的伤口，或者不管它们是什么问题吧，爸爸能帮我医治它们的话，也许还有救活它们的希望。

我拨通爸爸医院的电话。我在电话里解释不清到底发生了事情。

"我没听明白。是维诺咬你了吗？"他问。

"不是，维诺咬鸭子了。"

"它怎么会咬鸭子？你是把鸭子放出去了，还是做了什么类似的愚蠢事儿？"

"我没有！"我真想对着话筒吼叫。

"是维诺自己干的。它把鸭圈撞翻了，现在鸭子到处都是。"

"原来是这么一回事啊！那你快把鸭子赶回狗屋，找些木桩，把鸭圈夯结实，用铁丝把它绑好，再用夹子把它固定在地上，就不会再发生这样的意外。"

你不明白，爸爸。除了一两只鸭子还活着，其他都被咬死了。而且那一两只活着的鸭子的情况也不妙。你现在快回来，看看能不能救救它们，救救那两只幸存的鸭子。

这是我想对爸爸讲的，但却没能说出来。那时候，我东一句，西一句，已经不知道怎样完整地表述了。他说，他会尽早回家，我应该把活着的鸭子拿到屋里，拿到地下室去。

"我回去之前，不要给它们任何吃的或喝的。"他说。

他到家的时候，就剩一只鸭子还活着了。在我的印象里，那只死掉的鸭子一直就比较虚弱。晚饭前，我回到地下室查看它们的情况时，它就不动了。于是，我把它拿出去，和其他的鸭子一样，把它丢到了推车里。我不知道，我应不应该挖个洞，把它们埋了。也许爸爸会拿主意。

爸爸来到地下室时，看到我正对着最后一只幸存的鸭子说话。他仔细检查它的身体，展开它的翅膀，发现了伤口的位置。

"看到了吗？"他露出鸭子大腿上部，对我说，"这些是犬齿咬出的痕迹。那些又长又尖的狗牙。"

"是尖牙。"我说。

爸爸把鸭子翻了个身,发现它身下有一堆它自己排泄的粪便。它胸口的肉被撕咬开,伤口一直到达翅根。爸爸说鸭子的翅膀应该没什么问题,但是他比较担心它的肺部。

"有可能存在肺塌陷的情况。"他说完低下头,把耳朵凑到鸭子身上仔细听。"没听到空气漏出来的声音,这是好事。"

父亲拿来他作急救箱用的弹药箱。他在纱布蘸上碘酒,擦拭鸭子的伤口。这时,鸭子发狂起来。爸爸一边大声命令我把鸭子按住,一边不停擦拭鸭子的伤口,直到伤口上所有尘土和叶子被清理干净。以前爸爸为我处理伤口时,会给我用麻醉药。但是,他没有给鸭子用。

"它不疼吗?"我问。

"缝合伤口造成的疼痛要比伤口本身的疼痛轻多了。"他说。麻烦的是,有些皮肉已经被咬掉了。所以,他只能把各处伤口将就着缝合起来,并保持伤口的清洁。他估计这只鸭子的伤势很快就会痊愈。

"鸭子的生命力相当顽强。"他说。

这我还真不知道。

那只鸭子活了几乎有一个月,它现在是唯一幸存的鸭子了。我本来打算给它起个名字的,但却放弃了。每天早上以及放学回家时,我都要用香皂、清水为它洗澡,再用毛巾擦干。有一段时间,我觉得它好像懂事似的,只在盒子的一侧排便。但是,没多久,它便不再起身活动了。每次我去看它,它都是躺在一汪棕色的粪便之上,味道尤其难闻。于是,我为它清理得更加频繁了。它吃得也不多。

特尔玛教我用搅拌器把鸭食打成奶昔似的糊状物,再用她给我的一支粗大的针筒送进它的喙里。但是大多数时候,往往是这边送进去,那边漏出来。大概又过了一周,它的身子开始发臭。我知道,这是不祥的征兆。有时候我想，也许它还不如死掉的好。但是，这样的念头刚一冒出，我就特别生自己的气，于是更加细心地照顾它。

终于有一天，我回到家，发现它已经死掉了。我跑到楼上，告诉特尔玛。她说，她已经知道了。我对着她吼叫，为什么她见死不救。

你可以做点什么的，我说。但是，我明白，这样毫无意义。她不可能救得了它。谁也救不了它。

有四只孵出的美洲木鸭活了下来。我把它们养在狗屋里。我不在它们跟前的时候，从不把它们放到鸭圈里。我不知道它们什么时候才会飞。但是，等到它们开始真正长出羽毛的时候，我便把它们带出去，教它们练习飞翔。

每一次我只带出去一只鸭子。我会跪在草地上，轻轻地把美洲木鸭抛到空中。它拼命地拍打着翅膀，扑棱几下便坠落下来，头朝下摔到草地上。就在我以为它们永远学不会飞翔，快要放弃的时候，其中一只美洲木鸭飞了起来，落到了那棵树干中空的糖枫树的低处树枝上。难以置信。

我在草地上坐了一会儿，以为它还会朝我飞回来。但是它没有。我把另一只美洲木鸭带出来，它也和上一只一样学会了飞翔。不一会儿，四只美洲木鸭便都落在了那棵树的树枝上。

我一直等到了天黑。我好像看到其中一只美洲木鸭飞了出去，飞到远处的田野上，然后又飞回来，落在了更高的枝丫上。但也有可能我看走眼了，也许那只是一只黑鹂。

我已经记不清第一年夏天的时候，它们在那儿待了多久。但是，当它们飞走的时候，我以为今后再也见不到它们。那四只美洲木鸭，两只是雄性，两只是雌性。我想象它们飞到其他地方后生活在了一起。它们也许去了水库后面的小溪，也许去了伊利湖，也许去了密歇根。密歇根有许多清澈透明的湖，也许它们栖息在其中一座湖的湖心岛上。

但是到了第二年春天,我在那棵糖枫树上又看到了一只美洲木鸭。没过多久,我数了数,四只美洲木鸭都在。它们在那里飞来飞去。从那之后,它们和它们的子子孙孙每年都会回到这个地方。我大学毕业回来的那年春天,我在父亲和 TJ 手下工作的那个夏天,我从犹他大学或匹兹堡回来探亲的时候,以及我们带着孩子来看望他们祖父时的每个夏天,我都能看到它们,或它们的子子孙孙。

现在,我确定我看到的是一只美洲木鸭,也许它刚刚从水库飞回来。

"它们依然每年都飞回来,"我说,"怎么会那么神奇!"

"你说什么,那棵死掉的糖枫树吗?"父亲说,"我正打算把它砍掉呢。你能不能帮我一把?"

手术室的终曲

我没想到,这居然是我最后一次做移植手术。一年前,我接受了针对淋巴瘤的化疗和放疗。我告诉斯塔兹博士,我已经做好离开的准备,但是没想到这一天来得如此之快。

那天晚上,我拨通了父亲的电话。他在弗罗里达。他去了比萨店,那家地板上露出半截管风琴的比萨店。

"你还记得那家店吗?"他问。

我从没去过那里。

"你肯定去过。去年春天,你和孩子们一起去过。"

我不再与他纠结这个话题。

"你在忙吗?"

我告诉他,我和妻子正收拾行李准备离开。他问我们去哪里,要做些什么。于是,我又给他说了一遍我们准备去巴拿马的事情。

"巴拿马?"他说,"你们去那里做什么?"

我深吸一口气,说我们打算去圣布拉斯群岛。

"他们现在管那地方叫库纳雅拉特区,"我说,"你还记得吗?你和妈妈曾经也去过这个地方。"

他当然记得。"到了下个月就距今正好50年了。"

我从小就经常看家里的家庭录像。在录像里,父母亲和库纳族人说话,摆着姿势拍照片。母亲从那里带回来一大堆库纳族人手工制作的纺织品。

"你妈妈非常喜欢那些纺织品,"父亲说,"她买了太多的纺织品,以至于飞行员说,把这些纺织品铺开放在一起,可能飞机的跑道也没有这么长。"

有一段录像里可以看到,他们乘坐的小型飞机机尾悬在水面上,两个库纳人在机尾推飞机。"为了让飞机起飞,他们必须找些年轻人站在水里用手推飞机,同时飞行员不断地让引擎加速旋转。"

我喜欢这个故事,放声大笑起来。

"你还记得吗?你妈妈用那些纺织品给你们做了床被子。"

"她做的是餐布吧。"我说。

"她也做了床被子。你们生病躺在沙发上时,就常常裹着那床被子。"

"好吧,我不记得还有这件事情了,"我说,"那床被子后来怎么样了。"

"你说呢,你在上面呕吐,吐得到处都是。"

"我干过这种事情?"

"反正是你们其中一个。你妈妈把被子拿去清洗,结果水一泡,被子散架了。她为此伤心了好久。"

就在这时,电话里呼叫等待的声音响起。我看了一眼来电号码。"爸,我有其他电话打进来,是医院打来的。"

"我记得他们不是把你解雇了吗?"

医生的告别
THE LAST NIGHT IN THE OR.

电话是手术室打来的。一个供体肝脏正在取回来的路上,其他外科医生已经加入手术,他们问我是否可以负责移植手术。

"准备好重上战场了吗,老朋友?"是赫克托,我的一个搭档。他在做另一台移植手术,护士把话筒举在他耳边。

"当然,"我说。我忽然感到一阵慌张。"我没问题。"

我回到医院,却想不起更衣柜的密码。我在手术室前台找到奥斯卡。

"肖医生,你还在这里上班吗?"奥斯卡头也没抬地说。

"我不知道。你呢?"

"我也不完全是。"

"那么,你是靠脸吃饭喽?"

"主要是靠肉体。"

他站起来,伸出手。我握住他的手,把他朝我拉过来。他的身子探过柜台,我的脸伸过去贴近他的脸。我站回来时,他还在微笑。看得出来,他有一点尴尬。

"你怎么周六晚上还在这里?"我问,"像你这样的大人物,他们哪能这么对你,太不尊重人了。"

"代人值班。好多人感冒请假了。"

他递给我一张字条,上面有我更衣柜的密码。"很高兴你回来,医生。"

"谢谢!"我说。然后转身,准备离开。

"就打算这么走了?"奥斯卡问。我回过头,看到他手心向上托着双手,像是在等我说些什么。

"手到病除!"我说。

"这就对了。"

我之前没有见过这位要做肝移植的患者。她现在仍在昏睡。我本可以前往重症监护室,告诉她的父母,手术将由我来负责,并且询问他们有什么疑问,我可以为他们解答,让他们安心。但由于我的迷信,最后我还是没有去重症监护室。我认为很多外科医生都迷信,至少做肝移植的外科医生是如此。

我在多年之前做过一台手术,病人是埃伦·哈钦森。在手术之前,我先去见了埃伦·哈钦森和她的丈夫,我和他们谈话,告诉他们不会有问题,我会照顾好她,不会发生意外。结果在这次手术中,在一切进行得顺顺利利时,病人去世了。

在这次手术中我找不到其他更好的自我安慰的理由,于是我认定,手术之前见病人不吉利。

这位病人从新墨西哥州的一家医院转院过来。当地的医生没想到她的病情竟然严重到需要做肝移植的程度。

我们不知道是什么导致了她的肝衰竭,也许患上了某种肝炎。现在,她躺在重症监护室里,昏睡不醒。她的血压偏低,这使得她本就衰竭的肾脏更加衰弱了。

医护人员用轮床把她推进手术室。她躺在轮床上时,眼睛一直睁着。我帮忙把她抬上手术台。我弯下腰,凑过去盯着她的眼睛看,但是她没有回应。

"她有反应了吗?"我一边说,一边捏了捏她的手。

"重症监护室的人说,她看待疾病的态度很消极。"一个人答道。

我掐了一下她食指的指甲。她把手缩回去,闭上了眼睛。

"抱歉。"我说。

他们拿来一个棉垫,垫在她的头下,又给她盖上一床毯子。我走到房门边,看了看温度调节器,把温度调到29.4度。温度过低,不利于血液凝结。调好温度后,我回到我的凳子上坐下。

麻醉师用麻药让病人睡去,让她进入麻痹状态。然后,麻醉师再在她的嘴里插入一根软管，另一头连接呼吸机。

"可以了吗？"护士问。

这次手术的麻醉师是茱莉。她点点头，护士掀开毯子，脱掉了病人的病服，让她全身赤裸。我们在她的胳膊和腿下垫上泡棉垫，用棉胎把她的双腿缠在一起。之后，我们在她大腿下垫上一只枕头，让她的膝盖略微弯曲。

随茱莉参加手术的，还有一名住院医师和一名呼吸技师。他们将导管插入静脉、动脉，挂好一袋袋输液袋，又相互核对了血袋上的识别号码。

"手术前穿上手术服，戴好手套。"茱莉看到住院医师准备清洗患者左手腕的动脉时，对他说道。他叹一口气，走开去找放手术服的袋子。这时，茱莉把手套口拉到手术服的袖子上，看着我说道："该死的住院医师。"

"不守规矩的野人，"我说，"没有一个不是这样的。"

第二天早上，我在手术记录中这样写道："我们按惯例为病人接通了肝脏的血管。"手术后，我的自我感觉良好。那天晚上，我的助手丹妮尔也认为一切进行得十分顺利。她说我做手术时的熟练程度，就仿佛我从没离开过医院一样。

我在病情记录上写下一些需要注意的细节，例如缝合血管的线的粗细和类型，以及反复清洗肝脏，尽量洗去供体肝脏上的保存液……那时候，我们保存肝脏用的保存液的钾离子含量很高。血液中的钾离子含量过高会造成心跳停止。

这一机理和电路问题类似，太多的钾离子会使心肌工作的开关关闭。在松开夹住血管的止血钳之前，清洗肝脏上的保存液就可以避免这一问题。但是，这个方法并不总是有效，这一次，我们松开肝门静脉上的止血钳后，不到两分钟，患者的心跳便停止了。

"血液中的钾浓度是多少？"我问。

茱莉那时正在手术帘下操作，我感觉到她用头碰了碰我的手肘。

"抱歉。"我意识到我的手肘部压到了插到患者气管内的软管。

我往左边挪了一点位置，以便在继续按压患者胸部的同时，不让气管内的软管脱位。"可以了吗？"

她站起来，迅速地看了一眼血氧饱和度监护仪，然后看着我说："一切正常。"

但是，从我这一侧的手术台看过去，当病人心跳停止时，一切正常已经恶化为完全不正常。

"钾浓度的具体数值是多少？"我再次问道。

她愣愣地看着我。

"钾浓度？"

"哎呀！我马上看看。"她抓过夹纸板，板上夹着一张实验室技师刚刚放上去的黄纸条。

"12.1。"

"糟糕了。"

"是的，"她说，"不太妙。"

为了降低钾浓度，让患者的心脏恢复自主跳动，丹妮尔和我不停地按压患者的胸部。"我们按了多久了？"我疲倦地问道。

"大概40分钟不到。"茱莉看一眼夹纸板，又看了看手表。"准确地说，是28分钟。"

"你来按吧。"我对一位医学生说。

过了几分钟，我看了看血压，不如我开始按压时的数值。

"你要站高点儿，"我说，"给他拿几块垫板来。"医学生退下来，丹妮尔接过他的工作，继续按压。有人往手术台边放了几块垫板。

"快点儿踩上去,把手垂直地放在她的胸部,只有这样子你的手才能正对着她的胸部按下。"我对那名医学生说道:"你要让心脏正好夹在胸骨和脊柱的中间,然后使劲按下去。"

医学生憋足了全力往患者的胸口按压下去。一股深红的血液冒到了她肝脏的顶部。

"天哪!"丹妮尔惊叹道,"你用力过猛了。"

我看着丹妮尔,她抓起抽吸接头,塞进伤口中去。抽吸接头的噪音不小,吸管里的血一直漫进挂在墙壁上的罐子里。

"这么多血到底是从哪里漏出来的?"我问。

我打开头顶上的灯,照向患者的腹部。深色的鲜血汩汩冒出,已经淹没切口的边缘,流到了床单上。看样子,是静脉破裂了,而且是大静脉,大破裂。

我从护士的器械架上抓起一把白色的棉垫,把它们塞到肝脏顶部的上方,希望可以压住裂开的伤口。先前还是粉红的肝脏现在看起来像是肿胀的紫茄子。

我们静静等待着。我听到医学生吃力的哼叫声。当我抬头看向丹妮尔时,发现她正咧嘴笑。

"干得不错,"我一边说,一边用肘部轻轻戳了戳那个医学生,"力道十足。"他深吸一口气。

我把丹妮尔的抽吸接头的吸头又往里推了一点,随着嗡嗡声,一股勃艮第葡萄酒似的血液又涌入了抽吸接头的管子里。

"好了,我们必须把裂开的伤口缝合上。"我说。

丹妮尔接过手,继续按压心脏。我把手伸进肝脏上方的空间里,拽出塞在里边的棉垫。棉垫浸透了深红的血液,不住地往下滴。我吸净里边的血液,找到缝线的位置。每当丹妮尔按下胸骨,新的血液便从缝线断裂的地方涌出来。

我看了看丹妮尔,让人拿来缝线。丹妮尔瞥了一眼医学生,点点头。我查看了血氧饱和度监护仪。"看起来正常。"我说。

"可以了吗?"她问。

"嗯。"

丹妮尔停下来。我把手伸到肝脏腔顶和横膈膜之间的狭缝中。医学生用抽吸接头吸得很慢。

"你能看清吗?"我问。

他拔出抽吸接头,伸长了脖子往里窥探,血液漫开,淹盖了缝线。

"我也看不清。你如果不吸干净那里的血,我就没办法处理这里的难题。"

丹妮尔和我默默地配合着。她停止按压,医学生抽走积血,我缝针,把线拽上来,丹妮尔再按压。我们按照这个程序,做了大约十几次后,医学生开始用两只抽吸接头同时抽走积血。

丹妮尔看着我,累得上气不接下气,对着那个医学生孩子大喊"加油,男子汉!"之类的话。

最终我们解决了这个问题。我们结束后,医学生接替丹妮尔,继续按压。大约又过了20分钟后,深红的血液又冒出来了,我必须重新缝合一番。

"腔静脉的情况已经一塌糊涂,她受不了第三次这样的折腾。"我说。

"我们还有棉塞吗?"我漫无目的地问道。丹妮尔已经按压了一段时间,我又看到深红的血液涌了出来。

"该死,腔静脉要彻底崩溃了,"说完,我抓起电烙器。"是时候打开它了。"

医学生停下手中抽吸病人流出血液的工作,不明就里地看着我。

"打开心包,"我说,"她心包里也许有积液,会像老虎钳一样钳制着心脏。"我拿来抽吸接头,吸走一小部分深红色的血液。"也许没有积液，但为了以防万一，我们得看一看。"我又把抽吸接头递给医学生，对他说："你也看到了，腔静脉非常容易破裂。"

他点点头。

"所以我们需要停下来，不再按压她的胸部，而是按压她的心脏。"

"就像做内部心脏按摩一样。"他说。

"吸下面的血，好吗？这样我才能看得清楚。"

我一边用电烙器烧灼伤口，一边配合丹妮尔按压的节奏，摸索着把手探到患者胸骨的下沿。我小心翼翼，注意不要太深，以免在她心脏上戳个洞。我的手指伸进去后，碰到了心壁。

"没有积液。"我说。

我先是插进去两根手指，接着插进去整只手。我用手指包住心脏。患者的心脏一丝跳动的迹象也没有。

"现在情况怎么样？"

茱莉看看我，我指了指心电图监护仪。

"仍然是平的吗？"

"是。能看到一阵阵心室颤动，但是持续时间太短，没有意义。"

我开始用手挤捏她的心脏。但是，心脏太大了，我的手握不过来。我把另一只手也伸进去，把心脏捧在两只手掌之间。我抬头看了下时钟，她的心脏失去自主跳动已经将近一个小时了。

她的心跳刚刚停止跳动时，血液中的钾浓度是12.1，比正常水平高出3倍，足以使心脏停止跳动很长一段时间。最终的结果还是要看茱莉是否能将钾浓度降到7.0以下。

我觉得患者肯定能撑过今晚。大部分时候，我们在做外部按压时，她的血压看起来是正常的。我们甚至一度让她恢复了心跳，可惜只持续了一小段时间。此外，我们又分别做了三四次内部和外部心脏电除颤。

第 4 章 回到凡间

一小时后,她血液中的钾浓度仍然是 9.4。我对医学生说,我们不能再用心脏电除颤了,只能继续按压。

"等一下。"茱莉抓着心脏监护仪的一侧,调整了一下显示屏的角度。(灯光太刺眼,调整一下能看得更清楚。)

那时候,我坐在凳子上,手上还戴着手套。我的手扶在膝盖上,耷拉着脑袋,闭着眼睛。戴夫还在按压心脏。我刚看了一眼时间,才知道已经过去一个半小时了,她的心脏还没有任何复苏的迹象。我几乎要放弃了。

"有情况!"她说。

我站起来,走到丹妮尔对面,抓住她的胳膊。"别动。"我说。

我们盯着显示屏。沉寂了多时的横线,开始逐渐变成一阵阵平滑的波浪线。

几秒钟后,它们越来越密,直到像电视里老套的场景那样,原本平淡的电波突然弹起,就像保险丝蹦出的电火花。

"棒极了!"茱莉说。

"感觉到什么了吗?"

丹妮尔摸着患者的心脏。

"太不可思议了,"她说,"患者的心跳恢复了。"她抽出手,我们静静地看着显示屏,直到一幅完整的、正常的心电图铺满整个屏幕。

"最近一次记录的钾离子含量降到了 6.7。"茱莉说。

"什么时候?"

"大约 10 分钟之前。"她说。

"血压呢?"

"一切正常。"她说。

在那一刻,我爱茱莉胜过爱世上任何人。

凌晨 3 点钟,我们还在手术室。这时,我查看到一些迹象,表明我们植入的肝脏没有工作。几小时过去了,患者的情况仍然稳定,并有好转的迹象。

但是她没有排尿,肝脏本身也没有分泌胆汁。好在我们总算为其止住了失血。我们为她缝合切口,然后把她送到了重症监护室。

做完移植手术的当晚,我迫切地想要给我一个住在犹他州的朋友德克写邮件。我们计划几日之内动身前往巴拿马,一些计划的细节需要进一步敲定。德克在耶稣后期圣徒医院工作,他们邮箱收发的邮件都需要接受服务器的审查。

不过为了避免邮件被退回,我已经掌握了规避他们服务器审查的诀窍。例如,在"那个笨蛋真是个彻头彻尾的蠢驴"这样一句话中,由于出现了"蠢驴"这样的字眼,他们会拒收你的邮件。但如果你把这句话写成"本蛋"或"春驴",便能逃过审查。结果,我就这样写了一封冗长的邮件,描述我在手术室的最后一夜。在邮件的最后一段,我这样写道:

……尽管历经千辛万苦,她总算醒了过来,能根据指令做出相应的反应。但不幸的是,她的肝脏不能工作。这是神的旨意。神说:"回来吧,欢迎你,混蛋。"

两天后,我们动身前往巴拿马,在那里待了将近两周。我们在海水中划着皮划艇,登上一座又一座美丽的小岛。

我们在库纳族人的家中做客,在他们的沙滩上休息,吃他们的特色食物,唱他们的传统歌谣,听他们的传说故事,尊重他们的风俗和文化。

度假归来后,虽然我没下决心以后再也不做肝移植手术,但是我拒绝了搭档一次次的手术邀请,直到他们懒得再邀请我。

我告诉自己，这样做对我的身体有好处，日以继夜地做手术只会让我的淋巴瘤复发，而且我已经做够太多的手术了。现在，新一代外科医生离开我也可以完成肝移植手术，也许还会因为我的离开而做得更好。所以我需要休息一段时间了。但是当时我还没意识到，那一夜，竟是我在手术室的最后一夜。

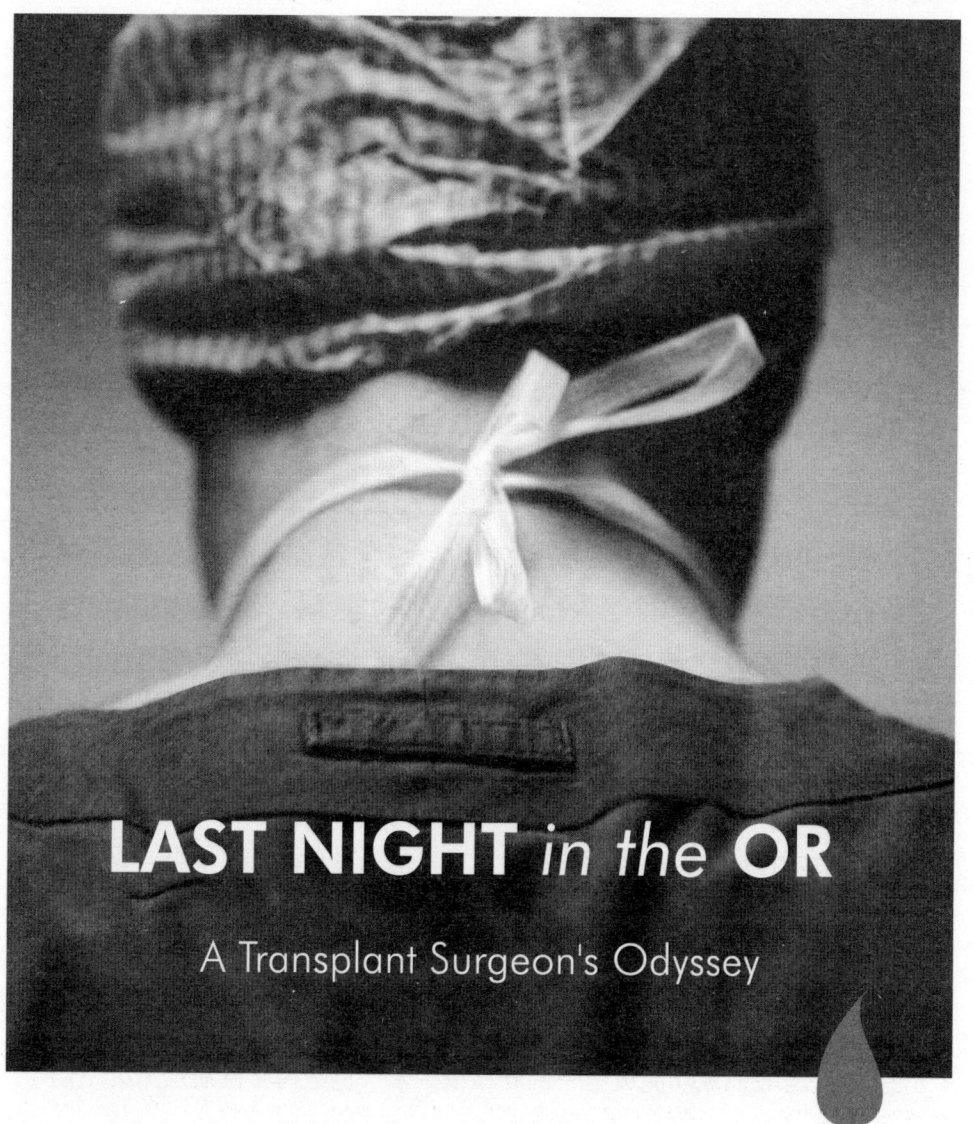

第 5 章

好时光,坏时光

> 当我与熟悉又毫无情感的手术世界分开后,我开始意识到自己的身体和思想在慢慢变化。疾病伴随着渐进的衰老正悄无声息地向我袭来,而我丰沛的情感也复苏了。

患者的情感不该忽略

我不愿意待在这里。我站在奥马哈假日酒店豪华的宴会厅里,面前人影憧憧。他们衣服上别着臂章,臂章上写有红色的号码。我给在场的大多数人做过移植手术。我取走他们千疮百孔的旧肝脏,为他们植入新肝脏。在7月酷暑,一个炎热的周六,他们回到奥马哈[①],是为了庆祝他们劫后余生。这天的周年纪念是个具有里程碑意义的日子,旨在纪念我们成功完成第一例肝移植手术(也是内布拉斯加州第一例肝移植手术)。可是,我却连1秒钟也不想待在这里。

我至少有10年没参加这个聚会了,如果不是周年庆,这次我也不会过来。很久以前,克丽丝陪我参加过许多次聚会,一些年龄较大的患者以及他们的家人已经熟悉克丽丝,喜欢上克丽丝。我知道,如果我来参加聚会,他们一定会问起她。而我则不得不向他们解释,在一起生活了25年之后,我们不久前离婚了。出门前,我告诉丽贝卡,这

[①] 奥马哈位于美国内布拉斯加州东部边界密苏里河畔,是该州最大的城市。

样的聚会对我来说比癌症还可怕。

"你太夸张了。"她说。

现在，我站在宴会厅里，感到丽贝卡的目光正盯着我，我想象她拉起我的手，用力一掐的样子。我深吸一口气，该来的总会来的。随时会有人认出我，叫出我的名字，邀请我跳舞。想到这，我就忍不住害怕起来。

"我打赌你已经不记得我了。"

"你还记得约翰尼吗？他是 29 号患者啊！"

"你已经忘了我的名字吧？"

"好久不见。别走开，我把汉娜叫来。天哪！她肯定会非常惊喜。"

1986 年，我开办第一次患者聚会。我们邀请了患者、患者的家属、护士、医生、行政人员、社工，以及其他所有与肝移植项目相关的人员。各路的当地媒体纷纷赶来，在 10 点钟，新闻率先报道了诸如患黄疸的婴儿在移植全新的肝脏后，皮肤神奇地由黄变白的故事。

10 年以来，为了不错过任何一次聚会，我总是根据聚会的时间调整家庭休假的计划。但不知为什么，大概 10 至 12 年后，我忽然受不了这些聚会了。

也是在那时，我终于能够成熟地处理内心的焦虑，说了句"管他妈的"后，便豁出去再也不参加这个聚会了。

为了找到合适的借口，我一直把俄亥俄州的家庭聚会日安排得恰好与奥马哈的患者聚会日相冲突。对此，劳丽总是抱怨连连。劳丽是我们的护士长，她与我一起来到奥马哈，建立起属于我们自己的肝移植中心。劳丽认为，参加患者聚会是我义不容辞的责任。

"我又控制不了我的家人，谁知道他们什么时候决定聚会和休假。"我说。

"好吧……"她说。

"再说，聚会上受到那么多人的关注，让我浑身不自在。"

"你这是无理取闹。"她说。

我摇了摇头。

"他们都想见你，"她说，"这样他们才好感谢你。"

"好吧，但是汉娜一刻也不让我清静。"

"她爱你，巴德，"她说，"你拯救了她，你是她的超级英雄。"

我以前常把这聚会称作"汉娜的聚会"。汉娜两岁时，她的肝脏停止了工作。她哥哥也是因此为同样的原因而夭折。他们把汉娜从阿肯色州送来时，她已经昏迷不醒。她的大脑快速肿胀，如果不换新肝脏，她很快就会死去。

我们给汉娜移植了一个新的肝脏。虽然经历了一个漫长的康复期，但最终，她还是健健康康、开开心心地出院了。她第一次参加聚会时只有3岁，后来每年的聚会上，她都会缠着我，无论我走到哪里，她都能找到我，跟在我屁股后面。

她热衷于把属于她自己的各种东西送给我，比如气球、饼干、一次性文身贴纸、几块炸鸡肉、宣传册、手指画、土豆沙拉等，凡是她找到的或做出来的东西。有一次，我去卫生间，一转脸她就已经靠在小便池旁边。还有一次，一个小丑为她做了几只气球狗，她也要送给我一只。

也许，我的确把汉娜从鬼门关里救了回来。但当我看着她天真的笑容和她身上抹得到处都是的手指画的颜料时，我脑海里总会想起另一位患者希瑟，我为她移植新肝脏时，她只有8岁。两年后，俄勒冈州的一位外科医生在凌晨3点钟打来电话，告诉我希瑟在他的手术室里，现在他不确定下一步该怎么做。

"我们是一家县城小医院，"他说，"不太习惯做这种大手术。"

他告诉我，希瑟的肠子发黑，肝脏肿胀，血压越来越低。

第 5 章 好时光，坏时光

"听起来情况不妙。"我说。

"是的。我担心她撑不了多久。"他说。

"也许拿掉她的肠子，血压会有所上升。"

他说，他可以试试。"我去和她母亲谈谈，征求一下她的意见。"

希瑟最终没能活着走出手术室。

希瑟去世一两天后，我收到她写给我的一封信。信里有一幅画，画中的她坐在俄勒冈州一座山顶的岩石上。这是此前庆祝她肝移植的第二个周年纪念日，母亲带她去远足时的场景。"今年聚会见不到你了，"她在信中写道，"明年再见。"

希瑟去世时，我在距离她几千英里之外的地方。虽然她的离开与我没有太大的关系，但这丝毫没为我带来任何慰藉。凯莉出事时，我就在她身边，不也同样无能为力吗？

在凯莉还只有 3 岁的时候，我为她植入了一个新的肝脏。一年后，她母亲打来电话，告诉我凯莉呼吸气短，而且伴有发烧。这些症状听起来像是患了流感，但对于肝移植患者，我总是先做最坏的考虑，之后再对情况做进一步了解。我建议他们把凯莉送到重症监护室，先服用复方新诺明片，因为她的病可能是寄生虫引起的急性肺炎。一周后，凯莉住进伊利诺伊州的一家医院，接上了呼吸机。那里的医生仍然没有按照我建议的方法为她治疗。

于是，我拉着一个同事，坐飞机前往伊利诺伊州，在重症监护室里极其仔细地给凯莉做了一番检查。但是，这时一切都已经太晚了。我们和凯莉的医生开会讨论，会上我频频点头，说他们确实已经尽力了。当天晚上，我们乘飞机离开。我刚回到家，凯莉便去世了。

病人一旦回家，我能做的也就不多了。我没办法阻止肝炎和癌症复发，而大多数情况下，它们的确会复发。我也没办法阻止他们再次饮酒，或者确保他们按时服药。他们的未来，总是充满各种各样的不确定性。

我在聚会上寻找汉娜，但是劳丽告诉我她来不了。她刚找到一份新工作，抽不出时间。我如释重负，但又有些失落。

我看到了乔伊斯林·穆迪，她从没落下过一次聚会。为了庆祝周年纪念，她用每年聚会的纪念T恤衫缝制了一床被子。过去每年设计纪念T恤时，我也有发言权。那时候，我们会设计一些构思巧妙的口号，例如"我们苦尽'肝'来""在内布拉斯加，我们'肝'劲儿更足""'肝'城相聚"，等等。我最爱的口号是"一起'肝'翻天"。我游说了好多年，他们才最终同意采纳这个口号。

乔伊斯林拥抱了我。我看着她臂章上的号码：21。对于这个号码，大家再熟悉不过了。乔伊斯林是第21位接受肝移植的患者。

"有24年了吧。"我说。

"24年零6个月。"她说。

她递给我一支马克笔，让我在被子上签名。她说，她希望能得到我们原班人马中的所有人的签名。

过去，我常常做摄影师，给所有患者拍一张大合影。现在，我们请了一位摄影师，他戴着麦克风，大声喊着年份或者器官的名字，让患者分批次过来合影。丽贝卡和我翻看聚会的影集。照片里，有怀抱新生婴儿的父母，挂着拐杖或助行架的老人，裤腰几乎耷拉到膝盖的男孩，穿着超短热裤、化着浓妆的少女，看起来一副天不怕、地不怕的年轻男女，一名带着哭闹着的两岁孩子的父亲，还有一对嘲笑这位父亲的空巢夫妻。不知为何，这样一幅混乱的场景，竟在这样一幅照片里达到了一种各得其所的永恒和谐。

目睹这样的疯狂，我想，我让他们，让像乔伊斯林那样的人失望了，因为我是如此懦弱。多年以来，我一手打造了这样的聚会，打造了我的聚会。聚会上，人人对我赞誉有加，他们谈论所谓的奇迹，谈论我如何拯救了他们的生命。而现在，这样的场景只会让我想要尽快逃离。

我注视着乔伊斯林走上舞台。她弯下腰，拉一个小男孩爬上舞台。她直起身子，朝她的丈夫挥挥手。她的丈夫在人群中吹着口哨。

"难道这才是聚会的真正意义吗？"我说。

一年后，我收到汉娜的请帖，她要结婚了。劳丽脱不开身，但她觉得我应该去参加，代表我们肝移植项目组的全部成员。我说也许我会去，但之后，我便把请帖收起来，把参加婚礼的事情抛诸脑后。

汉娜寄给我一张照片。照片中的她穿着婚纱，看起来健康、强壮，强壮得好似刀枪也奈何不了她。为了庆祝第一个结婚纪念日，她和丈夫在家乡的教会做了洗礼。但几个月后，汉娜就去世了。

在家里，我对丽贝卡讲起汉娜的故事。她问我是否感觉难受。

"一定很难接受吧。"她说。

"不。"我说，"我还好。"

她呷了一口咖啡，然后放下杯子，注视着我。

"真的，"我说，"不然又能怎么样呢？我还能做些什么？"

那天晚上，我在一家殡仪馆的网站上找到汉娜的讣告。她是当地一家马术场的经理，她热爱她的工作。她擅长马术表演，并且前不久在一次全国性的比赛中获得预备赛的冠军。为她赢得该项目的是一匹佩尔什母马，名字叫"汉娜的风暴"。按照她父亲的意见，汉娜下葬时戴着一顶旧牛仔帽，穿着她最钟爱的连帽衫和一直陪伴她征战马场的皮套裤。"这样，她可以更舒服地骑马。"她的父亲如是说道。

许多年过去了，我再也没参加过聚会。自从那次周年纪念之后，我就不再参加这个聚会了。最近，我睡得越来越少。我常常天不亮就已经醒来，坐着翻看患者的影集，在一张张照片中寻找汉娜的身影。我一直想写关于汉娜和聚会的事情，我想弄明白，为什么长时间以来我一直逃避他们，为什么汉娜会成为我逃避的借口。我不断寻找她的照片、她的卡片，我总觉得，我忽略掉了故事之中至关重要的某个东西。

想到汉娜，有时候我会回忆起这样的场景。我在电视镜头前和州长一起做访谈节目，访谈内容是我们神奇的器官移植项目。汉娜也在现场，她坐在旁边，一只手拉着我的手，一只手举着手指画。我不记得她具体画了什么，只记得那幅画看起来像是被抹上芥末的餐巾。是的，我忽略的正是汉娜这个活生生的个人。我忽略了她，虽然我没有做出明显的嫌弃她的动作，但我却没有从镜头前转过脸，伸出手，接受她的礼物。我没有把她抱起来，告诉她，她的礼物对我而言是多么珍贵。

自愈肉毒杆菌

我努力摆脱对药物的依赖，这已经不是我第一次做这样的努力了。今天早上醒来，我的身体止不住地战抖，我的内心惶惶不安，仿佛即将发生不祥的事情。昨晚，我一觉睡了八个小时，没有做好梦，也没有做噩梦。

那么究竟为什么，我会有一种怅然若失，仿佛生命熬不过今日的感觉呢？为什么一想到咖啡，我便吓得失了魂似的？我喜欢咖啡。我睡觉时还在想象早晨起来的第一杯咖啡的醇美味道，仿佛闻到了咖啡的香味。

而现在早晨醒来，喝什么的问题却让我感到惊慌。我害怕即将发生的事情，我劝我自己说，我知道这是怎么一回事，一直以来都是如此，我只需要保持镇静，冲一壶咖啡，喝一杯或者两杯后，这种恐惧感便会消散。即便喝完咖啡这种恐惧没有消散，我不是还有赞安诺①吗？

早晨的《纽约时报》有一则关于2009年轮船劫持事件的报道，汤姆·汉克斯主演的那部电影就是改编自这一真实事件。好像他们在轮船

---
①赞安诺是一种治疗焦虑症的药物。

中发现了两名死者，死者的身份是海豹突击队队员。（更准确地说，是前海豹突击队队员。我猜他们应该经常锻炼，是浑身肌肉的大块头。）他们发现，其中一人脸朝上躺在地板上，圆睁的双目盯着天花板，手里拿着一只针筒。报道中说拿针筒的是左手，我好奇左手或右手到底有什么区别。

报道中还说，船舱中发现了海洛因。当时，船上的警卫队员请假上岸，去塞舌尔群岛狂欢了一整晚。有人说，他们回到船上时是早晨6点钟。其中一人的前妻和他们的多位朋友、邻居证实，两位死者遵纪守法，不可能吸毒。我只知道塞舌尔群岛在印度洋，但不知道它的具体位置。于是我用谷歌地图搜索群岛的位置，放大了港口的图像，试图推测他们死亡时轮船停泊的位置。

我无法想象自己在塞舌尔群岛通宵狂欢，而且我也不可能在其他任何地方通宵狂欢。我抬起头，目光从电脑屏幕上移开。我们租住在一幢位于加利福尼亚州斯廷森海滩的木屋里，我看到大海正在涨潮，窗外的海浪离我们的木屋越来越近。我忽然想起中午约了朋友吃午饭。不知道为什么，我忽然特别害怕沿着海滩走去那家我们最爱的餐馆。我内心里有什么地方不太对劲，让我如此惶惶不安。我真希望，我能克制住这种感觉。

在医学院读大一时，一天晚上，我中了肉毒杆菌的毒。这也不是我第一次得那么重的病了。

在我刚进入医学院的第一个月，我以为自己得了直肠癌。起初，我的肛门处轻度地发疼，感觉里面有一个比高尔夫球大、比柚子小，但好像和李子差不多大的东西。

疼痛每天早上会消失。早上起来时，我会对着镜子说："感谢上帝，终于结束了。"我经常睡过头，于是我试着一边刮胡子一边喝咖啡，但问题是，刮胡子时我嘴唇四周涂满了剃须膏，我想用吸管来解决这个难题，但是每次到餐厅，我都忘了拿吸管。

每天早上8点到中午，我们要一直坐在阶梯教室里。每天早上10点的时候，我已经喝完第三杯咖啡，头也已经开始捣蒜似的打起瞌睡来。每隔两个小时有一次休息，在大多数的休息时间里我也是在睡觉。到了午饭时间，我的屁股就开始隐隐作痛了。我知道，那不幸的消息早晚有一天会到来，一个人会告诉我说："这是癌症，你需要手术。"

我知道这样的手术意味着什么。与TJ搭档工作的每个夏天，我们都会碰到这样的手术。第一次和他做"那种"手术时，我还纳闷为什么他要把那个男人的双脚放进索蹬里，就像他们切除女人子宫时做的那样。他先从腹部入手，把结肠尽可能地往下拽。然后，他走到床脚，坐在一张带轮子的凳子上，把身体埋在男人的两腿之间。他割病人的肛门时，让我帮他拉好牵开器。我倚在患者的腿上，位置有一些偏，基本上看不清他的动作。就在这时，他又让我把手伸到患者的腹部。

"伸到下面去，抓住直肠。"他说。

下面一片黑暗。TJ把灯光调到了他的那一侧。我伸手去移动灯的位置。

"别动，"他说，"你用不着看清。抓着往外拽就行。"

我在下面摸索，手撞到一个金属的夹子。我抓住患者的直肠往外拽，这让我回想起，父亲带我去海边钓鱼，我抓到一只肥胖的水母时的情景。

我俯视直肠原本所在的位置，透过那个洞，我能看到的就只剩地板了。突然，TJ的脸从洞的另一头冒出来。他抬头看着我，挥了挥手。

过去我常常做噩梦，梦到我睡醒了，让人切除了我的直肠。有时候，噩梦的结局，便是我坠入了那个洞中。

最终，我还是去了学生健康服务中心。在那里，我碰到一个长得像埃里·瓦拉赫的医生，告诉他我直肠发痛的病情。我本来想告诉他，这一定是直肠癌。但是，我不想让他先入为主从而影响他的诊断。他要为我做乙状结肠镜检查,我以前见过患者做这种检查,需要用到一根和扫帚把一样粗的钢管子。直到这时我才意识道,肛门里长"李子"这种事情,不过是我杞人忧天罢了。做完检查后,他告诉我没有发现任何异常。我没有如释重负的感觉,只是觉得这般大惊小怪让人惭愧。

但肉毒杆菌中毒不能与之相提并论。如果中了这种毒,我也没时间担心手术是否有损形象,因为说不准,治疗不及时就死了。

大学一年级时,我和我的黑狗"影子",住在克利夫兰小意大利城的一所公寓里。公寓属于一对孀居的孪生姐妹,有烟灰色的外墙。每个月的最后一个周五,她们会请我上楼,用温热的茴香利口酒和意大利脆饼招待我,要我交房租。一连好几个月的时间里,与她们的接触是我在校外的唯一人际交往。

"交钱。"她们中的一位会叉腰站着说道。她们穿一模一样的黑色长裙,我从来分不清她们谁是姐姐、谁是妹妹。

我一般从附近的小店里买吃的东西。花上21、22美分,可以买到一磅招牌菜,花上18美分,可以买一磅鸡背肉。

一天夜里,我回家时所有的店铺已经关门了。当时是11月,夜色漆黑,天气寒冷,我也没有汽车。住所里只有一盒放在橱柜里的米粉,在冰箱里冻着的两罐啤酒和一盘吃剩的鸡背肉。我记不起来这盘鸡肉放了多久了。

鸡肉吃起来不太对劲,不过我没有太在意。我把鸡肉一扫而光,之后便坐下来看电视。"影子"在床上梳理毛发,我太累了,也没力气训斥它。这时,我的肚子开始咕噜咕噜地直叫唤。

那天,有一节课讲的是细菌毒素的药理学。细菌毒素这种令人讨厌的物质,会严重威胁人类的健康,甚至会把人拖入缓慢痛苦的死亡,比如破伤风。大学三年级时,我有一位同学,叫米克·海迪。他踩到了一根生锈的钉子，最后因为破伤风而去世了。肉毒杆菌中毒也和破伤风差不多，我回忆课上的内容，吃了变质的食物便有可能导致肉毒杆菌中毒。

我努力把注意力集中到电视上，"鹰眼"皮尔斯在对"性感红唇"霍莉安说俏皮话。这时，我的半边脸却失去了知觉。肉毒杆菌中毒会造成这种症状，老师在课上提到，肉毒杆菌中毒引起的瘫痪是先从眼部和脸部的肌肉开始的。

我向卧室看去，"影子"的尾巴从一只变成了两只。我站在卫生间里，想看看我的五官是不是塌了下来。我发现我的一只眼睛似乎比另一只睁得更大一些，虽然我一直都是如此，但这次好像比平常更夸张一些。我咧开嘴笑了笑，想看看两边的脸是不是同步。

我留意到，左边眉毛的肌肉有些抽搐。"这些可能都是肉毒杆菌中毒的征兆。"我看着渐渐不协调的五官，自言自语道。我脑海里浮现出即将出现的场景：呼吸艰难、步履蹒跚，接着就是全身性的迟缓性麻痹。如果不及时得到救助，我会眼睁睁地看着自己停止呼吸，直至窒息而死。

我牵着影子出去走走。落叶被风卷起，沿着路缘打在下水道的铁栅上啪啪直响。当时我想，要是戴顶帽子就好了。

寒风中，我的脸颊和双手被冻得麻木、无力。我觉得我一定是疯了才跑到外面来，但等我回到温暖的公寓，十分钟过去后，我仍然没有恢复知觉。这时我明白，该采取措施了。

电话里，急诊室的护士告诉我他们非常忙。

"没有救护车可以派出。你要等很久。也许你可以等忙过这一阵子后再过来。"

"大概半小时后？"我问。

"大概明天早上，亲爱的。"

挂下电话，我感觉情况更严重了。很快，我的双手开始痉挛，呼吸也越来越艰难。我感到头晕目眩。我想，我可能要失去意识了。

"影子"在卧室里爬上爬下。我听到它围着床转了一圈又一圈。终于，它停下来，发出一声低沉的呻吟。我关掉电视，坐在那里盯着我的书架。突然，我看到我那本戴维斯的《微生物学》。

我打开书，封皮发出吱呀的声音。书页虽然彼此粘连在一起，但十分干净。我读到肉毒芽孢杆菌那一章时，呼吸渐渐均匀起来，面部和手指的麻痛感也已经褪去。随着我继续阅读后面的内容，比如课本中的科学事实说明为什么我不可能是肉毒杆菌中毒时，我的心情愈加轻松愉悦起来。

"所有这些内容，可能都在课堂里讲过。"我想。

于是，我就这样痊愈了。至少这一次，不必再让"埃里·瓦拉赫"往我肛门里插金属管子了。

我曾如此接近死亡

为什么我之前从未觉察到呢？它很大。虽然没有高尔夫球那么大，但是也接近了。而且很硬。我感到一阵惊慌，好像喉咙被什么东西堵住了一样。我把头靠在淋浴间的瓷砖上。

温暖的水从我的后背流下，流过双腿之间，然后消失在排水口里。我想我一定是搞错了，腹股沟的这个又大又硬的肿块会自己消掉的。

我和14岁的儿子乔从汽车旅馆退房，然后驾车向东开了一个小时，穿过圆顶礁国家公园，到达汉克斯维尔，然后按照路标指示向南驶上土路，前往婚礼现场。新郎的父亲是肿瘤外科医生，我最好的朋友之一。不过，我没有和他说我的肿块的事情。婚礼结束后，乔和我驾车向南，来到水波褶皱①。我们在那里露营两天时间。有两次，我放弃了旅游

---

① 水波褶皱是圆顶礁国家公园内一段具有显著地形特征的绵延100英里的洼地，地质构造为典

指南上提示有潜在风险的远足路线，这样的谨慎态度在我身上还从来没有过，我只能向乔道歉。

"我也不知道为什么，但我有种预感，我们不应该走那条路。"我说。就这样，我们在比较保险的低地远足，错过了许多壮丽秀美的景色。夜里，我忍不住用手指摩挲肿块，估计它的大小。有时候，我似乎能感到它像长了触角一样，沿着静脉向我大腿更深层的身体组织中钻去。于是，我用手摸了摸它，提醒自己这只是错觉。这只是一块圆圆的肿块，实际上并不大。我想听着乔舒缓的呼吸入眠，我需要他的平静与安详，他的乐观与充满无限可能的未来。

我们自带了饮用水。虽然水还够用，但是第三天一早，我便对乔说，我们最好回到停车的地方。我们沿路穿过红岩峡谷，风景绝美得让人赞叹不已。我想停住脚步用相机留住这一切，但我还是打消了这个念头。我们中途只停下一次，给站在一块砂岩上的乔拍一张照片。砂岩上螺旋状的条状纹理看起来就像一只巨大的海螺壳，壳上的裂痕是它被时间撕裂的印记。

我有些神经过敏，执着于凡事做最坏的考虑。不过，假如你是医生，能运用专业、经验和常识，将不合理的因素排除出去，这样的执着反而可能是好事。

我认为，有些神经过敏，凡事做最坏的考虑，这两个品质使我成为更负责的医生。如果病人腹部疼痛，很可能只是吃坏了肚子、便秘、没有摄入足够的高纤维食物，或者患了流感。但如果让我来诊治，我会先确定病人是不是得了阑尾炎、憩室炎，胆囊结石、肾脏感染或者肺炎（这些都是常见的会造成腹部疼痛的病因）。出于凡事做最坏打算的原则，我必须考虑，病人是不是患了某种癌症，是不是胰腺感染，是不是中毒或者肠扭转（这些病因虽不常见，但是也不至于罕见）。总之，

型的单斜层构造，沿途风景瑰丽，尤其适合远足。

在我们获得更多信息之前，在我们做血液检测或拍 X 光片之前，病人不会希望我简单粗暴地把这些可能性给排除掉。

但可以肯定的是，病人也不希望我把问题考虑过于严重，比如诊断出他是全美国感染某种未知病毒的第二人，感染这种病毒的症状先是腹部疼痛，紧接着会发高烧、发疹并伴有腹泻，然后七窍出血、肺脏衰竭、心脏骤停，身边所有参与救治病患的人也会感染这种病毒，并最终以同样的方式死去。

凡事做最坏的考虑是否是一个不可思议的问题？我不这么认为，因为一切皆有可能。我需要做的就是将不可思议之事扼杀于未然，直至不可思议之事的可能性也逐渐降低。毕竟，在诊断病人病情这方面，我们担心的就是千虑一失。

万一错失更关键的诊断怎么办？所以，病人最好能碰到一位像我这样执着，凡事做最坏考虑的医生。

在我第一次感觉到腋下有新的肿块时，我忽视了它。虽然这并不容易，但我还是坚持住了。我没有理睬那个声音，虽然它不断告诉我这个肿块是在警示：我的癌症又要复发了，它要来取走我的性命，把我带入无尽的黑暗——频繁的化疗、骨髓移植、一波接着一波无法控制的感染，最终把我带入那不可避免的可怕结局——喉咙里插着管子，呼吸机在旁边发着死亡的嘶嘶声。

这个警示的声音就像艾米莉·狄金森①的苍蝇一样在我耳边徘徊。

就这样，在我登上飞机飞往犹他州之前，我一直没理睬那个肿块。我前往犹他州，是为了领一个奖，并计划做一个演讲。他们颁奖给我，是为了表彰在整个职业生涯中，我在所擅长的领域做出的贡献。在飞

---

① 艾米莉·狄金森（Emily Dickinson, 1830—1886 年）：美国著名女诗人。此处所说的艾米莉·迪金森的苍蝇，是她《我听到苍蝇的嗡嗡声——在我弥留之际》(*I heard a Fly Buzz—when I died*) 一诗中的意象。

去盐湖城的航班上，大约每过 10 分钟，我就要伸手摸一次腋下。肿块并不太大，我对自己说。它摸起来软软的，还可以用手移动，不像是癌症。癌症的肿块硬且无法移动，就像芒刺的倒钩一样结实地贴在附着物之上。

我回忆起 2002 年的一个晚上。那是三年前发生的事情了，当时我和乔正在露营。虽然那时我的担忧像疯狂的野兽一样四处乱窜，但我尚能设法控制住它。露营地上方的夜空如同深渊，里面缀满繁星。我一边躺着凝视着这深渊，一边尽可能控制自己，不去摩挲身上的肿块。

尽管种种迹象表面，与 2002 年相比，这次的肿块不可能带来严重的问题，但飞机降落在盐湖城时，我的内心仍然充满恐惧。等我收拾好滑雪板，租到一辆森林绿的越野车时，时间已经过了午夜。我看向窗外，雪花随意飘落下来，我确信这将是我最后一次出远门。

我从距离起点 600 英里远的南出口下了 I-80 号州际高速公路，接着向东行驶，穿过闹市区。积雪融化后的路面泥泞湿滑，街道上空无一人。走过三个街区后，我不得不重重地踩下刹车，等一位穿深蓝色连帽衫的男人踉跄地穿过马路。在距离州际高速起点 700 英里的地方，我打转向灯准备左转，但一个开福特野马的蠢货闯红灯，他发现我已经在十字路口等待转向，结果他一个急转弯，撞在有轨电车广场对面的路沿上。

我从后视镜里看到，他倒车后朝着来时的方向走了。我到达南寺庙时雪花像柳絮一样在空中飘舞，我又不得不等待，等待一个遛狗的男人缓缓通过。这个男人穿着乐福鞋，裹着羊毛大衣，戴着绒毛耳套。狗的四条腿埋在雪里，看起来仿佛飘浮在地面上一样。

我确信，这一切并不是巧合。这些小事全都是预兆，预示着我的癌症将要复发，我将不久于人世，而且在死之前，我必定还要经历无法想象的痛苦。我来到朋友的家，从车库悄悄走进客房，衣服也没脱，便躺在床上睡下了。我数着自己的呼吸，调整着心跳的节奏，在对过往的缅怀、对即将不久于人世的悲悼中睡去。

我参加荣誉晚宴，接受了颁奖。整个过程中，我保持微笑，表现出十分兴奋的样子。第二天，我与朋友去滑雪。在山上，我看到自己在没膝深的积雪上滑翔，我意识到以前我从来没有这样熟练。我感到前所未有的自由带来的感受，感到生命力的旺盛。在我心里，这也是一种死亡的预兆。按照原计划，克丽丝和我们的女儿纳塔莉要乘飞机过来，和我一起度过这周余下的日子。但是我不知道我如何能继续忍受待在这里，那天晚上，我拨通家里的电话，告诉克丽丝我想回家。

"我很担心。"我说，并解释了肿块的事情。

她说也好，反正纳塔莉也发烧了。"最近恶性流感传播得厉害。"她说。

我挂断电话，又打给了我的肿瘤医生。他在上海，不过，两天内他去里昂时会经过奥马哈，到时候可以来看我。几天后，我做了活检，他恰好也从里昂打来电话，告诉我什么问题也没有。

"只不过是脂肪浸润，"他说，"这种情况很常见。"

我挂断电话，只能走一步看一步了。

我本应该高兴得涕泪交加，但为什么我却哭不出来？为什么我一点感觉也没有。

我试图忘记曾经如此接近死亡这件事。毕竟，人战胜不了假想中的敌人。但这时，纳塔莉走进来，给我看她手里的血。女儿咳出了一块看得见、摸得着的东西，那是一块指甲盖大小的血块。

炸香烟

在母亲患癌症之前，父亲就已经与香烟势不两立了。他在教堂和学校里做禁烟宣讲。他到我的学校播放短片。在一部短片里,可以看到一个可以抽烟的机器,实验员用它来收集烟雾,并从中提取出棕色的烟焦油。一个人从笼子里拿出一只老鼠,用滴管把烟焦油喂给老鼠。老鼠摄入烟焦油后会疯狂地扭动身体,然后死去。老鼠死去后,那个做实验的人便把它丢到玻璃烧杯里。

在另一部短片里,一些穿着白大褂的医生将烟焦油涂抹在老鼠的后背上,一段时间后,这些老鼠便全身长满了恶心的疣状肿块。父亲说那是肿瘤,这些长出肿瘤的老鼠很快就会死去。

在家时,父亲成天埋怨母亲抽烟。他抱怨说,母亲一天能抽两包烟,有时候甚至三包,如果不戒掉,母亲早晚会因为烟而死去。母亲从来不看那些短片,也从不参加为肺癌协会募捐而举办的煎饼早餐会。即便在她已经患癌的那一年,我为了准备煎饼早餐会而熬了一整夜的时候,她也不参加。

我母亲总是说,外婆金尼尔抽了一辈子的烟,现在仍然健在。姨妈弗兰也抽了一辈子的烟,现在也没有患癌症,"那你爸呢?"每当母亲反驳时,父亲便会提到外祖父。他也抽了一辈子的烟,结果在父母婚礼的前几天因癌症去世了。

斯特普尔顿先生在北街开了一家杂货店。我们常常用修剪草坪、除草等杂活挣来的钱在他店里买汽水、糖果之类的东西。在看到抽烟和老鼠死亡实验的短片后,我开始买香烟炸弹。

香烟炸弹的大小和细长的米粒差不多,外面用白色的薄纸包裹着,里面是弹药。斯特普尔顿先生的香烟炸弹装在红白相间的金属盒子里,一盒十支,卖二角五美分。

我琢磨着可以在母亲的香烟里塞香烟炸弹,一盒烟里只塞几支香烟,这样她永远也猜不出哪一支会爆炸,什么时候会爆炸。多吓她几次,也许她就可以完全戒烟了。我总是能找到母亲随便放着的烟,每次我都在四五支香烟里塞上香烟炸弹。我用牙签把炸弹一直塞到香烟的最里边，这样她永远也不知道哪支烟会抽着抽着就爆炸了。

那年的2月份，我在生日的那一天收到一份礼物，一顶三角形的小帐篷。有时候在周六，父亲和我会在客厅里支起帐篷，我的小伙伴吉姆和特迪也会过来，我们一起睡在帐篷里。在夏天，大多数时候，我都把帐篷支在院子里，也就是屋前车道上，正对着厨房窗户的地方。每次往母亲的香烟里塞炸弹后，我们会立刻跑到厨房的窗户下。虽然天气炎热，我们还是耐心地等待着，拿一副破旧的牌玩游戏。听到"砰"的一声响，我们便会大笑着跑进车库。母亲气坏了。有一次，香烟炸弹爆炸后还把她在医院上班时穿的灰色长裙烧了一个洞。还有一次，香烟炸弹伤到了她的眼睛。我们以为她要因为那次事件而戒烟，但可惜的是，她从来没有戒过。

我已经忘记那年国庆节放烟花时的情景，我只记得8天后，母亲去世了。母亲去世前在医院住了几天，所以我猜测，她也没看到烟花是什么样子的吧！不仅是烟花，在那一个星期里，她也很难再看见别的什么东西。虽然烟花在华盛顿也并不是什么稀罕物，但它毕竟仍然让人挂怀。但愿我永远也不会忘记她坐在艾曼公园的躺椅上，等待国庆节庆祝开始的场景：她挥手拍打蚊子，等着最庄严时刻的到来。终于，美国国旗缓缓升起，我们全体起立，合唱国歌。

母亲被从家里带去医院那天，我吃过午饭便去了市游泳馆。我坐在贝蒂，以及她的朋友旁边。不知不觉，我便趴在她身旁，把胳膊揽在她腰上。没一会儿，我便勃起得相当明显了。她说可以去游泳了，说完便翻过身子，起身朝泳池走去。

那时候，我们流行穿超级紧身泳裤，所以我还不能翻身，如果翻身，大家肯定能看得到我勃起的样子，那么这将成为我整个夏天，甚至整年里最糟糕的经历。

贝蒂站在深水区的边缘,转身看我为什么还没有跟上她。"快点儿!"她手一挥,大声命令我。

"马上就来!"我也大声回她,但仍然保持着趴着的姿势。情况一点也没见好转,于是我只得翻过身子,把浴巾拉上来,盖在身上。我站起来,用浴巾裹着我的大腿。她看起来很生气。我不想惹她生气,想采取措施,把注意力从她的身上转移。于是,我回想起母亲踩在地毯上那一摊污物上的情景,那块地毯是新的,颜色像知更鸟的蛋。

我回家的时候,看到家门前停着一辆救护车。两个人抬着一张担架,站在门廊前。他们穿着全白的制服,等着即将发生的一幕。

父亲走到门前,把门打开用手抵着。他们抬着担架进了屋子。我知道,他们是来带走母亲的。父亲走到房前,朝司机挥了挥手。他没有看我,我也不确定他知不知道我回来了。救护车在倒车,先是倒到路沿上,最后倒进院子里。先前修剪草坪时剪下的草铺了厚厚一层,沾在了救护车的轮胎上。我不知道父亲会不会注意,我没有把草坪整理干净。

母亲被抬出屋子时闭着眼睛,但并没有睡着。她看起来感觉很冷,把盖在身上的蓝色绒毯一直拉到下巴上。穿着白色制服的工作人员在前廊停下,他们互相看了一眼,其中一人说了句什么。他们想把推车抬下楼梯,但是其中一只轮子被卡住了。我以为他们要绊倒了,但这时父亲大叫一声,及时地抓住了倾斜的那一侧。母亲想站起来,她把手从毯子下伸出来,紧紧抓住父亲的手腕。

他们费了大力气才把轮子从厚厚的草坪上推到救护车跟前,把担架放到地面。他们抬起推车,把它滑进救护车的车厢时,草像雨点一样从推车下面纷纷落下,飘进他们的白色裤子和鞋子里。每次推车的颠簸和停留都让母亲吓得直哆嗦。推车进入救护车后,母亲把毯子拉上去,盖到她的嘴上。她的嘴唇发紫,比毯子的颜色还要深。就在他们关上车厢门的一瞬间,我看到了她光秃秃的头上黄得发亮的皮肤。父亲朝他的汽车走去,救护车颠簸着开下路沿。母亲躺在救护车的车厢里,独自一人。

天有不测风云

哈丁先生穿戴一新,准备出院。他拥抱所有的护士。他的笑容无疑是个奇迹,我也没想到会有这一天。他刚被送来时已经奄奄一息,移植手术的过程中失血非常严重,手术后的恢复期也十分漫长。他的病情比大多数需要做移植的患者严重,但现在,他要回家了。

当然,他并不是回真正的家。他还要在城里生活几周时间,方便我们跟踪他的情况。即便遭遇不测,他也来得及送医院救治。

当时我们正在执行早晨的巡房任务,他看见我和团队成员在一起,就大声叫着我的名字。他从走廊里朝我走过来时,每个人都转脸朝他望去。突然,他停住脚步,张开手臂低下头,接着身子一软瘫倒在地。他倒下得那么突然,如同被剪断了线的木偶一样。

我把他放平躺在地板上时,看到他已经口吐鲜血了。血的颜色浅红,看样子是新鲜的,而不像体内漏出许多血时呈现出的深红色。一定是某个地方破裂了。他的腹部看起来绷得鼓鼓的,颈部也摸不到脉搏。

住院医师开始按压哈丁的胸部,其他人马上去拿氧气和复苏囊。我蠕动着手指,伸进他的皮肤切口内。切口还没愈合完全,再加上为了对付排异反应,我们为他注射了很多的泼尼松,所以我用手指在切口上下一拉,便毫不费力地撕开了切口。

缝合肌肉的蓝色整形外科用缝合线断开了,他的腹部裂开,腹内一股鲜血喷涌而出。我把手塞进去,伸到他肝脏下缘与动脉相接的地方。我能感受到血液正迅速地、源源不断地涌出来。

"该死！动脉破裂了，"我说，"谁去推个推车过来。"

有人推来了急救推车。

"你们谁会插管？"

没人回答。

"你！"我指着其中一个可能是医学生的人说，"过来，帮我抓着这个。"

他走到我对面，跪在地上。有人递给他一副手套，但是他戴不进去。可以看出，这种场面，他肯定撑不下去。但就在这时，我感到一阵不同于住院医师的按压节奏的脉搏。

"有脉搏了，"我说，"别按了。"

我让住院医师先为哈丁食用复苏囊，看看他的呼吸会不会变强。之后，哈丁的呼吸果然变强了。截至到目前，我已经控制了哈丁的失血问题，他的脉搏有了跳动，也恢复了呼吸。

"给手术室打电话，"我说，"告诉他们，我们马上就到，不管他们有没有准备好。"

接在哈丁新肝脏上的那根动脉感染破裂了。我在其他部位取了一段动脉，绕过感染的部分，并希望抗生素可以杀灭这一区域内余下的病菌。哈丁先生熬过了那天的手术。两周之后，他再次准备出院。他预定出院的前一晚，我在走廊里碰到他。

"明天还有惊喜吗？"我说。

"我希望别再有了，医生。相信我，我已经受够惊喜了。"

我与他握手，祝他好运，以免第二天早上再碰到他。我准备走开时，他拦住了我。"医生，说实话，我胸口左侧疼得很奇怪，"他说，"有没有必要为这个担心呢？"

"怎么个奇怪法？"

"这个，我也说不上来。"他掀起衬衫，指着左侧胸腔乳头以下的部位说。"有点像针扎似的，尤其是当我咳嗽的时候。"

我把手指放在他胸口的肋骨上，轻轻地按了一下。我一根根肋骨按下去，突然，一根肋骨陷了进去。他尖叫一声，差点倒在地上。我扶着他，转脸看看周围有没有人可以帮忙。

我轻轻一按，竟然弄断了他一根肋骨。或者说，那根肋骨本来就是断的。我无法确定到底是哪一种情况。我们把他扶到病房，让他吃了止痛药。我告诉他，过一两天他就会感觉好很多。但两天后，护士发现他死在了病床上。

他一直没发热，而且由于他因肋部疼痛呼吸不深，我们以为感染是在肺部。但是我们错了，在上次破裂过的动脉旁边的一根动脉也感染破裂了。断掉的肋骨和止痛药都是次要的问题，他是在睡梦中因失血过多而死。

我的肿瘤医生告诉我，我的癌症没有复发。仅仅 1 小时后，我 16 岁的女儿咳出了血。

"这正常吗？"她问。她的手里拿着纸巾，纸巾上有一团带血的痰。

我正趴在桌子上，给一位朋友写电子邮件，告诉他我暂时还不会死。这时，我的女儿跑过来，说她一直咳嗽得厉害，胸口疼，感觉乏力。

"还有，我总是止不住地发抖。"她说。急诊室的医生给我看了她的 X 光片，他告诉我，扩散十分严重。

"小孩子的肺炎这么严重，这还真不常见。"他说。

他看起来有些紧张，也许因为我是他的科室主任的缘故。但是，当时我担心的是，他没有完全告诉我实情。他给我们开了一些抗生素，叮嘱我们，如果病情变重或没有好转的话再来医院诊断。我们是在周六晚上到医院做的诊断，周一，我在门诊坐诊时接到电话，一位护士告诉我，纳塔莉感染了 MRSA（耐甲氧西林金黄色葡萄球菌），情况很严重，好在她现在正在服用的药物对这种细菌有作用。

"病情还算是在控制之中。"她说。

几天后,另一位医生打电话给我,说他认为纳塔莉应该接受静脉抗生素注射。我说,她看起来恢复得不错。

"可能吧,"他说,"但MRSA的标准治疗方法要求对患者使用静脉抗生素注射。"

那天下午,我们等了半天,等人为纳塔莉插静脉留置针。等待期间,我想如果他们给我一间手术室,一个荧光镜,再给她做好局部麻醉,不用10分钟,我就可以为女儿插好静脉留置针。他们安排一名家庭护士每天检查纳塔莉的病情。于是,当天晚上我们便回家了。

早上,我为纳塔莉配好了静脉抗生素注射的剂量。5点钟开始注射,一个多小时才结束。她穿好衣服后,母亲送她去学校。第一天下午,我早早回家,发现她已经躺在沙发上,上门的家庭护士正在检查她的静脉留置针,又给她注射了一剂抗生素。她检查了纳塔莉的血压和脉搏,记录在病历本上,又问她现在感觉如何。

"还不错。"纳塔莉说。

我凑近查看她的情况,发现她的嘴唇有点发乌,身子似乎也在打战。我问护士,纳塔莉的体温是多少。她说她还没量。

"血压呢?"

"58。"她看了一眼记录,然后说道。

"什么?"

"58,"她说,"也许我可以再测一下。"

这一次,她告诉我纳塔莉的血压是59。

"你的血压平时也这么低吗?"她问纳塔莉。

这时,我已经接通急诊室的电话,告诉值班医生,我马上带我的女儿过来,她出现了败血性休克的症状。坐在车上,纳塔莉说,她在学校里一整天都觉得没力气。

第 5 章 好时光，坏时光

"我连上一层楼梯都很困难。每上一层，我就要在楼梯口歇一歇，"她说，"我有好几节课都迟到了。"

到医院后，我们给纳塔莉补充了五六升的静脉注射液，几小时后，纳塔莉的血压才恢复到 100 以上。胸部 X 光片的检查结果显示，她的肺炎进一步恶化。我给一位我最欣赏的传染病医生打电话，手术室的护士则给一位胸外科医生打电话。他们提出了一套治疗方案，等她病情不会严重到有生命危险时，便立刻安排她住进了医院。

她的病房是新建的。在对外宣传中，医院称之为一般重症监护室，介于普通病房与重症监护室之间。这里的护士也大多是新招聘的，她们每个人都热情洋溢，充满欢乐。

我十分担心女儿的病情，一步也不愿意离开她的病房。我坐在那里，盯着那些监测设备，时刻警惕不良指标的出现，同时努力不让纳塔莉察觉到我的担忧。

我既是她的父亲，同时也是一名医生，我尽力不发表意见，以免干扰其他医生的治疗。她躺在病房里看一部关于少女与骏马的电影，她看着看着就睡着了。

大约午夜时，纳塔莉的脉搏突然增至 1 分钟 140 次以上。她呼吸急促，一下子醒了。我呼叫护士过来，她又检测了一遍纳塔莉的各项重要生理指标，然后一句话没说便离开了房间。大概 10 分钟后，我再也受不了就这样焦虑地坐着而什么都干不了，于是我起身，在护士休息室里找到那名护士。她当时正在网购。

"你好！"我说。

她抬起头，给我一个微笑。

"她血压没问题吧？"我问。

"谁的血压？"

"纳塔莉，"我说，"709 号房的患者。"

203

"我看一下。"

她找到病历本，告诉我她的血压是75。"这是我测过的血压中数值最低的。"她说。

我对她解释说，纳塔莉是因为败血性休克而住院，这个血压值表明，她的病情加重了。

"我给她注射了医生开的抗生素，除此之外，我还能做什么？"她合上病历本，倚着椅背，歪着头看着我。

"你去把医生找来，纳塔莉需要输液。需要马上输液。可能需要输很多液。"

"我尽量。"她说。

我向她道谢，然后回到709号病房。15分钟过去了，纳塔莉的心跳速率升到了1分钟160次以上。在我看来，她的呼吸好像更短促了，一说话便喘不过气。

"我会死吗？"她问。

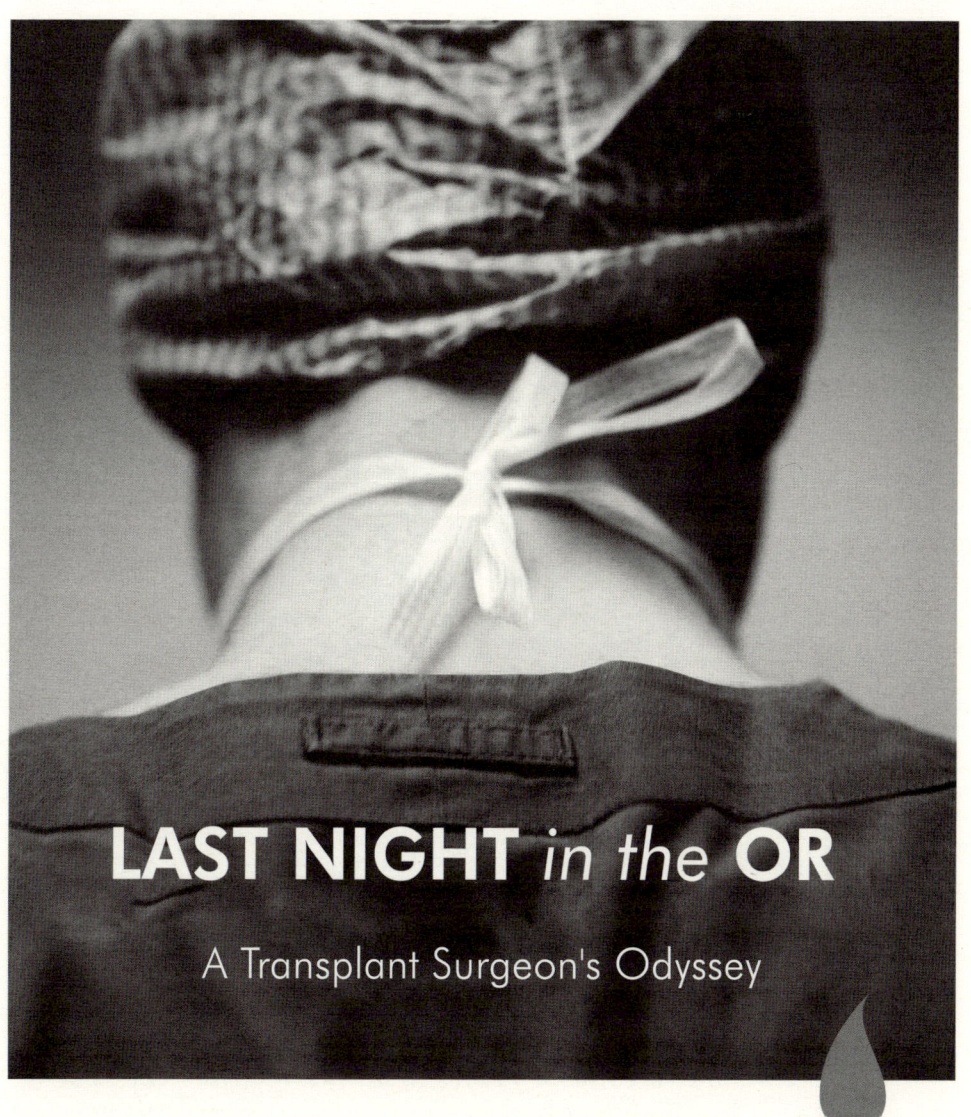

第 6 章

回忆命运的瞬间

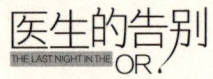

> 死亡是人类无可逃脱的宿命，以死亡落幕，人生似乎注定是场悲剧；但也因为人终有一死，我与亲人、我与手术室的琐碎日常才在回忆中变得弥足珍贵。

所谓掌控能力，只是生存的幻觉

我是优秀的外科医生，在我医学生涯的巅峰期，我自认为我的手术技艺比其他和我一同培训的医生高出许多。无论过去还是现在，这是否是事实并不重要，唯一重要的，是我相信自己最优秀的信念。正是凭借这种信念，我才能熬过那些几乎不可能完成的手术；也是凭借这种信念，我才能培训出新人，让他们做到同样的事情。我坚持己见，制定了有利于肝移植手术的工作流程。在适当的时候，如果流程确实有改善的必要，我也会在深思熟虑、纵观全局的基础上改变其中某些步骤。

我从不畏惧改变，但为了保持高标准，改变必须建立在细致的经验总结的基础上，而不是凭一时的心血来潮。就我对其他外科医生的了解而言，这也没什么特别的。手术室是我们的封地，是生活中我们唯一可以唯我独尊的地方。在这里，我们运筹帷幄，决战沙场，被赋予绝对的决断权。作为交换，我们唯一需要贡献的就是战场上的胜利。

而取胜的关键是我们走上手术台，运用这种可怕的权力时，能做到胸有成竹、张弛有度。

我一直相信，我是优秀的器官移植外科医生。这是因为即便在手术后，我对病人病情的担心也不会比手术中减少一分。凡事做最坏的考虑，是我永远不会放下的执念。

在做器官移植手术时，医生需要学会怀疑，因为任何症状都可能是死亡的预兆。你必须竭尽全力，防患于未然，寻找任何可能杀害病人的征兆。

最坏的考虑在患者身上应验的情况越多，用快速的应对措施及时挽救患者性命的次数越多，你就越能感觉到自己的智慧和强大。医生必须不断地向自己灌输信念，确信自己可以解决任何疑难杂症，掌控一切局面。医生敢于采取激进的措施，是出于对潜在风险的考虑，更是凭借他过人的智慧。

一般来说，这种方法都会成功。如果失败了，比如在我竭尽全力却仍然没能挽救患者的生命时，我常常会将其归结于外在的原因。至少在我的个人手术总结中，我会这样做。只有这样，我才可以摆脱心理包袱，继续保持我无所不能的信念，因为这种信念对我而言不可或缺。

然而，近些日子以来，我却发现自己什么也掌控不了。在现实世界中，我还没有找到有什么东西可以取代手术带给我的成就感。自从我彻底放下手术刀后，多年以来，无论朋友或同事，导师或以前的学生，他们一直会问我是否怀念在手术室的工作。而我总是很艰难地给他们一个诚实的答案。

我告诉他们，我怀念手术室带给我的成就感，我怀念当一场漫长的"硬战"结束，我们全身染满鲜血时，患者幸存下来带给我们的兴奋、甚至狂喜。我的回答常常换来他们会意的点头。

我告诉他们，我怀念用双手创造奇迹带来的快感。大概10年前，

医生的告别
THE LAST NIGHT IN THE OR.

我亲手制造了一只木皮划艇，这很有趣。但比起为患者植入新肝脏，看到放开止血钳后新的肝脏因充盈鲜血而变得粉红，并开始分泌金黄的胆汁，任何快感都不足以与之相提并论。听到这里，人们会心一笑。手术中任何一个成功的细节都会给我们带来成就感，就像人们去听音乐会时不会错过一个小小的音符。

我告诉他们，我也怀念我们的战友情。我怀念我们作为一个团队时，齐心协力地完成近乎不可能完成的事情。作为纯技术人员，医生需要并肩作战。说到这里，我往往会被人们的议论打断，有人笑着摇摇头，仿佛在说，"真是这样就好了"，或者"我工作的手术室为什么不是这样"。

于是我也开始回想起，这样诸事顺利的情况确实十分罕见。往往到了这个时候，我便打住，不再说下去。既然这是他们希望听到的答案，我也就没有说下去的必要了。继续说下去，只是自讨没趣而已。虽然我知道，这既非事实的全部，也非事实的根本。

2005年，我不想再值夜班，因此也不再亲自接手术。但除此之外，我仍是全职的外科医生，定期做手术，完成定量的巡房任务。在我作为科室主任的12年里，那已是我的第9个年头。此外，我还在着手推进一项软件项目的研发工作。

这一年冬天的最后一周，我的大部分时间是在女儿的病房里度过的。我确定，如果我离开，肯定会有不好的事发生。

女儿住院的第一天夜里，我在病房里陪她。就在那天夜里，护士没意识到纳塔莉会再次进入败血性休克状态，并需要急救。我真不敢想象，假如我当晚回家休息，会有怎样的事情发生。几天后，我仅仅离开了一会儿，回家洗了个澡，换了身新衣服，吃了一顿像样的午饭，结果他们便为她的静脉注射了超大剂量的丙氯拉嗪①，造成她在接下来的两天里，大部分时间处于意识模糊的状态。

---

① 丙氯拉嗪用于恶心和眩晕的止吐治疗。它也是一种高效的典型抗精神病药，用于治疗偏头痛。

纳塔莉遭此苦难，是对我离开的惩罚。另一次，我离开了 20 分钟，回办公室去签一些早该处理的文件，结果他们在扶她下床时，不小心弄掉了她身上一根关键的静脉留置针，于是不得不把她送到放射科，让她在同意书上签字。这就是我离开的代价。

好在纳塔莉最终恢复健康，出了院。她错过了游泳比赛的决赛，上了电视采访。在患金黄色葡萄球菌感染的病人中，只有极少数的人活了下来，幸运的是，她是其中之一。我确信，正是我的陪护挽救了她的性命。那几周内发生的一切事情，更加强化了我的信念，即只要我愿意，我就可以像往常一样拯救病人的命运。

5 月份，纳塔莉高中毕业，作为奖励，我带她到加拿大的魁北克练习骑马。8 月份，克丽丝和我送她到大学报到。随后，我们两人开了 12 个小时的车回家，一路无话。我们各自努力，尝试接受这种新的变化。几周后，我们与朋友骑自行车从布达佩斯出发，经过斯洛伐克，抵达波兰，游历奥斯维辛，爱上克拉科夫。我们在俄亥俄州与家人一起度过传统的感恩节，又在内布拉斯加州与从大学放假回来的孩子一起庆祝圣诞。除了享受健康生活的奇妙，处理大学教职的日常事务，我很少过问其他事。

2006 年 1 月，一个周日午后，我在奥马哈的家里工作，准备即将要做的报告。当时，书房里的电视上正在播放匹兹堡钢人队和印第安纳波利斯小马队的比赛，从听到的战况来看，钢人队比分领先。我估计写完报告后第四节才刚开始不久，那时还来得及躺到沙发上欣赏第四节的比赛。如果那时比分不够胶着的话，我也可以骑自行车出去转转。这是一个不错的计划。

这时，我突然感到一阵无由而来的焦虑。我停下笔，做了几次深呼吸。我把了把手腕处的脉搏，跳得很快。我感到有点头晕眼花，我站起来，发现双腿发软。我挪到起居室，坐在沙发上。我已经搞不清楚比赛进行到什么状况了。也许中风了,我想。也有可能是脑瘤或者脑动脉瘤破裂,也许第四节比赛还没开始,我就已经成为器官捐献者的一员。

我知道,这都是我的胡思乱想。我照着镜子,想笑我自己,想让自己放松下来,就此打住。我看到了妻子,告诉她,我感觉怪怪的。"怎么个奇怪法?"她问。我说不上来。现在虽然是1月,但是窗外阳光明媚,气温也有十五六摄氏度,所以我想,不如骑自行车兜兜风,这可以帮我放松一下。

骑过几个街区后,我明白我犯了错误。死亡的念头萦绕在我心头,无论看见什么,感觉到什么,都让我惶恐不安。我讨厌阳光,天气暖和得反常,让我怕得发抖。一位身材匀称的年轻女人穿着短裤和比基尼上衣慢慢跑过,这是预兆,预示着世界末日即将来临,即便不是她或别人的末日,也一定是我的末日。我生命中所做的一切都变得毫无意义。而现在,我是这末日降临的唯一知情人。

我掉转方向,骑车回家,直接奔到卧室,爬到床上,盖起毯子。我冻得瑟瑟发抖。我用毯子蒙着头,世界顿时陷入了黑暗。我侧着身子,双膝蜷起贴在胸口上,我弯着脖子,让毯子变成帐篷,留出呼吸的空间。在我感到越来越窒息的时候,我把头伸到毯子外,大口大口呼吸空气。

几天后,我又经历了一遍这样的痛苦。我感到震惊,因为它的到来毫无缘由,事先我一点也没感到压力,也没有任何可担心的事情。接下来的一周,我又经历了四五次这样的情况。

我感到身子发冷,双腿发软,与任何事、任何人接触的念头都让我感到无比恐惧。如果病情发作时正在上班,我会关上门,拉下百叶窗,让其他人不要打扰我。我躺在沙发上,用厚外套蒙着头,身体不住地发抖,直到我不知不觉睡去。醒来意识到这次发作已经过去时,我便会感到无比欣喜。

我不知道该怎么办。我纳闷自己是不是得了内分泌障碍。可能是甲状腺的问题，我想。也可能是我得了某种奇怪的肿瘤，会分泌一种让我产生这种感觉的物质。有几次我感到眩晕的时候，我担心是不是我的大脑出了问题。

于是我打电话给神经内科主任，咨询他的意见。他让我做了脑部核磁共振，抽了一些血，然后写了一段诊疗意见，说他担心我脑部的淋巴瘤会复发。但各项检查的结果表明一切正常，他也不知道该建议我怎么做了。我想，也许我该看精神科的医生，不过我却不想对他提起这事。

最终，一位朋友告诉我，我患有焦虑性障碍。他还坦诚地告诉我，他曾经也陷入这样的困扰，这让我有些始料未及。我服用了小剂量的赞安诺或氯羟安定，大多数情况下，治疗可以帮助我控制病情，偶尔还会有些突破性的进展。我从不在服用镇静剂后做手术，哪怕剂量再小也不行。有好几次，我取消了安排好的手术，或者请同事代我做手术。实际上我知道，即使我做手术也不会出任何问题，但是万一呢？我不愿冒这种风险，哪怕风险再低也不行。

我开始渐渐好奇，所谓掌控局面的能力，是否只是我为了生存而制造的幻觉。即便这种能力的确只是我的幻觉，但这种相信有人会因为我不在现场做决定而丧生的信念对我而言也是无比珍贵。哪怕这么多年来，它最终不过是我堂吉诃德式的性格的映射。毕竟，我的天性就是如此。

一个医生、四间手术室、四台手术

我记得清清楚楚，他事先并没有提过急诊创伤团队的事。但现在，作为主治医师（按住院医师的说法，是作为真正的外科医生），我第一天上班时，科室主任却递给我一份普外科和急诊创伤的值班表。

"这是什么？"我问。

"值班表啊，"他说，"这个月比较轻松。"

我争辩说，我大部分时间要值一整夜的班，不应该再把我编入急诊创伤团队。但科室主任说，急诊创伤团队的活很轻松，再说值夜班也没什么事情。

"没什么大不了的，"他说，"这个工作不像你在达拉斯或休斯敦时那样辛苦。"

我感觉我被算计了。

"之前我们谈这些事时，"我说，"你怎么从没提过急诊创伤团队。"

之后，我坐在办公室考虑再三。眼前这段时间不会有太多工作要做，现在我们还不忙，而且截至到目前为止，器官移植的候选名单上连一位病人还没有。

当天晚些时候，我对我的搭档说起急诊创伤团队的事。他似乎很高兴，可能是觉得在这漫长的等待供体的过程中，终于有事可做了。这也算是一种调节吧！

"急诊也挺有意思的。"他说。

我瞪大眼睛，颇为吃惊。我讨厌急诊。

"我敢肯定，一旦忙起来了，他就会放过我们，不用值班了。"他说。

但事实并不像他想得那样。不止一次，我不眠不休值了三十多个小时的班后，终于可以松一口气时，却在回家的路上接到呼叫，让我去急诊室。

我们要完成的移植手术越繁重，我的怨恨就变得越强烈。我再次找到科室主任，和他谈急诊创伤团队的事，结果我却自己承认急诊创伤的工作相当清闲，并没有耽误到我们的移植手术，于是我狼狈地败下阵来。

那时，我刚学会走路的儿子的手被家里前门的把手夹伤了。克丽丝在我上班时打来电话，告诉我儿子中指的指头差不多已经断了，只剩下一块皮连着了。当时我在做一例肝移植手术，手术正进行到收尾阶段。我让她先带儿子去急诊室，我会尽快到那里与她会合。

几分钟后，当值的器官捐献协调员打来电话，说他们找到了一位愿意捐献器官的人，他现在到医院了。

"我们想尽快进手术室，"他说，"病人的家人已经同意捐献器官，小孩子的情况非常不稳定，你能不能抽出时间，尽快赶来做摘取器官的手术？"

"我还要一小时才能过去。"我看了下表，告诉他。

"没问题。"他说。

我让手术室的护士打电话给接受本次肝移植的受体，更新下一个受体的家庭信息，再看一下我的妻子有没有带着儿子到急诊室来。

接着，更复杂的情况出现了。

外科住院总医师来到手术室，向我汇报一个病人的情况。病人是一位83岁的老人，患有憩室炎，结肠穿孔。

"你打算怎么办？"我正在缝接病人的胆管，头也不抬地问道。

"我认为昨天就应该给他做手术了。"

我解释了我的处境，让他去找到普外科的医生帮忙。

"我考虑到了你手术繁忙的情况，所以我已经找过他们了，但是没人接我的呼叫。"

我让他打电话给科室主任。

"他出差了，老兄。"

无奈之下，我只得让他先把老人推到手术室，再想办法。

最终，我在三个手术室之间来回周旋，确保每个手术的关键时刻我都在场。我马上要完成那台肝移植手术时，同事把我儿子推进了第四间手术室，我看着他们把他抱上手术台。

他一动不动,左手上插着一根静脉留置针。我走过去,看看能不能安慰他一下,告诉他没什么大碍。但是他闭着的小眼睛,已经失去知觉。我摸了摸他的额头,测了一下他的体温。

"应该没什么问题。"有人说。我转过头去,看到整形外科医生正在戴他的头戴式放大镜。"对小孩子而言,这种伤恢复得特别快。他会恢复得和受伤之前一样。"

我走去隔壁,观察结肠穿孔的老人的病情是否稳定,顺便和住院总医师探讨如何为这位老人展开治疗。我四处看了看,了解他的治疗计划。

"我就在隔壁做肝移植供体手术,你一旦准备开始手术就通知我。"

"好的,"他说,"不过,我觉得应该事先给您说一声,我刚刚接到急诊室的呼叫。他们接收了一位14岁的孩子,阑尾穿孔。"

"让小儿科的医生处理这个病人吧。"我说。

"不行,"他说,"孩子超过年龄限制了。"

"什么年龄限制?"我问。

"医院有规定,14岁以上的患者送到普外科。"他说。

"阑尾穿孔的孩子到手术室后再通知我,我要开始做肝移植供体手术了。"

在肝移植供体手术室里,手术台上躺着一个年龄和我儿子一样大的小男孩,他有一头金黄色的头发,一张粉嫩的脸庞,以及一双乌黑的眼珠、破损的头盖骨。

突然,我感觉躺在手术台的小男孩变成了我的儿子。我心头涌起一阵恐惧,仿佛末日降临一般。我双腿发软,身体止不住地战抖起来。我冲到水槽边拉开口罩。我胸口剧烈起伏,不住地咳嗽。我扶住洗手池的金属边槽,以免摔倒在地。

你忍心见死不救吗？

虽然现在越来越多的人支持器官捐赠，但并非所有需要接受肝移植的患者都能得到捐赠。这意味着，我们必须从中做出筛选，挑出适合的病人，剔除不适合的病人。而且为了更好地服务公众的利益，我们需要特别挑剔。从器官移植的早期开始，几乎每个器官移植中心都设立了委员会。委员会由外科医生、医学专家、护士、心理学家、精神病专家、社会工作者等人员构成，目的是评估每个等待肝移植的病人的情况，决定谁可以上等候人名单，移植供体的器官。

1984年，国会通过一项法律，促成了有关供体器官移植的第一个全国性标准的确立，这个标准涉及器官分配与患者甄选相关政策。同时，在筛选接受器官移植的患者方面，国家层面的规定也赋予了每个器官移植中心一定的自由裁量权。

在患者接受肝移植后，原先导致患者肝功能衰竭的某些病因也可能会再次破坏患者新移植的肝脏。酒鬼可能重拾酒瓶；肝炎病毒也可能仍旧潜伏在受体体内，伺机感染新的肝脏；肝脏里看似已被治愈的癌症会复发。所有这些反复性的疾病都有可能破坏患者的新肝脏，它们的区别只是时间问题而已，有时候是几个月，有时候可能是几年。

所以，器官移植的首要目的是治愈破坏原生器官的疾病。我们也明白，这一点也并非总能如愿以偿。即便病人体内破坏原生器官的疾病未被治愈，我们仍能让接受器官移植的患者保持多年的高品质生活。当然，这又指向另一棘手的问题：多久时间才算得上"持久"？如果A夫人接受移植后能多活一年，而其他成百上千的患者接受移植后可以多活一二十年，那么一年算得上"持久"吗？如果一年不算，那两年呢？

而且，我们也并不擅长预测，不能确切地知道，在原生疾病复发并带走患者的生命前，患者能活多久。一般而言，如果在同等条件下，患者肝移植后有超过五成的把握可以在原生疾病破坏他们的新肝脏前至少多活两年,那么委员会往往就会把符合这一条件的患者放上等待名单。

当然,做决定的过程往往是曲折复杂的。只要患者尚有一线希望,任何一个委员会,任何一位委员会成员,都不会忍心拒绝为他做肝移植手术。这才是我工作中最难的地方。

卡迈恩·威廉斯因肝炎而做了肝移植手术。病理医生检查她的旧肝脏时,发现她患有肝癌,但是很轻微。所以我们告诉卡迈恩,癌症复发的几率不大。两年后,卡迈恩的肝癌没有复发,但她的肝炎却复发了。之后又过了一年,我们决定给她做第二次肝移植手术。起初她恢复得不错,但是仅仅五个月后,她的肝脏又衰竭了。CT扫描显示,新移植的肝脏中疑似出现了癌细胞。

一个周四的下午,我、卡迈恩以及她的丈夫霍伊特在门诊室碰面。我告诉他们,委员会拒绝了第三次肝移植的申请。卡迈恩瞪着我,惊讶得说不出话来。

"但是其他医生不是说,如果不移植新肝脏,卡迈恩活不到圣诞节吗?"霍伊特高声说道,"这你怎么解释?"

"这很难说得准,"我说,"即便我们现在移植了新的肝脏,她的癌症或肝炎还是会复发。而且……"

"你就这么确定吗?"他说,"上星期你还告诉我们,你也不确定是不是癌症。你连癌症是从哪里来的也不知道,不是吗?我的意思是,你敢确定癌细胞不是来自你为她植入的新肝脏?那些检测能说明什么!"

"我们相当确定……"

"相当确定?仅凭相当确定,你就要宣判她死刑?"

我等他退回去,在椅子上坐下后才回答他。卡迈恩靠在椅背上,用手拨弄脸上的头发。

"我知道这很难接受……"

"你知道什么！你怎么好意思这样说，你什么也不知道！"

"威廉斯先生，"我说，"我们还是先考虑一下确定的事情吧。"

"难以置信，"霍伊特说，"我们不远万里赶过来。你睁眼看看这可爱的女士，你忍心见死不救吗？"

卡迈恩坐在那里，身子向前倾。她的双肘放在膝盖，眼睛盯着地面。

"再给她一次机会，她应该再获得一次机会。"他说。

霍伊特说，如果我不愿意救她，他就去找其他愿意救她的人。我说我可以把他们推荐给其他器官移植中心，我知道有一两家中心可能会接受她。如果他们愿意，当天下午我就可以给这些中心打电话。

"但是，如果卡迈恩是我的亲人，我不会让她再这样折腾。"我说。

"我们本来哪里也不用去的，"他说，"你这里是全国最好的器官移植中心。"

"抱歉。"我说。

霍伊特转身走开了。他揽着卡迈恩的肩膀，卡迈恩的头埋在他胸口。他们就这样走了，我又能说什么呢？

拒绝为卡迈恩做第三次移植手术的第二天，我正坐在重症监护室的桌子前查看病人的化验结果。这时，我接到医院的法务代理律师的呼叫。他问我认不认识克林顿·沃克。

"克林顿·沃克是你的患者威廉斯的代理律师，"他说，"他打电话给院务主任，建议我们中午打开电视，调到12频道。"

12频道的主持人称，这是个骇人听闻的新闻事件。"我们现在通过直播，带您到大学附属医院的现场。一位律师透露，从某种意义上说，这家医院的一位医生给一位来自比弗福尔斯的女士判了死刑。"

电视上，沃克和一位记者站在室外的阳光下。一阵风吹来，记者慌忙压住被刮起的头发。克林顿眯起眼睛,"大学附属医院",这几个大字在他们的头顶上形成一道完美的弧线。

沃克先生告诉12频道的记者,这家医疗中心的医生刚刚在没有恰当理由的情况下宣判了卡迈恩·威廉斯的死刑。他说医生拒绝了卡迈恩活下去的权利。

记者好奇这是为什么。

"这也是我们心中的疑问,"沃克说,"威廉斯夫人和她的家人也不理解,为什么这样一家声名卓著的医疗中心,会有这样一位毫无怜悯之心的医生?"

这天下午,包括我、科室主任、医院法务代理律师、专业事务组律师在内的四个人与沃克会面,为召开新闻发布会做准备。谈话刚开始时,大家还是温文尔雅,接着便吵得不可开交。我坐在那里,纳闷为什么人类可以在如此缺乏相互理解的事情上消耗那么多能量,似乎各方均是一叶障目,不见泰山。

"你看,"我说,"我们曾提出,把他们推荐到其他的医疗中心。"

沃克先生的激烈辩论就此打住,医院法务代理律师用双手搓着脸。

"什么时候的事?"专业事务组律师问道。

全城四家电视台、三家无线电台和两家报社全部派记者来到新闻发布会。克林顿·沃克在发布会宣布,他已经与院方律师达成了协议。

"我争取到一项可以接受的折中方案,"他宣称,"医生最终同意,为威廉斯夫人推荐另一家医疗中心。"

12频道的记者问科室主任,这一情况是否属实,这一次,她的头发梳得很好,在风中纹丝不动。她转头看着我,我接过话筒说,我之前就已经联系了其他州的器官移植医生,而且他们也已经同意收治威廉斯夫人。

"她获得新肝脏的概率有多高?"她问。

"我不敢确定,"我说,"应该挺高。"

"为什么我们这里不能为她做移植?"她问。

"她不符合我们这里再次接受移植手术的条件。"主任答道。

"但如果不为她做手术,她不会死吗?"有人问道。

"她会的,"我说,"做不做都会。"

"为什么?"有人问道。

"在此我们不讨论这些细节问题。"科室主任说。

"他们去了其他地方,你生气吗?"

"当然不会,"他说,"我们如释重负。"

几天后,霍伊特和卡迈恩离开了。几个月后,科室的一位护士给我转发了一封来自霍伊特的电子邮件。他告诉我们卡迈恩移植了新的肝脏,而且恢复得非常棒。"多年以来,这是她身体恢复得最好的时候。"他希望我们能从中吸取一些教训,以免其他患者再遭受她所经历的一切。

卡迈恩做了第三次肝移植后,不到一年便去世了。我不知道最终是什么夺去了她的生命,我担心,霍伊特一定想不到,在经历了如此多的痛苦与折磨后,他们所拥有的时间竟如此短暂。

我并没有因此而觉得自己当初的决定有多正确,反而我不断地思考,能不能找出一条解决方法,让我们在遇到像卡迈恩和霍伊特这样的患者和家属时,可以更公正地对待他们。

一次守夜引发的官司

在进医学院之前,我对律师并不了解。大一那年,我们与法学院的学生玩触身式橄榄球。大多数比赛中,双方都很友好。不过,我们有一位名叫埃里克的队员,他比较喜欢惹事。

"嗨,你这卑鄙的家伙,我问你,500个律师淹死在海底是什么意思?"第一场比赛进行到一半时,他向对方的四分卫高声说道。

"一个好的开始。"①他自问自答,觉得很风趣。

此后,他也不必把笑话完整讲出来,只要抖包袱就够了。"一个好的开始,混蛋。"在他双手触及对方持球人,因用力过猛而把持球人推倒时,只要他脑子一热,这句话便脱口而出。一些同学也觉得这一幕十分有趣,大概是我无法理解那条不成文的规矩,仿佛只要成为医生,就会不自觉地认为所有律师都像狐狸一样狡猾。

在器官移植外科医生的职业生涯初期,我需要与各种服务机构协作,帮助患者获得肝移植资助申请。有时候,当州府的医疗补助单位拒绝为患者的肝移植手术提供资助时,我就必须在联邦法院上为患者做证。我们一向是获胜的一方。在为患者做证的过程中,我也认识了几位出色的代理律师,他们和我一样,也是无偿代理这些案件。

过去30年来,我曾十余次被指控医疗失当,从而不得不为自己辩护。这些诉讼总是会牵扯到医院里与我合作的人员,如护士、医生以及许多其他与案件几乎毫不相关的人。大多数情况下,案件会在取证过程中被撤销。我和同事需要出庭的次数并不多,而且在我们出庭的那几次案件中,陪审团的判决也对我们有利。我从这些诉讼中领悟到,至少在帮你对付其他律师时,律师可以成为你最好的朋友。这些经历也让我看到,真相的力量也有令人不安的一面。赢得官司的技巧是如何将真相公诸于众,在这个过程中,我也见识了那些律师在引出或抹杀真相时翻手为云覆手为雨的能力。

最终我明白,即便再明白不过的事实真相,在法庭上也不一定会

---

①这个笑话缘于莎士比亚的戏剧《亨利六世》。在西方国家,律师的典型形象是只有职业操守,没有道德良心,律师不关心事实,只想要赢钱,他们牙尖嘴利,满嘴谎话。所以对西方人而言,500个处于律师这个可憎行业的成员死在海底,对世界正义与社会秩序的转变当然是一个好的开始。

成立。此外，我还吸取到一个教训，有时候，我的话太多了。

马尔科姆·戴尔在肝移植手术后突发中风。在他躺在重症监护室里恢复的过程中，我陪他度过了许多个夜晚。

有时候，他的姐姐玛丽会和男朋友一起来看他。我不确定第一次遇见玛丽是什么时候了，我在手术后通知马尔科姆的母亲一切顺利时，她并不在候诊室里。几天之后，我告诉马尔科姆的母亲，她的儿子严重中风，也许撑不过去之后，玛丽出现了。白天的时候，我很少见到玛丽，她和男朋友常常在玩了一夜后，带着满身的烟酒味，像一阵风一样进入重症监护室。大多数夜里，她的男朋友刚把头靠到躺椅的仿皮椅背上，便马上睡着了。

但玛丽就没那么容易预料了。一天晚上，确定马尔科姆有所好转后，她看上去十分兴奋。她在房间里晃来晃去，一会儿看看监视仪，一会儿检查一下尿袋。

"他的血压好多了，对吧？"她说，"看看这尿液。绝对是好转的迹象，对吧？"

一天晚上，她拉过来一把椅子，坐在马尔科姆的病床边，握着他的手。

"我们一起在密西西比长大。你知道，那是在牛津，威廉·福克纳的故乡，"她说，"我们常常一整个夏天，都在河里钓鱼，或用叉子叉青蛙。"

她站起来，弯腰在弟弟的额头上吻了一下。

"那时候我们多亲密啊，"她说，"没想到我们会走到这一步。"

说完，她瘫倒在椅子上，放声哭泣。护士递给我一盒纸巾，我把纸巾放在玛丽身旁靠墙的桌子上。

"父亲去世后，一切都变了。"她说。"我们在父亲的遗嘱问题上闹得很僵。父亲在最后一刻变更遗嘱，马尔科姆为此非常生气，他认为这一切都是我的缘故。"

玛丽说这句话时,我正忙着调整马尔科姆的呼吸机,没听得太清楚。但我还是听出了她内心的愧疚。曾经亲密无间,如今久已疏远的姐弟,其中一人正经历垂死时的痛苦,另一人终于来见他,却为时已晚。

一天午夜刚过,玛丽来到马尔科姆的病房。那时,她独自一人,也没有饮酒。看得出来,她特别想找人聊天。在那漫无边际的谈话中,她突然问我,为什么马尔科姆会中风。

"我知道,你和马尔科姆的医生谈过,"她说,"但我听不懂他的术语。你能用一般人能听懂的话给我解释一下吗?"

既然有人愿意倾听,我便打开了话匣子。我告诉她我们十分吃惊,因为肝移植后中风的情况十分罕见。

"是吗?"她说,"那么你认为马尔科姆是哪里出了问题?"

"我真希望我能知道,"我说,"我回去检查了所有数据和相关记录,但找不出合理的原因。"

马尔科姆开始咳嗽,我听到呼吸机的管子里有液体。

"等我一下。"我起身倒掉管子里的液体,触发了警报。

"他没事吧?"玛丽问。

"没事,"我说,"他需要吸气引液导管。"

我戴上手套,去拿导管。这时,护士走了进来。

"我去拿吧。"她说。

玛丽已经从椅子上站了起来,盯着她弟弟的脸。

"这会给他造成伤痛吗?"她问。

"不会"我说,"可能是气管里进了一点液体,没什么大问题。"

玛丽坐回椅子,闭上眼睛。护士弄好了导管,马尔科姆的呼吸恢复顺畅,又平静下来。护士又检查了为马尔科姆收集尿液的导尿袋,在一张厚纸上写下号码后,便拿着那张纸离开了。

玛丽站起来，躺椅椅背"砰"的一声向前弹回来。她低着头弯着腰，双肘支在膝盖上，双手交叉放在一起，仿佛在召唤神明的力量。

"这么说来，你们也不知道他为什么会中风。"

那时已是深夜，病房里看护她弟弟的只剩下我们两个人，我们一起见证马尔科姆在死亡线上的挣扎。当时的我处在不设防的状态，想要分享我对马尔科姆中风原因的猜想。

"倒是有一种原因可能会导致马尔科姆中风。"我说。

我对玛丽解释，有时候，新移植的肝脏或血管中如果有气泡，可能会导致中风。"这种情况我从来没遇到过，"我说，"但我在其他器官移植中心的报告中读到过这样的例子。"我知道曾经有一位患者，他心脏内部的心室之间有一处穿孔。那个器官移植中心的医生认为，气泡通过这个穿孔绕过了肺部的过滤，经由主动脉进入了大脑，阻碍了大脑内的血液流通。

"心脏里有个穿孔？那不是很严重吗？"

"一般而言，并不会太严重，只要穿孔不是太大，"我说，"只要别让空气进入血管。"

她对我皱着眉头，摇了摇头。

"胎儿的心室之间就有穿孔，这是为了让血液随着正确的方向流通。按理说，胎儿出生后，这些穿孔便会闭合，但是偶尔也有没有全部闭合的情况。假如穿孔很小且不位于关键部位，他便可以健健康康地度过一生，丝毫不受影响。这个穿孔也永远不会被人发现。"

"除非这人做了肝移植手术，"她说，"就像那家医疗中心的患者。"

"但是这里面的情况又有些不同，他们事先发现了那个穿孔。"

"怎么发现的？"

我解释说，在做移植手术之前，他们为那个病人做了全面的心脏评估，发现了那处小穿孔。不过，他们认为这不是什么大问题。

"穿孔只是说明你不能确定是否有气泡留存。"我说。接着我告诉她,另一家器官移植中心推测,假如在器官移植前,他们为患者治好那处穿孔,应该可以预防中风。

"马尔科姆呢?"她问,"他有这种穿孔吗?"

"从现在的结果看,有,"我说,"但是,我们事先并不知道。"

这时玛丽注视着我,她的脸上已不是平时夜里从酒吧过来时的空洞表情,而是多了一种凝重。我本该对此有所警觉。

"也就是说,在为马尔科姆做手术前,你不知道他的心脏是否有穿孔。"她说。

"我就像我说的,这只是一种可能。但是中风的原因也可以有很多种。"

"但是你检查了他的情况,所有其他原因都解释不通。"

"是的,不过……"

"我直接问你吧!你们有没有事先检查马尔科姆的心脏?"

我解释说,马尔科姆已经超过了年龄限制。患者只有在这个年龄以下,我们才会考虑他们是否需要做全面的心脏评估。

"你现在后悔没有做这项检查吗?你们把这检查叫什么,超……"

"超声心动图。"

"对,就是这个。如果事先做了这项检查,发现他心脏穿孔的问题,你还会继续为他做肝移植吗?"

"很难说,"我说,"也许不会。"

"也许不会?我可以明确地告诉你,我希望你们发现了那个穿孔,治好了那个穿孔。从你所说的来看,似乎那个穿孔才是唯一可能造成马尔科姆现在这个样子的原因。你看看他,躺在这里,不能说话,也不能动,没有一点活人的样子。"

我站起来,拿起护士放在床边的病历本。我想看看记录在上面的数据,但是我的眼前一片模糊。我和玛丽坐在一起,房间里传来气流从马尔科姆肺部进出的声音。我无法反驳玛丽的观点，我真希望自己事先能发现那个穿孔。我没有告诉玛丽，在那次国际学术会议的分会场上，来自其他移植中心的外科医生做了会议报告。

报告中，他提到了那个病例中风的原因。而我当时恰好是那个分会场的主持人。在问答环节，我甚至做了点评，我认为在肝移植手术前，我们应该为每个受体做超声心动图检查。但是，报告人和其他点评者认为，这样做是过犹不及。"这种情况毕竟罕见，"有人说，"我们要在成本和效果上制约平衡。"

"巴德，请你把真相告诉我，假如可以重头再来，你一定不会在没修复那个穿孔之前，为他做移植手术吧？"

"就我现在的感觉而言，是的。如果我事先知道他有穿孔，我不会做手术。我们事先本来也很容易就可以发现那个穿孔。"

之后，我与玛丽再也没有过其他的交谈。马尔科姆的身体开始迅速恢复，玛丽也就回家了。两个月后，我们把马尔科姆转到了他家附近的康复中心。

马尔科姆一直在家休养了大概一年时间。这时，我接到专业事务组律师的电话。律师在电话里问我一连串的问题："你还记得马尔科姆吗？""你还记得和他姐姐谈过话吗？""你知道为了康复，马尔科姆花费巨大吗？""你知道玛丽在密西西比是做律师的，她的律师事务所的收入就来源于对医生的起诉吗？"

原告律师（后来玛丽回答他的问题时，她说我是"南方最卑鄙无耻的人"）将我列为案件的被告。他们也没有放过与马尔科姆的身体评估有关系的内科医生、护士，雇用我们的大学，以及提供手术场所的医院。在经过多年的调查和证物证词的收集后，我们最终还是在法庭上相见了。

被要求出庭做证的前一天夜里，我乘飞机返回当地。第二天一早，我便来到法庭。马尔科姆和玛丽坐在长凳上,等人进来。我停住脚步,打了声招呼。这时我才意识到,马尔科姆从未真正认识过我。在手术几个月前,一位前同事为他做了最基本的检查,等我为他做手术时,马尔科姆已经做好了手术准备,躺在手术台睡着了。医院把他转到康复中心时,他还没完全恢复意识。于是,我向他解释了一下我的身份,而玛丽则站在那里,低头看她的脚尖。马尔科姆微微一笑,点了点头。玛丽开始拿脚磕地面,接着又看了看手表。

在我做证期间,马尔科姆很少看我。每次我觉得玛丽在看我,转过脸与她对视时,便刚好看到她把视线转开。也许这是我的想象,也许这是我臆想出来的错觉,想让她感到愧疚。毕竟,我们一个是马尔科姆的姐姐,一个是马尔科姆的医生,曾经一起度过许多个夜晚,是互相信赖的战友。在证人席上,原告的代理律师先问了我几个问题,以便让陪审团对我和我的经历有所了解。接着,他进入了正题。

"那么,当戴尔女士问你,如果你事先知道她弟弟的心脏存在穿孔,你还会不会为他做肝移植手术时,你是怎么回答的?"

"我说我大概不会。"

"大概?"

"那天晚上,她问过我同样的问题……"

"而你……"

"而我的回答是,不会。"

"在马尔科姆的穿孔修复前,你是不会为他做移植手术的,可以这么理解吗?"

我点点头。

"医生,我需要你回答出来。"

"对,当时我是这么说,但是我错在……"

"反对,法官大人……"

"……由于中风的几率非常小，所以……"

"反对，法官大人。以上的证人证言与本案无关。"

"反对有效。"法官说。

法官请陪审团忽略我的评论。他告诉我，回答与问题相关的话。律师再次问我是否后悔自己做了移植手术时，我的辩护律师反对，说我已经回答过这个问题。法官让原告的代理律师换下一问题。

我认为，马尔科姆并没有从诉讼中获得好处。我的辩护律师请来的专家认为，由于中风的几率极其罕见，考虑到成本原因，为每个器官移植候选人做超声心动检查并不可取。

陪审团明显同意专家的观点，尽管他们认为，我们应该设计出更有效的方法，识别出有潜在中风可能的患者。但与此同时，他们也认为，我们没有违反治疗标准。

马尔科姆在肝移植后，又活了很多年。甚至在我离开移植中心多年后，他还健在。他住在密西西比河湾沿岸，与玛丽离得很近。

有一年，在一次全国性的器官移植大会上，我偶然遇到当年器官移植团队中的一位护士。她告诉我，马尔科姆的移植用药仍主要由他们负责管理。但是护士说，他们与马尔科姆的沟通主要通过玛丽进行，比如马尔科姆需要做化验，或者马尔科姆的用药有变化，这些问题通通与玛丽联系。

我很高兴，玛丽还在关心她的弟弟。马尔科姆的康复一直都不彻底，他离不开玛丽的支持。

但是，我希望我能了解更多。我最近常常会想，马尔科姆的感受如何？他快乐吗？他移植新肝脏后感觉开心吗？他能亲口把他的感受告诉我，还是必须通过玛丽来传达？

一天晚上，我用谷歌搜索到马尔科姆的地址。我把地址输入谷歌地图，为了看得更清楚些，我开启了街景模式。那是一座小小的房子，像淡黄色的盒子一样。一个只停得下一辆车的车库开着门，房前的车道上停着一辆灰色的越野车，越野车的后车厢没有关，车子后保险杠右侧的水泥地上有两只空纸袋。街道对面，一位邻居正在用水管清洗房前的车道。隔壁邻居家的院子里杂草丛生，几棵瘦弱的小树下，横放着五六辆生锈的汽车。

这种感觉很奇怪，仿佛我在窥探他的生活。我也不确定我在寻找什么，我希望这些图片可以如实时画面一般鲜活，但事实和我的想象并不相同，它只是被冻结的时刻，它们也许是几周之前，几个月之前，甚至是几年之前的某个时刻。

几年后，马尔科姆去世了。有人说，他是因为肾衰竭而过世。

我又用谷歌地图搜索了他的房子。现在，车库的门关着，马尔科姆的旧房子被粉刷一新。房前的车道空无一人，靠近街道的地方有几张摊平的报纸。隔壁屋子里的杂草全都枯死了，那些生锈的汽车不见了，取而代之的，是停在胡桃树下的一辆红色的小型面包车。我脑海里一直挥之不去的，是我们曾经更加亲密的时刻。在那样一个可怕的地方，我们三个人互相陪伴，度过了许多个难熬的夜晚。现在，其中一人死了，而我对他的了解，竟然只是他邮筒上涂有常春藤叶子的图案。

医生本可以轻易推迟死亡的到来

父亲和我坐在餐桌前，他用勺子舀粥里的燕麦麸皮，我喝一杯意式浓缩咖啡。我等着他再次往麦片粥里倒咖啡。

"粥趁热才好喝，"他用勺子敲着盛粥的塑料碗，"这粥不热。"

康妮是父亲的看护。她问父亲想不想喝热粥。"我看到碗橱里还有些玉米片。"她说。

父亲说，他不要什么该死的玉米片。

"这些草莓味道怎么样?"我插嘴说道。

"很好,"他透过眼镜框的上方,看着我说。他又舀了一勺草莓和燕麦,细细咀嚼起来。

"这是昨天买的。"我说。

他放下汤勺,拿起杯子,把杯子里的咖啡倒进碗里。

"你打算这样混着喝?"我问。

"什么?"他停下来问我。

"你准备把咖啡倒进粥里,把它和麦片、草莓混着一起吃。你是这么打算的吧?"

他看了看我,喝了一口咖啡,然后咧嘴笑起来,就好像做坏事被抓了现行一样。

"草莓味道如何?"我问。

"很好吃,"他回答,"你在哪里买的?"

"克洛格连锁超市,"我说,"你忘了吗?昨天晚上,我们吃的是草莓奶油酥饼。"

他又舀了一勺粥。不过,这次他舀得太满了,牛奶从嘴里顺着下巴滴下来。

这样的日子,是我们在一起的好时光。在坏时光里,他一直昏睡不醒——躺在躺椅里,头靠着椅背,嘴巴翕张,不停地喘息,直到上一顿晚饭吃的一小块生菜叶滑进气管,呛得他不停地咳嗽,直到咳得喘不过气。

他吃完了饭,盯着黑色的加了密码锁的药箱,药箱里放着他的药。

"我该吃药了。"他说。他的手朝药箱伸过去,仿佛在召唤药箱自己跑过来一样。

我看着康妮,康妮摇摇头。"你早饭前吃过药了,"她说,"当时你说你不想等了。"

"让我看看那个药箱。"他一边说，一边站起来伸手拿药箱。

"你收手吧。"我说。

"收什么手？"

"别再给自己做诊断了。"

"我什么时候这样做了？"他反驳我说。

"你太健忘了。"我说。

"我都92岁了，能不健忘吗？"

我等他坐下来。

"你在这儿什么忙也帮不上。"

"你说的对，但我至少知道你今年岁数多大了。"我说。

"什么意思？"他问。

"你今年93岁了，2月份早过去了。"我说。我心里好奇，他到底知不知道现在已经是6月份了。

"见鬼，"他干咳两声说，"把这箱子的密码告诉我，你就不能做点有用的事情吗？"

在他最清醒的日子里，我可以信任他，让他为我切除胆囊，固定骨折的腿，查看我的结肠。而现在，他甚至打不开一袋薄脆饼干。他用拇指和其他手指撕饼干包装袋的样子，活脱脱一副已不知如何使用双手的风烛残年的老人景象。

每当看到这样的场景，我都想让他停下来。他忘了自己曾经是外科医生吗？忘了自己如何用那双手缝合患者腹部的切口，速度比我所有认识的人都快吗？他一定知道如何撕开饼干的包装袋，我很想求求他，用力撕开它吧。

我不知道他是因为什么而决定不再做手术。但是我确定，他一定知道什么时候该放手。我想，他做出这样的决定一定很艰难。

即便退休后,他仍然在家人、朋友和邻居中间扮演着医生的角色,常常把他囤了几十年的过期样品药送给别人。为患糖尿病和肺气肿的 90 岁老妇人开一点 1985 年的洋地黄(一种强心剂),为屁股上长疖子的 74 岁老男子开抗生素,为吃了克莱因夫人的鸡蛋沙拉而腹泻的人发醋和蜂蜜……

起初,他的健忘只是为大家添了些笑料(最多偶尔会让人有些心烦)。比如,离既定看望他的时间还有一周,他便打电话给我们,责怪我们怎么还不来;别人正在愉快地聊天,结果他插嘴进来,却说些不着边际的话;把放了一个月的鸡蛋沙拉拿去参加百味餐,结果吃坏了众人的肚子。他弄出这种种闹剧,事后却忘得一干二净,自然也不会有半分尴尬或内疚。

在他变糊涂的日子里,他总在吃药上犯迷糊。忘吃药,漏吃药,忘了为什么忘了吃药,甚至忘了什么时候该吃哪种药。我们曾尝试制作一张表,上面写上他要吃的药的照片,照片上贴上标签,标签上写着药名和药效。但是,他要么不愿意用这张表,要么干脆忘了还有这张表。于是,他又把事情搞得一团糟,再次把自己送进了医院,有时候还会心脏病发作。

我已经不再生气了。我就看着他,任凭他胡乱撕扯饼干的包装袋,直到他忘了自己原本想干什么。"让我来吧。"我说。然后他一言不发,把那袋饼干递给我。

眼前的这个男人,仿佛已经变成了另外一个人,而不是我的父亲。这个男人身染疾病,而自己却不能医治自己。现在,他和我的心里都清楚这一点。坏的时光过去紧接着就是好的时光。

他的麦片粥快喝完了,咖啡杯也空了。他嘴里还在咀嚼,眼睛盯着窗外的鸟食槽。我好奇他在想什么,大概他自己也不知道吧。

"爸,"我说,"你还记得过去你经常在麦片粥里加钡剂吗?"

他端起杯子,想喝咖啡,却什么也没喝到。他朝杯子里看看,放下了空杯子。康妮蹙起额头。

"那是什么时候的事情?大概几年前?"我自言自语道。

"我怎么可能会那样做?"

"就是。"康妮说。她绕到桌子的侧面,我们两人都在她的视线之内。"这是你瞎编的吧。"

"我没有瞎编,"我说,"他从放射科弄来钡粉,把它存在盐罐和胡椒粉罐旁的糖罐里。他还说钡剂能预防憩室炎。"

父亲皱起眉头,歪着头说:"也许是这样吧。"

康妮摇摇头,把父亲的汤勺和空碗拿到洗碗槽。父亲自以为钡剂可以预防憩室炎,因此便把它加在麦片粥里。我不知道康妮是否相信我的话,但是父亲的确是这么做的,而且坚持了有五六年之久。

他起身,做出要离开的样子。

"你觉得钡剂有效吗?"我问。

"有什么效?"他问。

于是我又把问题重复了一遍。

他拿起餐巾,开始找他的碗,却怎么也找不到。"你今天早上不用做手术吗?"他问我。

"爸,你忘了?我早不做手术了。"我脱口而出。

他站起身子,斜眼看着我。"我69岁的时候还在做手术!"

康妮回来了,我们扶他站起来,把送他到书房,扶他在电视机前的椅子上坐下。

几年前,我在感恩节探望父亲,结果突然腹股沟疼痛难忍。我以为是淋巴瘤复发了。

父亲见我不停地揉腹股沟，问我发生了什么，是不是身体不舒服。我说没事，什么事也没有。

晚饭后，他发现我一个人躺在楼上的卧室里，痛得不住呻吟。我侧身背对门躺着，完全没注意到他走了进来。他叫我转过身来的时候，我吓了一跳，差点直接从床上坐起来。他抓着我的肩膀想把我身子翻过来，但我告诉他，我想一个人待一会儿。

"没事的，"我说，"一会儿就好了。"

他走到床边，让我脱掉裤子。他先是用手摸了摸我感到疼痛的地方，然后轻轻推压、按摩，结果1分钟不到，原本因轻度疝气而隆起的肿块便被他按了下去，疼痛也随之消失。

原本我已经确定，我将接受骨髓移植，承受无止境的痛苦，并最终因发高烧而神志失常。但是，在那神奇的一刻，父亲竟然用一只手把这一切解决了。

那时候，他已经90岁了。他连自己早餐吃了什么都记不住，却能仅凭双手就消除我的病痛。

几天后，我准备驾车回俄亥俄州。回去之前，我拨通了父亲的电话。接电话的人是康妮。她说父亲胸闷气短，恐怕不能与我说话。

"他这样有一段时间了，"她说，"有时候会更厉害。"

我问她父亲用药的情况。她说，我应该与护士或医生谈这个问题。

"没事的，"我说，"我不会说出去。"

她说，他们又调整他的用药了。

"其他几位看护说，他很焦虑。但是，他自己就是医生，你明白我的意思吗？"

我明白。

"我看能不能想想办法。"我说。

她深深地叹了口气。

"也许我5月份就该过来的。"我说。

"也不能这么说。你又不能住这儿。"

我给父亲的医生留了一条语音短信，然后前往临终关怀医院，找到为父亲配药的护士。

"这不正是我们期望的吗？"她说，"你知道，该来的最终还是会来的。"

我问她父亲用药的情况，我问她父亲是否一直在服用利尿剂和β-受体阻滞剂？

"医生做了一些调整。"她说。

"比如？"

"他把利尿剂停掉了，因为令尊的体重下降得很厉害。他缺水，服用利尿剂对他的肾脏不好。当然，他肾脏本来就不太好。"

"今天下午可以给他服用一些利尿剂吗？"我问，"如果他体重增加，大概也是因为体内积液。"

"一直到大概一天前，"她说，"他的胃口都很不错。"

"所以，他的体重增加了吗？"

"仅过去两三天里，"她说，"他的体重就增加了八磅。"

护士告诉我，他们也停止给父亲服用β-受体阻滞剂。

"你知道，他的血压有些低？"

"他的心率是多少？"我问。

"他的心率升上去了，情况很不错，"她说，"今天早上顺便给他测量了一下，是1分钟80多。"

"如果他心率超过了1分钟65，心脏就会开始衰竭，"我说，"他的心率最多不能超过1分钟70。"

我请她恢复原来的用药。"我现在要给他服用利尿剂，然后晚上的时候再给他服用一次，"我说，"还有β-受体阻滞剂。他真的需要把心率降下来,而且要尽快。"

护士说她必须得到医嘱才可以这样做。"除非,你有俄亥俄州的行医执照?"她说。

我数着父亲的呼吸频率。他的呼吸越来越缓慢,接着便一下子停止了。我知道,他还会再缓过来,但是中间停止的时间似乎太久了。杰尔姆摇了摇头。他是父亲的夜班看护。

"我一直以为,他这样就不行了,"他说,"但每次他都再缓过来,然后就……"

父亲深吸一大口气。他像蒸汽机一样吸进一大口空气时,头猛地一颤。杰尔姆扶着父亲的身体,让他坐直,又把他T恤的下沿摆弄好。

"他的呼吸为什么会那样?"他问。

我告诉杰尔姆,是因为心脏衰竭。他继续观看比赛。

"每次我都会中招。"他喃喃地说。

电视里传来一阵欢呼声。

"真希望他也能看到比赛。"杰尔姆说。

我一整天都在赶路,现在脖子上一阵阵酸痛,裤子也被洒在上面的咖啡弄脏了。主队刚刚得分了。

"他一直有看比赛吗?"我问。

"你父亲吗?不是的,他有一阵子没看比赛了,"杰尔姆说,"上次的比赛应该是在周六,那天他大部分时间都是清醒的。比赛激烈极了。"

"他在院子里修剪草坪那天?"

"就是那天,"他说,"他还在店里忙活了一会儿。"

他们告诉我,父亲的时日不多了。但我不相信他们,所以亲自过来了解情况。

"他们给他用利尿剂了吗?"

"我不清楚早晨医生给他用什么药。不过,晚上的用药安排里没有利尿剂,"他说,"如果你想核对一下用药情况,用药簿就在厨房。"

我先测量父亲的血压,然后数他的脉搏,听他的肺音。父亲的双肺均有沉闷的肺泡音,静脉也有肿胀。

杰尔姆问我情况怎么样。

"我觉得他需要服药。"我说。

用药簿上列出的药品有:两片镇静剂、一片安眠药、一片止痛药、一片治疗不宁腿综合征的药、一片治疗精神疾病的药、一片四倍于平时用量的治疗糖尿病的药。

我发现,医生从上周开始给父亲服用这些药。我以为这里的医生已经停止让父亲服用这些药,特别是再普乐(一种治疗精神分裂症的药物)。我有一个朋友是精神病专家,他把再普乐叫作致昏药,他说一定是疯了才会让老人服用这种药。"除非一个人拿着一把极为锋利的刀威胁别人,否则没有理由让他服用再普乐。"

在这份用药清单上,我没见到一片利尿剂或 β-受体阻滞剂。

治疗记录上提到,父亲患有焦虑症,会因疼痛高声喊叫,手脚有抽搐的症状,并伴有失眠。医生给父亲开了各种各样的药,然而这些药似乎只能进一步减弱父亲一丝残存的主体意识。

"今晚不要再给他服用其他的药了。"我说。

"安眠药呢?"他问。

"也不用。"

我给父亲服用剂量稍大一些的利尿剂,重新给他使用 β-受体阻滞剂,暂停其他用药。那些药只会让老人的身体发抖,失去神智,昏睡或者昏死过去。我简单调整了父亲的用药后,很快他就能下床活动了,胃口也变得好了很多。他又开始修剪院子里的草坪,或是与看护开玩笑。除了偶尔为他下厨,我会扶他去卫生间,为他擦口水,提醒他用药,替他调电视频道。换电视频道时,我总是避免让他看时政新闻。慢慢地,我熟悉了在他家里轮流照顾他的五位看护，他们已成为父亲生命中最重要的一部分。在父亲与他们斗嘴，向他们抱怨，与他们开玩笑的过程中，我见证了父亲对所有人的温柔的爱。

我打算陪父亲过完父亲节再离开。父亲节那天，父亲对他的阴茎特别在意。

那一天，家庭的大多数成员都过来和父亲聚餐。他坐了很长一段时间后，起身去卫生间。他站在马桶前，我在旁边等着，问他为什么站在那里发愣。为了保持身体平衡，他的手扶在毛巾架上。

"你想小便？"我说。

"是的。"

"现在吗？"

"是的，就现在。"

"要我帮你吗？"

"绝对不用。"他说。

他松开抓着毛巾架的手，拉开牛仔裤的拉链。他掏出阴茎时，身体在左右不停地摇晃。他低下头，盯着它，用手指拨弄包皮。

"这是什么鬼东西？"他问。

"你的阴茎，"我说，"只是比较小。"

"不大对劲，"他说，"这上边好像长了什么东西。"

我凑过去，看到他把包皮卷成了一团，正来回地拨弄。

"没有什么不对劲的地方，"我说，"你怎么不尿呢？"

他又扶着毛巾架站了一会儿，身子不停地摇晃着。

"这什么鬼东西？"他又低下头，用手拨弄着包皮，"这一定是个肿瘤。"

我站在他旁边等着，希望他能忘了这件事。他停下来，站直身体，我以为他终于要撒尿了，结果他又想到了这件事。

"这是什么鬼东西?"

这一次,他让我来帮他看一下。

"给我找个东西来。"他说。

"你想干什么?"

"你觉得我还能想什么?我要把这东西切掉。"

我轻轻地掰开他的手。

"让我摸一下。"我说。我用双手把他的包皮舒展开,再让他自己捏着。

"看,"我说,"不见了。"

"不见了?"他问,"希望不是我的老二不见了,我现在还离不开它。"

几天后,我们动身回内布拉斯加州。我告诉父亲,我们一两个月后再回来。

他问我要去哪儿。

"回家。"我说。

"为什么我不能跟你回家?"他问。

回家后,我差不多每天都要给父亲打电话。但在电话中,他只有一次是清醒的,可以正常沟通。每次挂断电话,我的心情都非常糟糕。我知道,即便父亲没有在电话挂断前忘记我,他也会在电话挂断后忘记我。

我知道,无论我打不打电话,父亲都会渐渐忘记我。我也知道,这是人人都难以跳出来的困境。

现在是周日中午,他一定正坐在餐桌的桌首。在我的童年里,他曾坐在那张餐桌上,主持过无数次晚餐。我拿起电话,按下了熟悉的号码,我们家的电话号码。现在,这是我唯一能做的事情了。

康妮接过电话,她说父亲的状态相当不错。"他早上吃了很多,"她说,"不过,现在还不知道他中午的胃口怎么样。"

我问父亲天气怎么样。他告诉我，有人偷了他的车，家里的猫不见了；另外，他存了 100 美元，但是找不到了。那些护工都不让他回家。他们夜里过来，就坐在那儿等着。

"等着做什么？"我问。

"你觉得在等什么？"他咕哝着说。

"也许他们坐在那里，是担心你万一需要什么东西。"

"我想要回家。"他说。

我愿意不惜任何代价让父亲恢复健康，然后回家。为了能让他在临终关怀医院里接受治疗，我们付出了巨大的努力。但我们未曾预料到，我们的努力让他感到如此迷失。

"中午吃得好吗？"

"在这地方我能吃什么。"

"火鸡三明治食物味道怎么样？"

"不错，"他说，"很不错。"

一周后的一个晚上，临终关怀医院的护士打来电话，说她刚从父亲身边离开。

"我住在比雅大道，"她说，"有时候，我能从家里看到你的父亲从宽敞的落地窗前向厨房走去。"

她对我说，我的父亲越来越健忘，转过身来就把事情给忘了。

我问她父亲的用药情况。她告诉我，医生再次停止给父亲服用利尿剂，并且 β-受体阻滞剂的用药量也减少了一半。

"他近来非常焦虑，"她说，"所以我们再次给他服用镇静剂。"

我询问她父亲服用镇静剂的剂量。听了她的回答，我说剂量太大了，他们应该把剂量减半。"或者减去四分之三，"我说，"也许镇静剂的用量太大才是让他感到焦虑的原因。"

"你不能接受这一点,我理解。"她说,"你习惯医治好病人,甚至是非常严重的病人。让你放手,一定非常难以接受。"

"这不公平,"我说,"只要时候到了,只要继续治疗没有意义,该放手的时候,我从不犹豫。"

但是,我认为父亲还没到那一步。我不明白,现在的情况和几星期之前有什么不同。我和她谈起父亲在父亲节那一天的表现。

"他坐在餐桌的桌首,开着孙女儿们的玩笑,让人再给他上点儿火鸡肉,而且也记得怎么吃药。"

"我知道,"她说,"多值得我们感恩的一天。"

我告诉她,周三我们全家人会在俄亥俄州相聚,庆祝国庆。

"我希望恢复他的用药安排,恢复到父亲节后我刚走时的样子,"我说,"把其他那些垃圾药全停掉。"

"这些事并不是说一说那么简单,"她说,"我们的目的是带给他安乐,减轻他的痛苦。"

我用力攥紧话筒,感觉婚戒陷进了手指的肉里。我真想砸碎什么东西。

"而且,他喉咙里开始发出咕噜的声音,情况越来越严重,"她说,"我让医生为我开了一些阿托品,以免他再流口水。"

"那不是口水!"我已经控制不住,嘶吼起来。我人在八百英里之外,却感觉膀胱快要爆掉一样。电话那头的这个女人竟然在告诉我,她如何计划杀死我的父亲。

"他的心脏又衰竭了,"我说,"那是从他肺里涌出的水肿液,而不是口水。你给他服用阿托品只会加速他的心跳速度,并……"

我们又回到原先争论的话题上。于是,我不再说话,换只手拿话筒,看了看无名指被戒指弄疼的地方。

"你就帮我做一件事,可以吗?"我停顿一下,接着对她说道,这时候电话另一端传来了她清嗓子的声音。"先推迟给他用阿托品,等我过来了再说。算我求你了,好吗?"

她又重复说阿托品是治疗计划的一部分,说她已经在临终关怀这一行干了 15 年,她一直给患者服用阿托品,一直都很有效……只不过,这一次她的语速更快。我知道,她根本不懂我说的那些。我告诉她,这些我都理解。

"但是,请推迟用药,等我来了临终关怀医院再说,"我说,"我们星期三的晚上就会过来。其他人会提前到。"

最终,她没有给我任何承诺,我们就挂断了电话。我想,我是放弃了,接受了现实。也许现在结束这一切并不是太坏,我只希望,我们能来得及见最后一面。

妹夫打电话告诉我父亲去世的消息时,我们正在得梅因以东 100 英里的地方。

"明蒂和我陪在他身边。他的情况糟透了,喘不过气。他们为他收拾干净、穿衣服,把我们请了出去。我们刚离开房间 10 分钟,他们便走出来,说他不行了。"

我从最近的高速出口驶出,把车停到农田旁边。

"死亡时间是 3 点 30 分。"他说。

我问他,他们有没有给父亲服用什么药。他不知道,他问我们还有多久能到。这时我才意识到,现在已经过了下午 3 点,我们还有半天的路程,现在也不必着急赶路了。

"我们可能会在印第安纳波利斯过夜,"我说,"我们两人昨晚没怎么睡好。"

我们商量如何处置父亲的遗体。父亲曾经表示,去世后想把遗体捐给俄亥俄州的医学院。杰夫问我,我的父亲有没有留下正式的文件。

"我不知道，"我说，"也许他把遗嘱放在钱夹里。"我肯定殡仪馆的人员知道该怎么处理父亲的遗体。

快到皮奥里亚的时候，妹夫打来电话。他说一切已安排妥当，除了一件事。马上就是周末了，俄亥俄州所有的殡仪馆在周一之前，都不愿派人来收遗体。父亲选的那家殡仪馆没有冷柜，但是另一家有，他们同意在周末期间保存父亲的遗体。

他说完后，我们都沉默了。我在想，要不要先开车，等赶到了再说。

"抱歉，我问了用药的事。"我说。

"用药的事？"他问。

"你告诉我父亲过世了，我唯一做的却只是问他的用药情况。"

他说他没注意这个问题。"一切都来得太快了，"他说，"我们有些手足无措。"

在追悼会上，我见到了康妮和其他几位父亲的看护。他们一起坐在教堂的长凳上。我坐到他们身后，告诉他们，我的父亲是多么喜欢他们。康妮打开提包，递给我三本笔记本。

"这是全部的看护记录，"她说，"绿色那本是最新的。"

我打开绿色的笔记本，翻到最后一页。

"他应该是在3点15分服用了阿托品，"我说，"恰巧在明蒂和杰夫走出房间后。"

他们面面相觑，又看了看我。

"10分钟，"我笑着说，"10分钟就足够了。"

我合上笔记本，把它还给康妮。她把本子推回来，让我留着。

我环顾四周，发现来参加父亲追悼会的人越来越多。我真希望能待在这里，与他们多聊一会儿，谈谈我的父亲和他最后的日子。

我在想，如果我留下来照顾他，他会不会活得更长一些。

那天早些时候,我遇见了给父亲注射最后一次药的护士。她拥抱我,告诉我父亲辞世的时候非常平静。

"我们都尽力了,"她把手放在我胳膊上,"他大限已至。"

她确实认为父亲的生命走到了尽头,没有任何救治的可能。但我一生都在救治各种陷入绝境的病人,我知道医生可以轻易地推迟死亡的到来。每念及此,我便难以释怀。

挽救过的生命,是一笔财富

父亲在 7 月 3 日去世,那一天是星期三。当时,为了参加每年 7 月 4 日的家庭聚会,大多数家庭成员都在场。父亲曾于 1961 年在湖畔修造了一个木屋,我们一家人就在那里举办了一次聚会。那天下午,我们回忆与父亲想关的往事,时而会心一笑,时而感怀哭泣。我想到一件关于父亲的事,几年前我曾经把它写成故事,寄给弟弟和妹妹。

昨天,我给父亲打了一个电话,和往常一样,我们先聊了聊天气,然后父亲问我最近在做什么。于是我再次对他说,我最近在写作。

"还记得我寄给你的那个故事吗?在手术室做乙状结肠镜检查的故事。"

他不记得了。

"病人的大便弄得我全身都是的那次。"我说。

他说他从来没干过这样的事。然后他问我,最近有没有做过什么有难度的手术。我说我大概 5 年前就不再做手术了。

"今天早上我收到一封邮件,写信人是我 20 世纪 90 年代培训过的一位医生,"我说,"现在,他是一家国际外科学术团体的主席,他想聘请我做荣誉研究员。"

"哦,真的吗?他是哪位?"他问。

"你没见过他。他在邮件中说,对于他以及他认识的,一起培训过他的人而言,我十分重要。读了他的信,我现在的感觉非常好。"

"那很好。"他说。

"反正那封信让我感觉不错。"

"几天前我遇到一件特别有意思的事,"他说,"我去市中心的邮局寄东西。"

"寄什么东西?纳税申报单?"

"我记不清了。我出来的时候,遇到一位老朋友和他妻子……我猜是他的妻子,她的年龄看起来像是他的妻子,但也有可能是他的妹妹。他们坐在宽大的老式林肯车里。一看就是真正的林肯车。"

"是林肯大陆吧。"我说。

"车的侧身扁长,引擎盖大得像长餐桌。本来我没有看到他,但是不知为什么,他打开车门,一直盯着我看,好像在等我。我估计,他开车路过时看见了我,于是把车停在了路边,等我从邮局出来。"

父亲停顿了一下。

"那他是你认识的人吗?"我问。

"什么?"

"你认不认识他?"

"我不认识他,但他认识我。他挺着大肚子朝我走来,拉开他的衬衫,给我看他的疤痕。疤痕从胸骨一直开到他的……"

"耻骨?"我问。

"什么,你认识他?"

"他的疤痕是不是从胸骨一直到耻骨?"我说。

"差不多。他的肚子太大,太下垂了,完全看不出疤痕在哪里结束。我无论如何也想不起我给他做过什么手术,但很明显,他非常感激我。"

"我好奇,你给他做手术是什么时候的事情?至少是25年前了吧?"

"我怎么知道。我本来想问他的,但是,他太自信了,觉得我一定还记得他,所以我没好意思开口。"

"那么大一道疤痕,"我说,"至少是切除胆囊之类的手术。"

"我完全不记得给他做过手术。"他说。

我想象着父亲坐在那里,努力从四五十年来的混乱回忆中理出一丝头绪。

"不过,他很肯定我救了他一命。所以我一定是给他做过一个大手术,我纳闷……"

"爸,当你回想往事时,这个病人只是你拯救过的病人微不足道的一个。过去39年来,你挽救了多少生命,又有多少生命因为你变得更精彩!这可是一笔巨大的财富。"

"没错,"他说,"确实是这样。"

我想着怎么更好地吹捧他。

"我曾经希望,有一天能把我的财富传承下去。"他说。

我屏住呼吸。

"我大概永远也等不到这一天了。"他说。

戒烟的话题太过残忍

1963年,我们回到弗罗里达度春假。在我的记忆中,我们每年都要来弗罗里达,除了妈妈罹患肺癌,接受钴放疗的1962年。我还记得,那一年的圣诞节,妈妈感到病情有所好转,打算再去弗罗里达度假。她认为这是个不错的提议,也许阳光可以杀灭癌细胞。

多年以来,我们一直自驾前往弗罗里达,除了1963年。那一年,我们把汽车留在了家里,乘坐达美航空公司的DC-8大型客机飞往圣彼德斯堡。那时候,妈妈的身体恢复得非常好,让我觉得多次的钴放疗终于产生了效果。虽然没人认为妈妈已经痊愈了,但是观察爸爸和妈妈的行为,你会发现他们明显和往常不一样了。他们的心情终于变得好起来。他们非常开心,让我误以为妈妈肯定是完全康复了。四个月后,她的病情恶化,救护车把她从家里带走了。那时,我只是一个自私的十多岁的小男孩,完全不明白那竟是我与母亲的最后一面。

我们住在汽车旅馆。汽车旅馆离金银岛的海滩大约有三个街区的距离。弟弟和妹妹喜欢在温暖、平静的游泳池里游泳,妈妈和我喜欢坐在沙滩上,欣赏海浪。

"你怎么不去游泳呢?"她说。

我正在奋力挖沙子。挖到湿沙层,就可以用湿沙子建造城堡,或者建一个带双车库的小楼了。我看了看妈妈,又眯着眼看了看太阳。

"去海里吧!"她说,"你可以去海里玩,不用在这里陪着我。"

"没事。"我说。沙子的颜色越来越深了,我又继续挖起来。

"过来,我给你抹点防晒霜,"她说,"你看你,皮肤红得像龙虾了。"

妈妈戴着一个黄色边框、夹角处镶着粉色贝壳的太阳眼镜。这个眼镜是妈妈在大桥另一边的药房里买的。爸爸说戴着这个太阳眼镜,妈妈看上去像露西尔·鲍尔。爸爸的话逗笑了妈妈。在生病前,妈妈是"狮子俱乐部"[①]里音乐秀的歌手和舞蹈演员,在俱乐部里还小有名气。有一次,她演唱了两个人争论蔬菜如何发音的一首歌。比如,有一句歌词是"你念'西红系',我念'西冯柿'。"妈妈身高大约1.75米,和她一起唱歌的搭档叫约翰。约翰是个小矮人,身高大概只到妈妈的三分之二。在去弗罗里达的飞机上,我听到妈妈和爸爸谈论她和约翰打算在秋天的音乐秀上表演的幽默讽刺短剧。

---

① "狮子俱乐部"全称"狮子俱乐部国际协会"或"国际狮子会",1917年成立,是世界上最大的社会服务组织。

"你一定要在这儿挖沙子吗?"妈妈问,"你把沙子弄得毛巾上都是。"

我站起来,抖了抖我的毛巾。

"住手!你把沙子全都抖在我身上了!"

"对不起。"说完,我又继续挖起来。

"你就不能去其他地方挖吗?"

"可是我在这里挖了很久了,马上就能挖到湿沙了,"我说,"我可以用湿沙来堆城堡或其他形状的东西。"

"那你可以到那边去。那边潮水刚退,沙子全是湿的。"

我抓起一把湿透的沙子,送到妈妈的面前给他看。

"你为什么总是这么对我?"她说。

妈妈站起来,拿起毛巾和装垃圾的小篮子,走到二十步开外的地方停下,再把东西一一摆开。

爸爸喜欢带我们去桥底的海鲜餐厅吃饭。他们有一道菜,是将蟹肉饼盛在马蹄形的蟹壳里,这种蟹壳沙滩上到处都是。爸爸的心情似乎比平常要好,于是我问他,可不可以点大龙虾。

服务生给我们上菜,盘子里有两只弗罗里达大龙虾、法式炸薯条和高丽菜沙拉,这几个菜的价格一共是 3 美元。爸爸说,这不是真正的大龙虾。

"这更像小龙虾。"他说。他从来不让我在饭店里点龙虾,但是这次旅行我已经点了两次大龙虾,而他居然没阻止我。

一天,他决定带我们去滑水。

"在海里滑水吗?"我问。我担心海里的巨浪。

他说,我们可以租一条船,在航道内滑水。

"沿着近岸的航道,"他说,"可以一直滑到水晶河。"

我们过去常在水晶河边度假,在那里租一间水上度假屋。这也是我想成为海洋生物学家的原因,那时候,河水清澈透明,我可以在水下和海牛嬉戏。

在码头的尽头,水底生活着一些巨型鲶鱼。我伸出胳膊给爸爸比画那鱼有多大。"那种鱼可以吞下小马。"爸爸说。

"一只船配两只滑水板,滑水板另外收费。"码头上的男人说。

"没问题。"爸爸说。

父亲付钱,码头上的男人把滑水板放进船里。做完这些后,码头上的男人站在那里,盯着妈妈看,好像还有什么问题。

"还有什么问题吗?"爸爸问。

"先生,我没猜错的话,你想自己把船推到河里,带着她去滑水。"

"正是如此。"爸爸告诉男人。

"把船推进水里,也要另外收费。"男人说。

妈妈说,她感觉不太舒服。

"你别在太阳下被晒伤了。"说完,他转头问男人,"我们滑完水后,可以让她在你们的工作室里休息一会儿吗?"

"这不符合规定,顾客禁止进入大门内。"他说,双手插在兜里,用鼻子指了指大门。我告诉妈妈,这个男人也能吞下一只小马,但是她没有笑。

父亲付钱请男人把船推下水。我们全部上船后,弟弟开始哭闹起来,一会儿说饿,一会儿嫌渴。这时,妈妈的气色也不太好。爸爸说,等我们在水上玩起来,大家就会好多了。

爸爸让我第一个滑水,但是水面上来回穿梭的船太多,水面的波浪也十分汹涌。爸爸滑完水后问妈妈想不想尝试一下。妈妈尴尬地笑了起来,一副十分勉强的样子。看到妈妈这个样子,爸爸扶着她,命令我将船开回码头。

"我还想再滑一次。"我说。我发现了一片水域,那里的水面像镜面一样平静，可以让爸爸把船开去那里避开那些船只滑水。

"你别说了，快把船开回去。"爸爸说。

这时，妈妈抬起头，擤了一把鼻涕。"没事的，"她说，"让他去滑水去吧，水面看起来很平静。"

我滑了一遍又一遍，也不管爸爸示意我停下的手势。终于，他关掉引擎，船停下了，我沉到水里。

"我还要滑。"我对爸爸说。船在水面上颠簸朝我的方向飘过来。

"上船。"

"可是，爸爸……"

"上来！"

在把船开回码头的路上，我一直不停地向爸爸抱怨："租了两小时的船却只玩1小时，这非常愚蠢。""水面才刚刚平静下来。""你自己说的，我可以一直滑到水晶河。"……回到码头后，父亲把妈妈的东西从船里拿出来，送她回到车上，叫弟弟和妹妹上车陪妈妈。这时，我却抓着船不放，不想离开。

那个男人从小屋里走出来，倒着拖车驶下坡道。我想把船拖到拖车中间，但是爸爸一把从我手里抓过绳子，自己把船拖进拖车里。

我以为他是赶时间。但是，当男人向前驾驶拖车，船身滴着水被拖上岸时，爸爸抓着我的胳膊，把我拉到一艘停在船架上的大型游览船的后面，使劲地来回摇晃我。

"你到底怎么回事？"他抓着我的胳膊说。我想把胳膊抽出来，但是他的力气太大，我挣脱不开。"你可怜的妈妈尽力掩饰她的难受，想让大家享受这次旅行的快乐。而你却只顾你自己，一直在喋喋不休地抱怨。除了你之外，我们都知道这次滑水让她非常不舒服！"

"你不是说她已经完全康复了吗？"

"什么？"

"我听到你在电话里对外婆说,她现在是'缓解'期或是类似的词。"他斜眼看着我,就好像我是一个疯子。"你说她一天天好起来了。"

"她现在是缓解期。"

他放开我的胳膊,转过身体,背对着我用手擦脸。

虽然不知道妈妈的具体病情,但是妹妹、弟弟和我都以为她在慢慢地好转。这几个月来,妈妈的心情开朗了很多,一直非常开心。我又听到爸爸和她谈论这次旅行,仿佛这次旅行的目的便是庆祝她身体情况的好转。

一天我坐在汽车旅馆的泳池边,妹妹问我,妈妈的癌症治愈后,她还会不会再抽烟?我听了心头一震,莫名地害怕起来。

父亲带我到海滩钓鱼。我们大踏步走进海水里,直到海水没至我的腰部。他为我示范如何双手握杆,把大鱼饵掷出去,但我却怎么也学不会。我只会用普通的直竿掷鱼饵。我只能以铅坠代替鱼饵,以放在地上的呼啦圈为靶,不停地在后院练习双手握杆掷鱼饵。

我的外公金尼尔曾经是掷鱼饵的全国冠军,父亲告诉我,他就是这样练习掷鱼饵的。但是在海水里,当我收回鱼竿,准备将鱼饵抛出去时,不断涌来的波浪让我左摇右晃,根本站不住脚。

有一次,我被波浪打倒,沉到了海水里。我松开了抓鱼竿的手,鱼竿一转眼就不见了。看到这一幕,爸爸开始责备我。结果我站起来的时候又踩到了鱼饵,鱼钩扎进我的肉里。爸爸顺着鱼线,找回了鱼竿。

他扶我上岸,让我在沙滩上坐好,想把鱼钩从我的脚上取下来。但是鱼钩扎进去非常深。

"看来我要给你展示一下我的绝活儿了。"他说。他剪下一段鱼线,把鱼线在钩弯上绕一圈,这样他便可以一只手拉绑在钩弯的鱼线,一只手拉绑在鱼钩柄头的鱼线,两只手同时朝相反的方向拉。

"注意看我如何朝相反的方向拉这两根鱼线,朝这个方向一拉,倒刺跟着一转,鱼钩便会被拉出来。你觉得我能把它拉出来吗?"他说。

"应该会吧。"我说。

他让我保持不动。"听我数到三。"他说。他把两根鱼线绷直,然后猛地一拉那根绕在钩弯的鱼线,鱼钩便弹了出来。

我学会了这种方法,多年以后,当我在黄石公园内的医院上班时,也用这种方法从游客的胳膊上、腿上和脸上拔鱼钩。

"我都没感觉到疼。"我说。

"回到房间再好好清洗一下伤口,把它包扎好。"说完,他开始收拾钓具,收起鱼线。

"妈妈会死吗?"我突然问他。

爸爸没有看我。他从鱼竿上取下线轴,放进钓具箱。接着,他停下来,双手放在膝盖上,遥望着远处的海浪。

"缓解期是指,在这段时期内,癌细胞已经消失,但不确定是否会再复发。"他说。他慢慢地擦干脚,掸掉脚底的沙子。

"癌症有复发的可能?"我问。

"是的。"

"即便她不再抽烟?"

"也许吧。"

他站起来,抓起钓具箱。他戴着钓鱼帽,钓鱼帽的帽檐太长了。他转脸的时候,帽檐总会撞上什么。

"患癌症之前,她就应该戒烟的。"我说。

"你来拿鱼竿,好吗?"

我们来到街道前,等红绿灯。

"你能不能行行好?"他说,"在剩下的时间里,你可不可以对妈妈好一些?她很难受,为了让我们高兴,她一直在强颜欢笑。而你却总是帮倒忙,不识体统。你明白吗?"

我们的房间在游泳池的另一头。我希望妹妹和弟弟还在泳池里游泳,但是太阳已经落到屋后,他们已经离开了。我们走到救生椅旁边,这时父亲拦住我,弯下身子,把脸凑过来对我说:"还有,以后永远不要再说为什么她不戒烟的话题了。"

他的手搭在我肩膀上,我翻过脚底板,查看鱼钩扎入的具体位置。

"那样的话题对她太残忍了。你明白吗?那样太刻薄了!"

我把脚垫在泳池坚硬的边缘上,使劲压伤口。一阵剧痛传来,我用这种方式把悔意宣泄出来。

医生的告别
THE LAST NIGHT IN THE OR

致　　谢

　　有些人的出现影响了我们的一生，但并非所有影响了我们的人，我们都能意识到他们，更别说一一铭记了。至少我不能，这也是我为自己不能向他们一一致谢而找的借口。那些我遗漏的人中，有不愿意看着我甘于碌碌无为的老师；有在寒冷的夜晚将19岁搭便车的我解救于高速公路，并在接下来的80英里旅途中一直开导我要乐观生活的一群伙伴；有那么一小撮总是不遗余力地让学生感到卑微渺小和一无是处的教书匠；也有许许多多在耐心和信心方面虽有欠缺，却同样激励着我不断进取的老师。

　　他们都影响了我。话虽如此，我还是只能在这里感谢一些人，并非因为他们的影响最重要，而是因为他们的影响常伴我身。

　　我6岁的时候，写故事变成了令我快乐和骄傲的事，这都要归功于母亲的影响。我发现了一个不一样的世界。在那个世界里，我有着绝对的掌控力。

　　母亲的早逝让所有世界永远地变了模样。几十年来，无论这一现实是多么地真实，我始终拒绝承认它。同样，从我很小的时候开始，父亲便教导我，要做自己最严厉的批评者。

　　他的教导很少通过语言，更多地是通过他不易察觉的或欣喜或失望的表情。此外,他在很多方面都是我所敬仰的最了不起的英雄。我深深地怀念他。

在伦纳德·格维茨多夫斯基老师在5年级时给了我人生中第一个"C"之前,我从没在任何科目上得过"A"以下的成绩。我母亲很生气,但格维茨多夫斯基坚持自己的立场,我不得不学着更努力——真正地努力。6年后,米尔德丽德·维勒老师给我列了一份必读书单,这份书单是和其他学生分开列的。她对我说"你太懒了",并让我从乔伊斯的作品开始读起。

在凯尼恩学院,威廉·克莱因说我大一写的散文冗长、无味,加尔布雷思·格拉姆普让莎士比亚鲜活起来,佩里·伦茨将美国伟大的文学财富深深地印在了我的灵魂里,而约翰·沃德则让我在斯摩莱特、笛福、勃朗特、奥斯汀、理查逊和萨克雷的作品中体会到了意想不到的乐趣。

在犹他州,有太多的外科医生对我的培训起到了至关重要的作用,包括和我一起培训的住院医师、教职员和数十位私人外科医生。我必须要感谢弗兰克·穆迪:他为我们所有人设定了高得令人痛恨的标准,他总是逼着我拼尽全力——尽管我会抵触。在引导我进入器官移植领域这方面,盖瑞·麦克斯维尔对我的影响是无人可比的。他的激情和杰出的才能激励了我。

在匹兹堡,我跟随汤姆·哈喀拉、汤姆·罗森塞尔和罗德·泰勒学习了肾移植。我见识了汉克·巴恩森不屈不挠的正直,岩月舜三郎坚定不移的忠诚,和托马斯·斯塔兹势不可当的干劲。舜三郎一次又一次地为我收拾烂摊子,汤姆为我提供了无数次机会,我对他们的感激无以言表。

1985年,鲍伯·贝克、查理·安德鲁斯、鲍勃·瓦尔德曼以及更为关键的迈克·索瑞尔与宾·里克斯拟就了一项提议。正是这项提议吸引着鲍勃·达克沃斯、劳丽·威廉姆斯、帕特·伍德和我从匹兹堡来到了

致 谢

内布拉斯加州的奥马哈。

与乔·安德森、吉姆·查宾、巴伯·赫尔伯特、罗德·马尔金和里德·彼得斯一道，我们为内布拉斯加大学医学中心带来了永久性的改变。这些人甘愿承担如此大的风险，才让我们的事业大获成功，我对他们的感激无穷无尽。他们的专业与奉献不可或缺。

我的很多朋友读过我早期的作品，并鼓励我不断地尝试，包括杰米和凯尔，比尔和克丽斯，史蒂夫、杰妮、迈克·达夫，尤其是德克和凯瑟。他们的友谊忠贞不渝，他们对我的信心坚定不移。

此外，本书的问世绝离不开史蒂夫·兰根和他"七医生项目"参与者对项目的重启，离不开艾米·格蕾丝·劳埃德执着的信念与鼓励，也离不开乐于将我引见给诺亚·巴拉德的约尼斯·艾吉。

作为我的经纪人，诺亚·巴拉德为我的人生带来了很多奇迹。他和马修·达多纳这位世界上最固执却性格最温和的编辑为本书投入的信心和热忱令我感动而欣慰。

波·考德威尔和朗·汉森总是不经意地激励着我，尤其是他们在成功中表现出的那份优雅从容。一起在匹兹堡度过的许多个不眠之夜里，是李·葛金将我领进了创意非虚构小说创作的大门。他的指引尤为珍贵。

在我的笔触下，生活中过往事件的细节被放大了许多倍。在这些事件的叙述上，我的弟弟史蒂夫和妹妹明蒂、贝丝也许会有异议。不过，显而易见，我的记忆比他们的更清晰。有些记忆不再清晰的细节，我总是反复地缠着他们帮我回忆，对此我感到抱歉，同时也感谢他们对我的迁就。

我爱卡罗尔，爱慕她的艺术、精神和她在面对死亡时的勇气。我爱克丽丝，爱她与我相伴的25年，爱她与我生下的3个孩子，爱她依然爱我。

瑞恩、纳特和乔是我活着的全部理由，不是为了所谓家族的延续，而是因为他们各自为我带来的人生的乐趣。最重要的是,我要感谢丽贝卡,是她让我重生,扶持我的艺术追求,让我保持最真的自我,并将她深深的爱寄托于我。我要与她永远相伴相随。

GRAND CHINA

中资海派图书

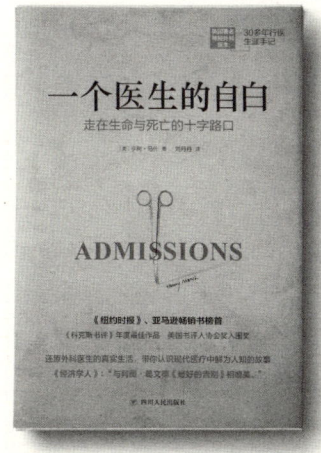

一个医生的自白
走在生命与死亡的十字路口

[英] 亨利·马什（Henry Marsh） ◎著　刘丹丹 ◎译

定价：59.80 元

一部关于疾病、现代医学和医患纠纷最深刻坦诚的内心告白
用自我批判对生命表达歉意　用亲身实践向医学探寻目的

亨利·马什将自己的一生奉献给了前沿现代医学。在从医的生涯中，他曾有手术成功后的振奋，也曾因失败身处毁灭性的低谷，但在内心深处，他从未动摇过对神经外科学的热爱。

在畅销书《医生的抉择》出版后不久，马什就从伦敦圣乔治医院退休了，转而致力于乌克兰和尼泊尔的人道主义医学援助。这本书描述了他在这些国家的工作经历和遇到的困难，进一步表达了他对医学实践的见解。这本书也谈到了马什为减少人类痛苦而肩负的责任。他回忆了医学生时期的经历，并且探讨了医生这一职业中存在的种种困难，如医生处理可能性而非确定性时的艰难抉择，以及延长寿命的愿望可能给病人带来的悲剧性代价。

这本书是马什对自己 30 多年脑外科手术经历的回顾，在即将退休之时，他发现人生有种种不同的选择。对于什么是生活中重要的事情，他也有了一个全新的理解。

◎ BBC 获艾美奖纪录片《英国医生》主角、英格兰皇家外科医学院院士重磅著作
◎《经济学人》："与阿图·葛文德《最好的告别》相媲美。"
◎ 科克斯书评最佳非虚构类作品，美国书评人协会奖入围奖

欢迎加入 iHAPPY 书友会

十几年来，中资海派陪伴数百万读者在阅读中收获更好的事业、更多的财富、更美满的生活和更和谐的人际关系，拓展他们的视界，见证他们的成长和进步。

现在，我们可以通过电子书、有声书、视频解读和线上线下读书会等更多方式，给你提供更周到的阅读服务。

认准书脊"中资海派"LOGO

让我们带你获得更高配置的阅读体验

加入"iHappy 书友会"，随时了解更多更全的图书及活动资讯，获取更多优惠惊喜。还可以把你的阅读需求和建议告诉我们，认识更多志同道合的书友。让海派君陪你，在阅读中一起成长。

中资海派微信公众号　　中资海派天猫专营店

也可以通过以下方式与我们取得联系：

采购热线：18926056206 / 18926056062　　服务热线：0755-25970306

投稿请至：szmiss@126.com　　新浪微博：中资海派图书

经济管理·金融投资·人文科普·政史军事·心理励志·生活两性·家庭教育·少儿出版